Anna Ruhe

Die Duftapotheke

Das Rätsel der schwarzen Blume

Anna Ruhe wurde in Berlin geboren. Nach einem Abstecher an die englische Küste studierte sie Kommunikationsdesign und Illustration und arbeitete einige Jahre als Grafikdesignerin in großen und kleinen Designbüros. Spannende Geschichten hatte sie schon immer im Kopf, mit dem Schreiben begann sie nach der Geburt ihrer zwei Kinder. Mit ihrer Familie lebt sie in Berlin.

Claudia Carls erklärte in ihrer Kindheit abwechselnd, Schriftstellerin oder Künstlerin werden zu wollen, bis sich dieser Konflikt mit dem Beschluss, Buchillustration zu studieren, schließlich auflösen ließ. Als Diplom-Designerin lebt und arbeitet sie in Hamburg und gestaltet Bilderbücher, Kinder- und Jugendbücher, Sachbücher und Plakate.

Anna Ruhe

Die Duftapotheke

Das Rätsel der schwarzen Blume

Mit Illustrationen von
Claudia Carls

Arena

Für Luk & Milo

FSC
www.fsc.org
MIX
Papier aus verantwortungsvollen Quellen
FSC® C110508

1 Auflage 2018

Cover und Illustrationen: Claudia Carls
Gestaltung der Handschriften: Anna Ruhe
Poster, Illustration: Claudia Carls
Poster, Layout: Clara Vath
Gesamtherstellung: Westermann Druck, Zwickau GmbH
ISBN 978-3-401-60360-5

Besuche uns unter:
www.arena-verlag.de
www.twitter.com/arenaverlag
www.facebook.com/arenaverlagfans

www.annaruhe.de

„Gerüche lassen uns in der Zeit rückwärtsreisen. Manche duften nach schönen Erinnerungen, andere stinken nach grässlichen Zeiten."

–Hanne van Velden, Duftapothekerin, 2018

Notizbucheintrag
von
Daan de Bruijn,
Utrecht, 9. Juni 1899

Mit jedem Atemzug, den wir machen, riechen wir etwas. Doch wenn ich eines in meinem Leben gelernt habe, dann dies: Düfte sind oft trickreich.

Sobald wir etwas riechen, erinnern wir uns an den Augenblick, in dem wir diesem Geruch schon einmal begegnet sind, und in uns wird dasselbe Gefühl ausgelöst, das wir damals hatten. Diese Gefühle – sie nehmen uns für sich ein, noch lange bevor unser Verstand auf den unsichtbaren Duft reagieren kann. Und genau deshalb haben sie eine unglaubliche Macht über uns. Eine viel größere Macht, als es den Menschen bewusst ist. Denn was niemand weiß: Düfte wecken nicht nur Erinnerungen. In manchen von uns erwecken sie auch ganz außergewöhnliche Talente, die es eigentlich gar nicht geben dürfte. Und obwohl diese Talente eine große Faszination bergen, bereiten sie mir auch immer mehr Sorgen.

Was, wenn es noch mehr Menschen wie mich gibt?

Was, wenn sie ihre Gabe ausnutzen?

Was, wenn ich selbst in Versuchung gerate?

1

Ein vertrauter Duft, der nicht hierhergehörte, stieg mir in die Nase. Es roch ziemlich muffig. Nach Erde. Ich stand in der Tür, die ins Gewächshaus führte, und hielt immer noch die Messingklinke in meiner Hand. Wie eine Mauer stellte sich mir der Geruch entgegen, fast als wollte er mich aufhalten. Ich kannte diesen Duft gut. Er bedeutete nicht nur Ärger und rüttelte mich sofort hellwach, er erinnerte mich auch an Willem Boer, unseren alten Gärtner, und das war alles andere als gut.

Hinter mir rannte jemand über den Kiesweg. Ich drehte mich um und sah Mats auf mich zukommen.

»Hey, Luzie, warte mal!«, rief er und kam

drei Schritte von mir entfernt zum Stehen. Er grinste breit, zu breit, und ich sah viel zu spät, dass er ein braunorangenes Glasfläschchen hinter seinem Rücken hervorholte. Mit einem Plopp öffnete er den Flakon und schon umnebelte uns eine orangene Wolke. Funken glitzerten in der Luft und blendeten mich. Alles roch auf einmal nach Anis und Zitrone.

»Wie wär's mit ›Einem Hauch Veränderung‹ aus der Abteilung: *Täuschende Düfte?*«, fragte Mats und lachte noch, während an mir schon alles anfing zu kribbeln und zu kitzeln.

Und nicht nur das: Mein ganzer Körper fühlte sich plötzlich an wie eine Kugel Knete, die jemand mit seinen Händen bearbeitete. Erst kam es mir vor, als würde ich in mich zusammenfallen, dann dehnte sich wieder alles aus und mir war, als würde mich jemand an Armen und Beinen in die Länge ziehen. Meine Hände, Füße, sogar mein Gesicht, alles wurde ganz wabbelig, bis ich nur noch Sternchen sah und die orangenen Duftschwaden um uns herum verschwanden.

Mir rutschte die Kinnlade runter, weil vor mir überhaupt kein Mats mehr stand. Stattdessen musterte mich sein großer Bruder Leon und zog eine alberne Grimasse, bevor er sich über mich schlapplachte.

Erschrocken drehte ich mich zu den Glasscheiben des Gewächshauses um und versuchte, mich darin zu spiegeln. Irgendwie wirkte ich größer als sonst. Meine Füße steckten in schweren Arbeitsschuhen und um meine Beine schlackerte eine Latzhose, die auch nicht zu mir gehörte. Mit meinen

Fingern strich ich über meinen Kopf und entdeckte, was ich befürchtet hatte: ein speckiges Basecap über schütteren grauen Locken. Normalerweise waren meine Haare aber hellbraun und glatt, *schnittlauchglatt!* Auch meine Hände waren auf einmal anders – riesig irgendwie. Männerhände waren das! *Alte Männerhände!* Mir wurde ganz heiß, weil ich jetzt wusste, in wen Mats mich verwandelt hatte.

Ich sah aus wie *Willem!*

»Was soll das?« Meine Stimme klang viel zu tief und genauso mürrisch wie die des alten Gärtners. Ärgerlich riss ich mir das Basecap vom Kopf und schleuderte es Mats entgegen, der sich vor Lachen gar nicht mehr einkriegte und dabei auch noch aussah wie der blöde Leon.

»Ach, komm schon! Das ist der lustigste Duft von allen. Benno und ich haben ihn gestern in der Duftapotheke gefunden.« Mats verkorkte den orangenen Flakon und schob ihn zurück in seine Hosentasche. »Der lässt einen echt aussehen wie jemand, an den man gerade denkt. Ist doch verrückt, oder?« Mats grinste und ich war erleichtert, als er sich langsam wieder in sich selbst verwandelte. »Jetzt guck doch nicht so streng!«

Ich verschränkte die Arme. »Ich guck überhaupt nicht streng!«

»Doch. Tust du!« Mats kam näher und gab mir einen Stups auf den Oberarm. »Ich kann ja nicht wissen, dass du gerade an Willem denkst. Ich hätte gewettet, du denkst eher an den Nachbarsjungen.«

Jetzt konnte ich mir ein Lächeln nicht mehr verkneifen. »Aha? Und an welchen der zwei Nachbarsjungen genau?«

»Na, an den gut aussehenden natürlich!« Mats zwinkerte und ging geradewegs an mir vorbei.

»Den blonden also?«, rief ich hinterher.

Mats hob eine seiner Augenbrauen und strich sich sichtlich empört durch die dunklen Locken. »Was? Das meinst du jetzt nicht ernst, oder? Leon und gut aussehend? Das hab ich ja noch nie gehört.«

Ich freute mich heimlich über meine kleine Rache und boxte ihn ebenfalls auf den Oberarm. »Jetzt mach endlich! Wir sind längst unten verabredet. Die anderen warten bestimmt schon.«

Doch Mats setzte sich nur langsam in Bewegung. »Du findest wirklich, dass Leon gut aussieht?«

Ich verdrehte nur die Augen und ging weiter ins Gewächshaus hinein. Dabei fiel mir wieder ein, warum ich an Willem gedacht hatte, und wandte mich noch mal zu Mats. »Riechst du das gar nicht?«

Mats sog die dampfige Pflanzenluft tief ein, zuckte dann aber nur mit den Schultern. »Nö. Was genau meinst du denn?«

Nachdem ich die Glastür hinter uns geschlossen hatte, schnupperte ich selbst noch einmal. Eigenartig, jetzt roch ich es auch nicht mehr. Der dunkle modrige Geruch war verflogen oder Mats' alberner Scherz mit »Einem Hauch Veränderung« übertönte alles. Vielleicht hatte ich ihn mir aber auch nur eingebildet? In letzter Zeit träumte ich so oft von Willem und davon, was im Sommer passiert war, dass mich wahrscheinlich ständig alles an ihn erinnerte. Bestimmt lag es nur daran!

»Ich dachte, es riecht nach modriger Erde«, sagte ich. »Du weißt schon. Deshalb hab ich auch gerade ausgesehen wie Willem. Kurz hab ich gedacht, er wäre zurückgekommen.«

Mats' Grinsen fror sofort auf seinem Gesicht ein. »Das glaube ich nicht. Willem kommt doch nicht einfach so zurück. Und selbst wenn, dann traut der sich nicht mal eben in die Duftapotheke runter. Erstens kann er sich bestimmt denken, dass Hanne alles vor ihm gesichert hat. Sie hat ja sogar die Schlösser ausgetauscht. Und zweitens weiß Willem doch, dass wir die Düfte aus der Apotheke gegen ihn anwenden können.«

Ich verzog nur missmutig die Lippen. Ob eingebildet oder nicht, der Geruch machte mir trotzdem Sorgen. Schließlich hatte Willem mit den Düften noch vor einigen Wochen ein riesiges Chaos ausgelöst, bei dem nicht nur meine Eltern alles – absolut alles – vergessen hatten, sondern auch eine ganze Menge anderer Leute. Wenn mir etwas Angst machte, dann der gruselige alte Gärtner, den wir gerade erst mit aller Kraft von hier vertrieben hatten.

Vorsichtig lief ich neben Mats zwischen den Blumenbeeten und Kübeln entlang, darauf bedacht, auf keine der Duftfallen zu treten, die Hanne wegen Willem überall ausgelegt hatte. Die hatten es nämlich wirklich in sich.

Trotzdem, ich sollte mich nicht so verrückt machen! Im Grunde hatte Mats nämlich recht, also schob ich meine Gedanken an Willem beiseite und konzentrierte mich auf das, was wir vorhatten.

Die wuchernden Pflanzen um uns herum bereiteten sich auf das Ende des Sommers vor. Überall lagen herabgefallene

Blüten, die auf dem Boden anfingen zu welken. Ich liebte dieses uralte Gewächshaus mit seinen Hunderten Blumen und Kräutern, den hüfthohen Beeten und Zierbäumchen in Tontöpfen.

Das Glashaus sah ungewöhnlich aus. Nicht nur weil es schon so alt war, es fiel vor allem auch deshalb auf, weil es fast genauso groß war wie die Häuser drum herum. Es lag hinter der Villa Evie – unserem berühmt-berüchtigten Zuhause, das uns die letzte Zeit Rätsel über Rätsel aufgegeben hatte. Noch bis vor Kurzem hatte ich mir nichts Schlimmeres vorstellen können als unseren Umzug hierher. Aber nach allem, was passiert war, sah ich das jetzt völlig anders. Die Villa Evie hatte nicht nur mein ganzes Leben auf den Kopf gestellt, sie war auch das größte Glück, das mir passieren konnte.

Früher war mir ständig alles peinlich gewesen und ich hatte mich nur ungern mit fremden Leuten unterhalten, so schüchtern war ich. Doch seit ich meinen ersten magischen Duft gemischt hatte, der alles Mögliche veränderte, war mir klar geworden, dass auch ich selbst etwas in dieser Welt verändern konnte. Und das war ein großartiges neues Gefühl, das ich bislang nicht kannte.

Daran konnten nicht mal die vielen Nachbarn etwas ändern, die sich wahrscheinlich, schon seit es die Villa Evie gab, schräge Geschichten über das Haus erzählten. Aber das hatte natürlich auch seinen Grund. Die Nachbarn kannten ihn nur nicht.

Stattdessen gab es alle möglichen Gerüchte: von alten Hexenmeistern, die hier früher angeblich gelebt hatten, oder gruseligen Alchemisten-Treffen bis hin zu Geistergeschichten. Völliger Unsinn natürlich, auch wenn unser alter Klapperkasten trotzdem ein Geheimnis hütete. Eins, das so unglaublich war, dass es sich tief unter den Mauern vor neugierigen Blicken versteckte. Und genau zu diesem Versteck waren Mats und ich gerade auf dem Weg.

Ich lief zwischen der Palme und dem umgeknickten Ginkgobaum hindurch zum Geräteschuppen. Die Tür war nur angelehnt, also schlüpften Mats und ich hindurch. Jeder, der die Villa Evie und ihr Gewächshaus noch nie von innen gesehen hatte, würde sich gleich wundern. Aber für uns war das alles längst das Normalste der Welt. Ich bückte mich und zog an dem Hebel am Boden, der sich zwischen den vielen leeren Blumentöpfen, Harken und Schaufeln versteckte. Schon quietschten die Steinplatten unter unseren Füßen und begannen, sich zu bewegen.

Wie auf einem Karussell drehten wir uns einmal im Kreis. Jetzt lag die Wand mit den Harken und Schaufeln nicht mehr vor, sondern hinter uns und ich hüpfte als Erste Stufe um Stufe die Treppe hinunter, die sich vor uns auftat.

Unten im Flur angekommen zwinkerte ich wie immer Daan de Bruijn zu, der 1869 die Duftapotheke gegründet hatte und uns aus den vielen Schwarz-Weiß-Fotos an der Wand entgegenblickte. Eilig lief ich weiter zur Tür am Ende des Gangs. Dahinter hörte ich schon die vertraute Stimme meines kleinen Bruders Benno. Ich schob die Holztür auf und für eine Sekunde schloss ich die Augen, um mich von dem einzigartigen Mischmasch aus Düften begrüßen zu lassen. Als ich die Augen wieder öffnete, leuchtete mir das bunte Funkeln und Sprudeln aus den Regalen entgegen. Da war es, das Geheimnis der Villa Evie: die Duftapotheke!

»Hallo!«, rief Mats und ging an mir vorbei auf den breiten Holztresen zu, um den sich bereits Hanne und Benno drängten.

»Da seid ihr ja endlich.« Hanne lächelte und dabei zogen sich lauter feine Linien um ihre Augen. »Dann kann es ja losgehen!«

2

Heute war unser Aufräumtag. In den letzten Wochen, seit Willem die Duftapotheke nicht mehr führte und endlich verschwunden war, hatte uns Hanne alles hier unten gezeigt. Hanne van Velden hatte meinen Eltern schließlich nicht nur den größten Teil der Villa Evie verkauft und wohnte jetzt als eine Art Mitbewohnerin in der angrenzenden Dienstbotenwohnung, sie war auch die rechtmäßige Erbin der Duftapotheke. Und seit Willem sie nicht mehr mit seinem »Duft des ewigen Vergessens« besprühen konnte, erinnerte sie sich wieder an jedes Töpfchen, jede Schublade und jeden Flakon hier unten.

In den vergangenen Wochen war sie Schritt für Schritt alles mit uns durchgegangen. Irgendwann, wenn wir einmal genug über die Düfte und ihre Wirkungen wissen würden und uns auch allein um die Apotheke unter der Villa Evie kümmern konnten, würden wir sie von ihr erben. Jedes Mal, wenn ich daran dachte, wurde mir ein bisschen schwindelig vor Aufregung.

Letzte Woche hatten wir eine Art Intensivkurs in Pflanzenkunde und Heilkräuterwissen. Hannes absolutes Lieblingsthema. Wenn man sie nicht stoppte, redete sie stundenlang über die unterschiedlichsten Blüten, Pflanzen und ihre Wirkungen.

Insgeheim hoffte ich, dass mir das endlich weiterhalf bei meiner Suche nach einem ganz bestimmten Duftrezept. Es war ein Duft, den ich für Mats entwickeln wollte oder besser gesagt: *für Mats' Vater.* Obwohl ich nicht den leisesten Schimmer hatte, wie ich diesen speziellen Duft herstellen sollte, hatte ich versprochen, wir würden eine Art Gegenmittel finden, mit dem Mats seinem Vater helfen konnte. Der litt nämlich seit vier Jahren unter den Folgen eines schrecklichen Duftunfalls, der in der Villa Evie passiert war.

Wir wussten zwar nicht, wie es dazu gekommen war, doch irgendwie musste Mats' Vater bei einem Besuch in der Villa den »Lieblosen Duft« eingeatmet haben. Kurz darauf war er jedenfalls auf Nimmerwiedersehen verschwunden und hatte nie wieder von sich hören lassen.

Seit den Sommerferien suchte ich nun also verzweifelt nach einem möglichen Rezept, das die Wirkung des »Lieblosen Duftes« aufheben würde, und Mats wiederum suchte nach der aktuellen Adresse von Thomas Jansen, seinem Vater.

Aber ehrlich gesagt war ich mir trotzdem nicht ganz sicher, ob wir unsere Ausbildung zu Duftapothekern wirklich mit Hannes Heilkräuterwissen beginnen sollten. »Liebloser Duft« hin oder her – Willem konnte trotz aller Vorkehrungen, die wir getroffen hatten, jederzeit zurückkommen. Hanne war zwar felsenfest davon überzeugt, dass sich der alte Gärtner nicht in unsere Nähe trauen würde, solange wir über die Flakons wachten, aber ich war mir da nicht so sicher.

Willem war nicht zu unterschätzen. Früher oder später würde er mehr von seinem »Duft der Ewigkeit« brauchen, wenn er noch länger leben wollte als die 170 Jahre, die er mithilfe der Duftapotheke schon hinter sich hatte. Ohne unser Meteorpulver konnte er den Ewigkeitsduft schließlich nicht mehr herstellen. Außerdem saßen ihm sicher auch die »Ewigen« im Nacken, seine vielen Kunden, die alle den Duft benutzten. Bestimmt sahen die es nicht ein, dass die Duftapotheke ihren Lieblingsduft nicht mehr auslieferte und sie ihr Lebensalter nicht weiter künstlich in die Länge ziehen konnten. Wenn ich nur an die Baronin von Schönblom dachte, die hier immer wieder aufgetaucht war, bekam ich schon eine Gänsehaut. Lustig waren diese Ewigen nicht. Im Gegenteil!

Die Stapel an Bestellungen, die sich seit dem Sommer

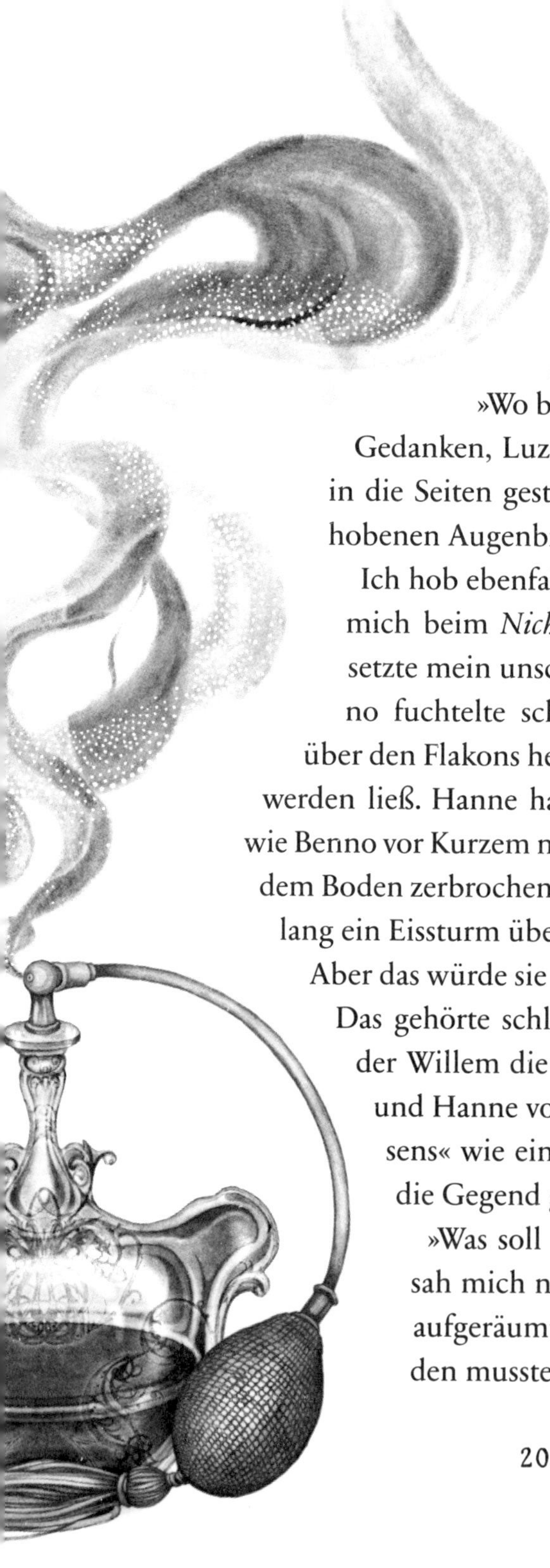

in unserem Briefkasten häuften, blieben inzwischen zwar aus, trotzdem glaubte ich nicht ganz daran, dass das ein gutes Zeichen war.

»Wo bist du nur wieder mit deinen Gedanken, Luzie?« Hanne hatte ihre Arme in die Seiten gestemmt und sah mich mit erhobenen Augenbrauen an.

Ich hob ebenfalls die Augenbrauen, weil sie mich beim *Nichtzuhören* ertappt hatte, und setzte mein unschuldigstes Lächeln auf. Benno fuchtelte schon mit einem Staubwedel über den Flakons herum, was mich sofort nervös werden ließ. Hanne hatte ja nicht mitbekommen, wie Benno vor Kurzem noch eines der Fläschchen auf dem Boden zerbrochen hatte und einen Sommertag lang ein Eissturm über die Villa Evie gezogen war. Aber das würde sie bestimmt auch nie erfahren. Das gehörte schließlich noch in die Zeit, in der Willem die Duftapotheke geführt hatte und Hanne vom »Duft des Ewigen Vergessens« wie eine völlig Ahnungslose durch die Gegend gestapft war.

»Was soll ich tun?«, fragte ich sie und sah mich nach etwas um, das gereinigt, aufgeräumt oder sauber gemacht werden musste.

»Du könntest alle Flakons einmal überprüfen, ob sie noch ausreichend gefüllt sind.« Hanne nickte nur in Richtung Mats, der an einem der Regale stand und die Verschlüsse der Flakons testete.

Es war das Regal mit den »Flüchtigen Düften«, also den Düften, deren Wirkung nach einer gewissen Zeit einfach von selbst wieder verflog. Ich lächelte Mats zu und ging an das Regal neben ihm. Es war eins, mit dem wir uns bislang noch gar nicht beschäftigt hatten. Auf dem Metallplättchen stand die Kategorie »Zeitverkrümmungsdüfte«. Ich hatte keine Ahnung, wozu die überhaupt gut waren. In der Duftapotheke standen Hunderte bunte Flakons, da konnte man gar nicht den Überblick behalten. Bestimmt würden wir noch Jahre brauchen, bis wir sie alle kannten.

Doch bevor ich eins der Fläschchen in die Hand nehmen konnte, hörte ich Hannes Absätze wieder hinter mir über den Boden klackern. »Ach, dieses Regal brauchst du nicht zu überprüfen, Luzie! Das habe ich gestern schon erledigt.« Und schon schob sie mich ein Regal weiter.

»Ist gut«, sagte ich nur und dachte nicht weiter darüber nach. Leider war das Regal, vor dem ich jetzt stand, das mit den »Ewigen Düften«. Kurz schluckte ich. Jedes Mal, wenn ich vor diesen Düften stand, wurde mir ganz heiß. Auf den Brettern vor mir versammelten sich nicht nur ein paar sehr gefährliche Düfte, sondern auch solche, deren Wirkungen sich nicht wieder von selbst verflüchtigten. Es waren Düfte, die man besser niemals öffnete, wenn man sich nicht hundertprozentig sicher war, dass man mit den Auswirkungen umgehen konnte.

Ich strich erst mal nur mit dem Finger über die Holzbretter und beugte mich näher zu den Flakons. Direkt vor mir blubberte eine vertraute gelbe Flüssigkeit in ihrem Fläschchen. Vorsichtig prüfte ich, ob der Verschluss fest genug saß, und ließ ihn schnell wieder los. Mit dem »Duft der Endlichkeit« war wirklich nicht zu spaßen. Das zeigte einem nicht nur die giftige gelbe Farbe, sondern auch die rote Banderole, die den Flakon versiegelte. *Extrem gefährlich!*, stand darauf. Und das war er auch. Zumindest wussten wir, dass dieser Duft der Grund war, warum sich Willem von uns fernhielt. Er hob nämlich die Wirkung jedes anderen Duftes wieder vollständig auf. Allerdings nicht ohne Nebenwirkungen. *Kann gelegentlich tödlich sein!*, hatten wir im dazugehörigen Rezeptbuch gelesen. Ein guter Grund, das Ding nicht anzufassen.

Ich ging einen Schritt rückwärts und warf Mats einen fragenden Blick zu. »Vielleicht wäre es sicherer, wenn wir ein paar der Flakons woanders hinstellen? Irgendwo, wo sie keiner aus Versehen umschmeißen oder mitnehmen kann?«

Mats hob einen Mundwinkel, als ich ihm den gelben Flakon zeigte. »Keine schlechte Idee. Nur wohin?«

Wieder klackten Hannes Absätze auf uns zu, bis sie zwischen Mats und mir stehen blieben. Sie warf einen prüfenden Blick auf die Fläschchen vor mir. Dann seufzte sie und strich sich über ihren Rock. »Darüber habe ich auch schon nachgedacht. Wir bräuchten einen Tresorraum oder besser noch ein Versteck, das Willem nicht kennt.«

Ratlos betrachtete ich die Flakons. Wir konnten sie ja schließlich nicht einfach aus der Duftapotheke schleppen und irgendwo im Haus verstecken. Die Gefahr, dass Ma oder Pa oder wer auch immer einen Flakon in die Hände bekam und neugierig öffnete, war einfach zu groß. Die Fläschchen mussten in der Duftapotheke bleiben! Aber hier gab es kein Versteck. Die Duftapotheke *selbst* war ja schon das Versteck. Nur leider kannte Willem dieses besser als jeder andere …

3

Nachdem wir gestern alle Flakons in den Regalen einmal gründlich überprüft hatten, waren uns tatsächlich ein paar aufgefallen, in denen nur noch wenig Flüssigkeit sprudelte. Hanne hatte uns für die nächsten Tage aufgetragen, dass wir sie gemeinsam wieder auffüllen sollten – was bedeutete, dass wir unter ihrer Aufsicht neue Düfte herstellen würden!

Obwohl ich noch im Bett lag, kribbelte es in meinem Bauch vor lauter Aufregung. Es fühlte sich an, als wäre ich selbst einer der sprudelnden Flakons. Ich atmete tief durch, um mich zu beruhigen. Schließlich war es zehn Uhr morgens und mit Hanne würden wir uns erst um zwölf treffen. Am besten, ich lenkte mich irgendwie ab.

Durch die gehäkelte Oma-Gardine, die schon vor unserem Einzug hier gehangen hatte, fielen die Sonnenstrahlen und landeten in Blümchenmustern auf meinem Bett. Noch vor wenigen Wochen fand ich den ganzen alten Kram in der Villa Evie, den Ma und Pa mitgekauft hatten, nur nervig. Aber jetzt war ich froh, dass ich in einem Haus wohnte, das ein uraltes Geheimnis versteckte, um das ich mich kümmern durfte. Ein magisches Geheimnis noch dazu! In welchem Neubauhaus gab es schon so etwas?

Mein Blick streifte durchs Zimmer. Erst über die Risse in der Stuckdecke, dann zur alten Kommode mit dem ovalen Schminkspiegel, der an den Rändern schwarz angelaufen war, und zum Schluss über den roten Samtsessel neben meinem Bett. Alles Dinge, die schon den Duftapothekern vor uns gehört hatten.

Ich lächelte über die vielen Witze, die ich immer über Ma und ihre Liebe zu altem Plunder gemacht hatte. Wie oft hatte ich mir früher gewünscht, meine Mutter wäre einfach nur Verkäuferin oder irgendetwas anderes Stinknormales. Aber Ma war eben Restauratorin, was bedeutete, dass sie sich nicht nur um alte, sondern um *uralte* Dinge kümmerte. Sie besserte in Kirchen zerbrochene Engelstatuen aus, pinselte verblichene Wandgemälde nach und brachte alles, was alt, kaputt und irgendwie von Bedeutung war, wieder in Ordnung. Ma hatte die Villa Evie wahrscheinlich vor allem deshalb gekauft, weil sie unbedingt ein besonders altes Haus besitzen wollte.

Dass meine Eltern dabei auch einen echten Schatz gratis dazubekommen hatten, der unter ihrer Villa bunt vor sich hin funkelte, wussten sie natürlich nicht. Und ganz sicher würden sie auch niemals davon erfahren. Ich grinste. So gern ich Ma und Pa auch hatte, alles mussten sie nun auch nicht wissen! Außerdem wollte ich mir gar nicht vorstellen, was die beiden mit der Duftapotheke machen würden, wenn sie herausbekamen, was die noch vor ein paar Wochen mit ihnen angestellt hatte.

Ich rutschte aus dem Bett, schlüpfte in meine Jeans und band mir einen Pferdeschwanz. So besonders ich mich als Duftapothekerin auch fühlte, an meinem Aussehen hatte es nichts verändert. Ich sah mit meinen glatten hellbraunen Haaren und den blaugrünen Augen immer noch aus wie das unscheinbarste Mädchen auf der ganzen Welt.

Meine Zimmertür klickte hinter mir ins Schloss und ich lugte hinüber zu Benno. Mein kleiner Bruder saß auf dem Boden, steckte Legosteine zusammen und hörte ein Hörspiel über Dinosaurier. Ich grinste noch breiter: ein Duftapotheker, der noch mit Lego spielte! Das hätte sich der alte Daan de Bruijn, dem wir die zahllosen magischen Flakons zu verdanken hatten, wohl in seinen wildesten Träumen nicht vorstellen können.

»Hi, Benno«, rief ich durch das Dinosauriergebrüll. »Hast du mir noch einen kleinen Rest Marmelade übrig gelassen?«

Benno hob nicht mal den Kopf. Das mit der Marmelade war Streitthema Nummer eins zwischen Benno und Pa. Mein Bruder weigerte sich nämlich, zum Frühstück Brot zu seiner Marmelade zu essen, da konnte Pa reden und drohen, wie er wollte.

Unten hörte ich es klappern, also stieg ich die Treppe hinab ins Erdgeschoss und ging in die Küche. Pa spülte gerade Geschirr und Ma lehnte neben ihm und trocknete ab. Die beiden gackerten leise vor sich hin und warfen sich verschwörerische Blicke zu. Wahrscheinlich riss Pa mal wieder ein paar seiner üblichen Scherze.

»Morgen, mein Schatz!« Ma lächelte mich an, als sie mich hereinkommen sah.

»Morgen.« Ich nickte zur Begrüßung, griff mir eine von ihren frisch abgetrockneten Müslischalen und setzte mich an unseren kleinen runden Küchentisch. Er war das wahrscheinlich wichtigste Möbelstück unserer Familie – und eins der wenigen Dinge, die wir aus Berlin hierhergebracht hatten.

»Na, schon ausgeschlafen?«, fragte Ma und reichte mir die Müslipackung rüber.

Ich brummte zustimmend und goss mir erst mal ein Glas Orangensaft ein. Ich war eigentlich viel zu aufgeregt, um etwas zu essen, schließlich würde ich heute mit Hanne Düfte herstellen! Ich versuchte, mir nichts anmerken zu lassen, aber in Gedanken jubelte ich nur so vor mich hin. Also kniff ich die Lippen zusammen und verrührte in meiner Schale das Müsli kräftig mit der Milch.

»Vielleicht könnten wir heute mal einen Ausflug machen?« Pa wischte sich die Hände an seiner Küchenschürze ab und drehte sich erwartungsvoll zu mir um. »Wär doch schön, die ersten Tage der Herbstferien zusammen zu beginnen.«

Oh nein, bitte nicht! Im Eiltempo suchte ich nach einer Ausrede. »Äh. Ich bin schon verabredet, heute geht es gar nicht!«

Pa hob die Augenbrauen. »Was hast du denn vor?«

Mist! »Na ja«, stotterte ich vor mich hin, »… ich bin mit Mats verabredet und … wir wollten …«

»Mats kann doch einfach mitkommen«, schlug Pa vor, ohne mich ausreden zu lassen. »Ich dachte nämlich, wir fahren die paar Meter rüber über die Grenze und schauen uns eine der holländischen kleinen Käsereien an. Und dann machen wir ein Picknick im Grünen mit frischem Käse und Weißbrot!«

Ich verzog angewidert den Mund. »Nichts gegen Käse, aber … muss das sein?« Wenn eine Sache ganz bestimmt nicht zu meinen Lieblingsbeschäftigungen gehörte, dann das. Das erste und letzte Mal, dass Pa uns in eine *»hübsche kleine und familiengeführte Käserei«* geschleppt hatte, war Ma von dem beißenden Stinkefußgeruch fast ohnmächtig geworden. Benno und ich mussten sogar mehrmals würgen. Wenn sich etwas echt nicht für jemanden mit einer sensiblen Nase eignete, dann, sich anzuschauen, wie Käse hergestellt wird! Wer hatte schon Lust, Milch beim Schimmeln zuzusehen?

Irgendwas musste mir jetzt einfallen, um Pa von seiner schrecklichen Idee abzubringen.

»Willst du echt, dass uns wieder schlecht wird? Käse ist ja okay, aber Käseherstellung ist nur was für Geruchstaube«, sagte ich, weil Pa sich offensichtlich nicht mehr an die peinlichen Blicke, die Benno und ich für unser Würgen kassiert hatten, erinnerte.

Ma sah zu mir, versenkte ihr Grinsen aber hastig in ihrer Kaffeetasse.

Bevor Pa etwas entgegnen konnte, stand ich, so schnell es ging, auf und schob meinen Stuhl zurück. »Vielleicht ein andermal, ja? Ich bin erst mal duschen!«, rief ich und rannte fast aus der Küche.

Mittlerweile war ich so an die Düfte in unserer Villa gewöhnt, dass sie mir kaum noch auffielen. Aber jetzt stand ich im Flur und roch etwas Neues. Etwas, das sich zwischen das gewohnte Wirrwarr quetschte. Es war ein Duft, der bitter und gleichzeitig angenehm nach Flieder roch. Eigentlich waren ungewohnte Düfte keine Seltenheit in der Villa Evie. Trotzdem beschloss ich, einfach ein bisschen früher als verabredet nach unten in die Duftapotheke zu gehen. Mittlerweile wusste ich ja, dass die vielen Gerüche von dort ins Haus zogen. Die Duftapotheke lag schließlich genau unter den Dielen im Flur.

Ich huschte also in die Dusche, ließ mir das restliche lauwarme Wasser, das der Badeofen noch hergab, über den Körper laufen und zog mich mit Gänsehaut auf den Armen wieder an. So sehr ich unser Zuhause mittlerweile auch mochte, den blöden alten Ofen würde ich nie ins Herz schließen. Fließend warmes Wasser aus dem Hahn – *so lange man wollte!* – war einfach eine prima Erfindung.

Ich rief Ma und Pa noch ein »Bin mal kurz draußen!« zu und rannte zum Gewächshaus. Doch nachdem ich die Tür zum Schuppen geöffnet und mich in den Flur zur Duftapotheke gedreht hatte, sah ich, dass tatsächlich schon jemand unten sein musste. Über mir zischten nämlich die

Gaslampen und leuchteten auf die goldenen Bilderrahmen. Langsam schlich ich mich vorwärts und lauschte auf die Geräusche hinter der schweren Holztür, die am Ende des Flures in die Duftapotheke führte. Entfernt hörte ich ein Knistern, dann undeutliche Stimmen. Sie hörten sich nicht an wie richtige Stimmen, mehr als würden sie aus einem flimmernden Fernseher oder von einer zerkratzten CD kommen.

Ich blieb, wo ich war, und versuchte zu verstehen, was die Stimmen sagten. Eine Männerstimme nuschelte etwas, gefolgt von Stuhlbeinen, die über den Boden kratzten. Wahrscheinlich hatte jemand den alten Samtsessel bewegt. Dann war es still.

Der bittere Fliederduft, der mich hergelockt hatte, wehte mir kräftig entgegen. Schritt für Schritt pirschte ich mich zur Tür und lugte durchs Schlüsselloch. Wer wohl hier unten war? Durch das Loch erkannte ich Hannes langen Rock, der aus dem Sessel hervorlugte. Ich atmete erleichtert auf und wollte gerade die Tür aufstoßen, als ich noch etwas bemerkte. Wie angewurzelt blieb ich stehen. Die Männerstimme knisterte wieder und dann hörte ich jemanden umhergehen, aber es waren *definitiv* nicht Hannes klackende Absätze.

Erneut drückte ich mich ans Schlüsselloch. Die Duftapotheke sah irgendwie ganz anders aus. Eine Art matter Schleier lag über allem. So wie die Fotos von meinen Großeltern, die nicht mehr in voller Farbe strahlten.

Wieder bewegte sich etwas und auf einmal verstand ich, woher die seltsame Stimme kam. Es war ein Mann in einem hellbraunen Anzug, der aussah, als wäre er aus einem Geschichtsbuch gefallen. Er stand hinter dem Tresen und las in einem der Notizbücher aus der Duftapotheke. Ein Schatten fiel über sein Gesicht, deshalb erkannte ich es nicht richtig. Ich sah nur, dass er helles kurz geschnittenes Haar hatte und dazu eine runde Brille trug, die aus feinem Silber gebogen war.

Aber das Eigenartigste war, dass er fast ein bisschen durchsichtig aussah. So wie ein Geist! Stimmte es vielleicht doch, was sich die Leute über die Villa Evie erzählten?

Mir wurde erst heiß, dann wieder kalt. Ratlos starrte ich weiter durch das Schlüsselloch. Was machte Hanne da bloß? Sie sagte keinen Ton, die ganze Zeit über schon nicht. Ich schielte zum Sessel hinüber und da – endlich! Jetzt sah ich etwas, das alles hier erklärte. Aus dem Sessel, der mit dem Rücken zu mir stand, stiegen nämlich zartrosa Duftwolken auf, die sich im ganzen Raum verteilt hatten.

Mein Herzschlag beruhigte sich. Hanne hatte also einen Duft geöffnet, was bedeutete, dass der Mann nicht echt sein konnte. Uff! Ich streckte den Rücken durch und schob die Tür auf. In die Stille dröhnte das Quietschen der Scharniere.

Sofort sprang Hanne auf, stopfte den Korken zurück in den Flakon und ließ ihn in ihrer Tasche verschwinden. »Was zum Teufel machst du denn hier? Du hast mich fast zu Tode erschreckt!«

»Äh, ich wollte …« Ich stockte, weil der Mann am Tresen anfing, sich langsam aufzulösen, genau wie die Duftschwaden um ihn herum. Mir fiel auf, dass nicht nur der Mann aussah, als ob er aus einer längst vergangenen Zeit gefallen war, sondern auch die halbe Duftapotheke. Die Bücher, die Schrift auf den Metallplättchen – alles wirkte noch älter, als es das eh schon tat. Fast kam es mir so vor, als hätte der Raum eine Reise in die Vergangenheit gemacht. Bevor der Mann wie Rauch über einer ausgeblasenen Kerze verblasste, tauchte er noch eine Feder in ein Tintenfässchen und begann, damit in sein Notizbuch zu schreiben.

»Wir waren doch erst um zwölf Uhr verabredet!«, riss mich Hanne aus meinen Gedanken. Ihre Stimme klang anders als sonst, gereizt und gleichzeitig so, als wäre ihr das hier unangenehm.

Ich öffnete meinen Mund und suchte nach Worten. »Was war das denn gerade? Wer war der Mann?«

»Ach!« Hanne machte eine abwehrende Handbewegung. »Ich habe mir nur vorgenommen, ein paar der Düfte zu testen, ob sie nach so langer Zeit noch eine Wirkung haben. Bei dem hier war ich mir unsicher, ob er überhaupt noch funktioniert. Die Flüssigkeit hat sich so gut wie nicht mehr bewegt.«

Ich schielte zu den Regalen, um zu sehen, welchen Duft Hanne ausprobiert hatte. Sicher war ich mir nicht, aber ich glaubte, eine Lücke bei den »Zeitverkrümmungsdüften« zu erkennen.

Hinter uns tapsten Schritte durch den Flur. »Luuuziiiie!«, hörte ich Benno rufen. Dann stieß mein kleiner Bruder atemlos die Tür auf. »Mona ist am Telefon. Komm!«

Endlich, Mona! Ich hatte schon eine kleine Ewigkeit nicht mehr mit meiner besten Freundin telefoniert.

Hin- und hergerissen warf ich einen letzten Blick auf den

Flakon in Hannes Hand. Wollte sie wirklich nur testen, ob der Duft noch funktionierte? Ich war mir unsicher, was ich von ihrer Antwort halten sollte. Warum tat sie plötzlich so geheimnisvoll? Doch bevor ich weiter darüber nachdenken konnte, rief mich Benno schon ein zweites Mal.

Ich verabschiedete mich mit den Worten »Dann bis um zwölf!« von Hanne und folgte Benno zurück in die Villa Evie. Mona war jetzt einfach wichtiger als Hannes Geheimnistuerei. Mein Herz machte richtige Luftsprünge beim Laufen, ich konnte es gar nicht erwarten, mit ihr zu quatschen. Als wir noch in Berlin wohnten, hatten wir uns jeden Tag gesehen. Wie zwei Kletten klebten wir aneinander. Mona fehlte mir hier wirklich … und daran konnte nicht mal die Duftapotheke etwas ändern.

4

Endlich war es so weit. Nachdem ich bestimmt eine Stunde lang mit Mona telefoniert hatte, war es jetzt zwölf. Um das Duftmischen zu üben, standen wir zusammen mit Hanne im Labor um die Destille herum. Es war ein kleiner Raum, der hinter der Duftapotheke versteckt lag und in dem sich vom Boden bis zur Decke die Zutaten in unzähligen Schubladen aneinderreihten.

Die Destille selbst bestand aus dünnen Glasröhrchen, unter denen ein Bunsenbrenner einen Mischmasch aus Pflanzen,

Pulvern und Kristallen erhitzte. Brodelte dieser Zutatenmix über der Flamme, stieg ein Dampf daraus auf und waberte durch die Röhrchen, bis er schließlich als konzentrierte Flüssigkeit am Ende in einen Flakon tropfte. Der musste dann nur noch mit Basiswasser aufgefüllt werden und schon war ein neuer Duft fertig. So weit wussten wir natürlich längst Bescheid.

»Die Schwierigkeit liegt in der Mischung und Auswahl der Zutaten!«, sagte Hanne. »Auch wenn man sich streng ans Rezept hält, kann es passieren, dass die Mischung nicht gelingt. Die Arbeit in der Duftapotheke ist eine Kunst, die man entweder im Blut hat oder jahrzehntelang erlernen muss, bis man sie halbwegs in sich trägt. Aus diesem Grund gibt es auch kaum Duftapotheker auf dieser Welt.« Sie hob ihren rechten Zeigefinger in die Höhe. »Ich möchte heute mit euch drei Düfte neu ansetzen, passt also gut auf, damit ihr wisst, auf was ihr achten müsst. Der Teufel sitzt nämlich immer im Detail!«

Vor uns standen drei Duftflakons, in denen nur noch wenig Flüssigkeit war. Es waren die »Schnarchende Brise«, »Das stürmische Aroma« und »Der wahrhaftige Duft«.

Ich machte einen Schritt näher auf die Flakons zu. »Mit welchem fangen wir an?«, fragte ich.

Hanne lächelte. »Such dir was aus.«

»Nimm den Wahrheitsduft!«, drängelte Benno.

»Auf jeden Fall!« Auch Mats nickte aufgeregt.

Schon stellte Hanne ein neues Fläschchen unter die Destille. Sie schlug eines der Rezeptbücher ihres Uropas auf und blätterte die passende Seite auf.

Der wahrhaftige Duft

Kategorie: Flüchtiger Duft

- Drei Tropfen Wasserlilienöl (der Sorte Victoria amazonica)
- Eine Kelle voll getrockneter Frühlingsapfelbaumblüten (Malus domestica)
- Ein Teelöffel Lapislazuli Kristallpulver (Lasurit-Gestein)
- Zwei zerdrückte Salbeiblätter (Salvia divinorum)
- Eine Prise Johanniskraut (Hypericumperforatum)
- Ein mittelgroßes Ginkgoblatt (Ginkgo biloba)
- Eine Messerspitze Meteorpulver

Zutaten in der Destille so lange erhitzen, bis 4 ml gewonnen sind. Diese in die Flakons der Marke Joanne abfüllen und mit Basiswasser auffüllen. Nach sechs Wochen ist der wahrhaftige Duft ausgereift und kann angewendet werden.

Hanne ging im Raum hin und her, bis sie eine der vielen Schubladen vollständig aus dem Schrank zog und uns unter die Nase hielt. Darin lagen getrocknete weiße Blüten. Mit einer Kelle fischte sie ein paar heraus und platzierte sie über dem ersten Röhrchen der Destille. »Wie viele brauchen wir genau?«, fragte sie und wir beugten uns über das Rezept.

»Eine Kelle, steht hier«, sagte ich und Hanne ließ die Blüten ins Röhrchen fallen. Ihr Duft streifte meine Nase, und noch während sie ins Glas rieselten, machte sich in meinem Bauch ein Gefühl breit, dass es vielleicht zu viele Blüten waren. Mein Blick fiel wieder auf das Rezept und still schüttelte ich über mich selbst den Kopf. Was war das denn für ein komischer Gedanke? Hanne hatte schließlich exakt eine Kelle abgemessen, genau so, wie es im Rezept stand. Ich biss mir auf die Zunge und sagte nichts.

Für alle weiteren Zutaten gaben wir Hanne genaue Anweisungen, damit sie wusste, wovon sie wie viel benutzen sollte, und die alte Duftapothekerin suchte die Kistchen zusammen. Die letzte Zutat aller Rezepte war immer das schwarze Meteorpulver, das auf dem obersten Regalbrett hinter uns in einem Glasbehälter funkelte.

Fast feierlich drehte Hanne sich dem Regal zu. »Eine Messerspitze Meteor, richtig?« Sie warf mir einen fragenden Blick zu und ich prüfte es im Rezept nach. Als ich nickte, streckte sich Hanne nach dem schweren Behälter aus. Stöhnend hievte sie ihn herunter und stellte ihn neben der Destille ab.

Keiner sagte einen Ton. Unser Schweigen füllte den ganzen Raum. Wir standen einfach nur da und wollten nicht glauben, was wir vor uns sahen.

Das war doch völlig unmöglich! In dem Glasbehälter vor uns schimmerte und glitzerte es nicht wie sonst. Das schwarze Meteorpulver war weg! Das Pulver, ohne das es die Duftapotheke gar nicht geben würde und ohne das die Düfte nichts von ihrer Wirkung entwickeln würden. Der Behälter vor uns war völlig leer, bis auf den letzten Krümel.

Hanne starrte fassungslos auf das leere Glas. Es war zwar nur noch bis zur Hälfte gefüllt gewesen, aber das hätte trotzdem noch ewig gereicht. Schließlich brauchte man für die Rezepte normalerweise nie mehr als eine Messerspitze. Aber jetzt war alles verschwunden. In meinem Kopf sausten die Fragen durcheinander.

»Wo. Ist. Es?« Hannes stemmte ihre Arme in die Seiten und funkelte uns an.

»Woher sollen wir das denn wissen?« Mats' Antwort klang nicht weniger vorwurfsvoll als Hannes Frage.

Die alte Duftapothekerin strich sich durch ihre krausen Locken. Tief atmete sie einmal ein und wieder aus. »Wenn ihr es nicht weggenommen habt und ich auch nicht, *wer* war es dann?«

Drei Sekunden lang standen wir da wie Salzsäulen, bevor endlich wieder Bewegung in unsere Glieder kam. Hektisch drehte Hanne sich um sich selbst, auf der Suche nach dem Meteor. »Hier unten kann doch nichts verloren gehen!«

»Willem!«, rief Mats plötzlich und sah zu mir. »Du hast mir doch erzählt, dass es am Eingang zum Gewächshaus nach Willem gerochen hätte!«

»Willem?!« Hanne blieb stocksteif stehen und warf mir einen panischen Blick zu. »Du hast den ›Duft der Ewigkeit‹ hier gerochen?«

»Aber … wo ist Willem dann?« Bennos Stimme klang dünn.

Ich hob die Schultern. »Gesehen habe ich ihn nicht«, versuchte ich, ihn zu beruhigen.

»Das heißt doch nichts!«, entgegnete Mats. »Wenn das Meteor wirklich weg ist, dann muss Willem es irgendwie an den Duftfallen vorbei geschafft haben!«

Ich wog unschlüssig den Kopf hin und her. »Na ja, eigentlich habe ich nur gesagt, dass es nach modriger Erde gerochen hat.«

»Aber danach riechen diese Ewigen nun mal!«, warf Hanne ein.

Ich nickte. »Genau, ›Der Duft der Ewigkeit‹ riecht so. Theoretisch könnte es also jeder von ihnen gewesen sein. Jeder der Ewigen, der nicht länger auf seine Bestellung warten wollte. Monsieur Bernard zum Beispiel. Oder irgendein anderer Kunde, der jetzt keinen Nachschub mehr von uns bekommt. Da gibt es bestimmt eine Menge Leute, die gerade ziemlich sauer und verzweifelt sind.« Ich zeigte auf die Kiste am Boden, in die wir die vielen drängenden Briefe geschmissen hatten.

Mats schüttelte den Kopf. »Na ja, rein theoretisch vielleicht. Aber praktisch kommt doch nur Willem infrage. Niemand kennt sich hier besser aus als er.«

Hanne sah mich mit Augen groß wie Bingokugeln an. »Wo ist der Duftplan?«

Stimmt! Hektisch tastete ich in meiner Hosentasche nach der zusammengefalteten Karte. Als ich sie aus herauszog, atmete ich erleichtert aus. »Hier!«

»Herrje!« Jetzt atmete auch Hanne lang aus. »Mir ist zwar nicht klar, wie Willem es geschafft haben soll, hier reinzukommen. Ich habe wirklich an allen Stellen, an denen man einbrechen könnte, ein paar »Schnarchende Brisen« ausgelegt. Willem hätte in eine von ihnen treten müssen, wenn er ins Gewächshaus geklettert wäre. Aber offenbar ist er doch schlauer, als ich gedacht habe.« Hanne seufzte schwer. »Ach, Kinder. Wenn er das Meteor wirklich hat, ist er mehr als gefährlich! Niemals darf er auch an den Duftplan kommen! Andernfalls sind wir ihm nicht nur völlig ausgeliefert, sondern dem ganzen unausstehlichen Haufen der Ewigen.« Hanne fasste sich ans Herz, als würde es jeden Moment zerspringen.

»Dann finden wir am besten sofort heraus, wie Willem es geschafft hat, uns das Meteor wegzunehmen, und vor allem, wo es jetzt ist«, sagte Mats mit ruhiger Stimme, obwohl ich genau sah, wie er die Hände zu Fäusten ballte.

»Meint ihr denn, Willem hatte Hilfe?«, überlegte ich. Auch mir war nämlich nicht klar, wie er Hannes Duftfallen ausgetrickst haben sollte. Man sah sie nämlich gar nicht, wenn man nicht wusste, wo sie lagen.

»Wer sollte Willem denn bei so was helfen?«, brummte Mats. »Der vertraut ja bestimmt niemandem.«

»Ich hab euch doch von der Baronin erzählt«, sagte ich.

Mats verzog sein Gesicht. »Die von Schönblom?«

»Ja! Die ist schon oft mit ihrer schwarzen Limousine hier aufgetaucht und hat uns beobachtet. Sie hat mir sogar mal gedroht.«

»Hm. Damit hat Luzie recht.« Hanne wirkte unschlüssig.

Mats' Blick verdunkelte sich und er sah gar nicht, wie Benno zu ihm hochschaute und ihn breit anlächelte. »Ich glaube auch, dass es nur Willem war!«, sagte mein Bruder. »Der hat ja auch deinen Vater –«

Doch bevor Benno seinen Satz beenden konnte, zog Mats einen leeren Duftflakon aus seiner Hosentasche und stellte ihn mit einem lauten Scheppern auf den Apothekertresen. Das Fläschchen besaß keinen Korken mehr und die Flüssigkeit musste schon vor langer Zeit ausgelaufen sein. Zumindest war die Tinte auf dem Etikett halb verlaufen und das Papier fleckig.

»Willem ist alles zuzutrauen«, sagte Mats und klang angespannt.

Es dauerte nur einen Moment, bis ich begriff, woher ich den Flakon kannte. Es war der »Lieblose Duft«. Der Duft, der sämtliche Liebe in Mats' Vater zunichtegemacht hatte. Zumindest glaubten wir das.

»Was ist das denn?« Hanne beugte sich näher heran, um den Namen des Duftes zu lesen. Kurz kräuselten sich die ohnehin tiefen Falten auf ihrer Stirn, bis sie plötzlich scharf die Luft einzog und einen Schritt rückwärtsmachte. »Wo hast du *den* denn her? Und wieso ist er leer?!«

Mats' Gesichtsausdruck verhärtete sich immer mehr. »Wir haben ihn so, wie er ist, auf dem Dachboden der Villa Evie gefunden. Das Fläschchen muss dort schon ziemlich lange gelegen haben. Ich schätze mal, es ist genau *vier Jahre* her, als Willem es geöffnet hat! Und zwar absichtlich!«

In Hannes Gesicht erkannte ich ihre angestrengte Suche nach den Ereignissen der letzten Jahre. Manchmal merkte man, dass sie wahrscheinlich noch lange brauchen würde, all die Lücken in ihrer Erinnerung wieder zu füllen, die Willem ihr mit dem »Duft des ewigen Vergessens« für so lange Zeit genommen hatte. Und das alles nur, damit er die Duftapotheke selbst führen konnte.

Hanne drückte die Schultern durch. »Das ist ein grausamer und schrecklicher Duft. Ich kann mir nicht vorstellen, dass den irgendjemand freiwillig öffnet. Ehrlich gesagt traue ich das nicht mal Willem zu.«

Mats verschränkte die Arme. »Aber wer soll es sonst getan haben? Außer ihm war doch niemand hier!«

Hanne hielt den Duftflakon in die Höhe und betrachtete ihn mit zusammengekniffenen Augen. »Der ›Lieblose

Duft‹ gehört, seit ich mich erinnern kann, zu den ausgemusterten Düften. Es war einer der wenigen, über die mein Vater mit Argusaugen gewacht hat und die er nicht mehr hergestellt und auch niemals jemandem verkauft hätte. Ich habe mich nie getraut, diesen Duft auch nur anzufassen.« Hanne seufzte. »Du sagst also, jemand hat ihn eingesetzt? In der Villa Evie?«

»Genau. Erinnern Sie sich noch an meinen Vater?«, fragte Mats.

Hannes helle Augenbrauen wanderten suchend in die Höhe. »Eigentlich nicht«, sagte sie. »Tut mir leid. Manche Erinnerungen sind noch nicht wieder richtig zurückgekommen.«

Mats lächelte bloß schief. »Tja. Mein Vater hat uns vor genau vier Jahren verlassen. Bis heute weiß weder mein Bruder noch meine Mutter, warum er das gemacht hat. Er ist von einem Tag auf den anderen plötzlich verschwunden, einfach so, und seitdem haben wir nichts mehr von ihm gehört.«

»Oh!« Hannes Blick wurde weicher.

»Wahrscheinlich erinnern Sie sich auch nicht mehr daran, dass mein Vater oft Reparaturen in der Villa für Sie erledigt hat«, redete Mats weiter. »Die letzten Arbeiten hat er im Dach gemacht. Das war am gleichen Tag, an dem er auch abgehauen ist.«

Hannes Augen wurden immer größer, während sie anfing zu verstehen, was Mats ihr da gerade erzählte. »Du denkst, dein Vater hat euch wegen dieses schrecklichen Duftes verlassen?«

Mats nickte nur. »Ich bin mir sogar sicher, dass Willem ihm diesen Duft untergejubelt hat. Das kann kein Zufall gewesen sein, schon gar nicht, wenn der Duft nicht mehr verkauft wurde. Dann konnte ihn doch nur Willem besitzen.«

Hanne strich sich mit steifen Fingern über ihren Rock. »Nur warum sollte er euch so etwas antun? Was hätte er davon gehabt?«

»Na ja«, schaltete ich mich ein, während Benno nach Mats' Hand griff, um ihn zu trösten. »Es könnte doch sein, dass Mats' Vater etwas über die Duftapotheke herausgefunden hat und Willem ihn auf die Art zum Schweigen bringen wollte? Der ›Lieblose Duft‹ könnte schließlich dafür gesorgt haben, dass sein Vater sich einfach nicht mehr dafür interessiert hat.«

»Was für eine schreckliche Vorstellung!« Hanne rieb sich fröstelnd die Arme.

Mats sah die alte Duftapothekerin ratlos an. »Gibt es vielleicht etwas, das die Wirkung des ›Lieblosen Dufts‹ wieder aufheben kann? So eine Art Gegenduft?«

Aber Hanne sah nur genauso ratlos zurück. »Nein, nicht dass ich wüsste.«

»Vielleicht könnten wir uns ein neues Rezept ausdenken, das dagegen hilft?«, versuchte ich es vorsichtig.

»Hmm, ein *neues* Rezept? Für ein Gegenmittel?« Hanne schüttelte unschlüssig ihren Kopf hin und her. »Etwas, das die Wirkung wieder rückgängig machen könnte? Ein neutralisierender Duft also?«

»Ja, genau!«, sagte ich.

Die alte Duftapothekerin schaute sich im Labor um. »Nun, ich weiß leider nicht, ob das möglich ist. ›Der Duft der Endlichkeit‹ wäre ein solcher Duft, aber er ist viel zu gefährlich und, nun ja, soweit ich weiß, hat außer meinem Urgroßvater Daan niemand je ein neues Rezept entwickelt. Weder meine Großmutter noch mein eigener Vater haben neue Düfte kreiert und …«

Da zog Benno Mats am Arm. »Ohne Meteor bringt das aber gar nix. Ohne das Pulver können wir keinen neuen Duft machen!«

Ich biss mir auf die Lippe, weil Benno genau das aussprach, was Mats gerade am meisten Sorgen machen musste.

Auch Hanne stockte, als sie den niedergeschlagenen Ausdruck in Mats' Gesicht sah. »Aber wer weiß?«, versuchte sie, die Lage zu retten. »Zuallererst brauchen wir jedenfalls das Meteor zurück, da stimme ich Benno zu! Wenn wir das haben, finden wir sicher auch etwas für deinen Vater. Immer nur einen Schritt nach dem nächsten!«

Mats atmete schwer und drehte den leeren Flakon noch einmal in der Luft. »Wir müssen Willem so schnell wie möglich finden. Für meinen Vater. Außerdem, wer weiß, was der noch alles mit dem Meteor vorhat.«

Da hatte Mats recht. Dass er hier eingebrochen und das Meteor geklaut hatte, war ein Beweis dafür, wie gefährlich Willem wirklich war. Gefährlicher, als ich jedenfalls bisher dachte. Mit dem riesigen Meteorpulverglas konnte er nicht nur weiteren Ewigkeitsduft mischen, sondern auch viel schrecklichere Düfte, gegen die wir ohne einen Krümel

Meteorpulver nichts ausrichten konnten. Wir waren ihm also so lange ausgeliefert, bis wir das Pulver zurückhatten!

Mit einem unguten Gefühl im Bauch verließen wir das Gewächshaus. Wir liefen über den Kies unseres Gartens, der sich mit den herabfallenden Blättern der Bäume mischte. Seit Willem verschwunden war, hatte ich ständig darüber nachgedacht, wie man die Wirkung des »Lieblosen Dufts« wieder aufheben konnte. Nie hätte ich gedacht, dass es vielleicht gar kein Gegenmittel gab. War es wirklich unmöglich, einen neuen Duft zu erschaffen, der ihm helfen konnte?

»Weißt du, wo dein Papa jetzt wohnt?«, fragte Benno in unser Schweigen hinein.

Mats zuckte mit den Schultern. »Nicht wirklich, aber ich habe schon nach allen, die Jansen heißen, im Telefonbuch gesucht. Da gibt es zwar einige, aber ein paar konnte ich ausschließen. Mein Vater war ja Zimmermann, und wenn er nicht auch noch seinen Beruf gewechselt hat, finde ich ihn früher oder später schon noch.«

»Ich helf dir suchen!« Benno griff noch mal nach Mats' Hand, der daraufhin zu ihm runtersah und ihn anlächelte.

»Danke, Kumpel. Aber zuerst müssen wir das Pulver finden. Ohne das Meteor können wir die Duftapotheke nämlich schließen.«

»Wartet mal!« Plötzlich schoss mir ein Gedanke in den Kopf und ich ärgerte mich, dass ich nicht schon früher darauf gekommen war. Schnell rannte ich los und winkte die beiden Jungs hinter mir her. »Kommt mit! Mir ist was eingefallen!«

5

Die Jungs stiegen hinter mir die knarrenden Stufen unserer Holztreppe hinauf. Am Ende angekommen öffnete ich die Tür zum Dachboden.

Der ganze Raum war noch immer vollgestellt mit alten Seemannskisten, Schränken und Pappkartons. Überall lagen die Dinge des Duftapothekers Daan de Bruijn herum.

»Was sollen wir denn hier?«, fragte Mats. »War ja lustig, eure Villa zu durchstöbern, aber haben wir gerade nicht was Wichtigeres vor?«

Ich schmunzelte nur und drehte mich zu den Jungs herum. »Ja, schon. Aber denkt doch mal nach: Wenn

Willem jetzt alles hat, was man für den ›Duft der Ewigkeit‹ braucht, dann wird sich keiner von seinen früheren Kunden mehr hier blicken lassen. Dann hilft es uns auch nicht, dass wir die Ewigen an ihren farblosen Augen und dem Gemüffel erkennen, stimmt's? Also müssen wir dringend herausfinden, mit wem der alte Gärtner am meisten zu tun hatte, als er die Duftapotheke noch geführt hat. Dann wissen wir auch, wo er am wahrscheinlichsten hingehen wird. Immerhin braucht er noch so einige andere Zutaten für seine Düfte. Ich bin mir sicher, dass er Unterstützung hat.«

»Hmm, stimmt.« Mats nickte. »Und wie genau finden wir das heraus?«

Ich ging an Benno vorbei zu einer der Pappschachteln, in der wir bei unserem letzten Besuch ein paar vergilbte Bestellzettel gefunden hatten. Auch jetzt lagen sie noch lose übereinander. Staub rieselte von ihnen herab, als ich den Stapel herausnahm und vor uns ausbreitete. Vorsichtig blies ich über das oberste Papier und fing an, die Zettel nach Nachnamen zu sortieren. Jede Bestellung war an Daan de Bruijn adressiert. Am häufigsten wurde, wie ich vermutet hatte, der »Duft der Ewigkeit« bestellt, und das in sehr regelmäßigen Abständen.

Mats und Benno sahen zu, wie die Zettelhäufchen um uns herum wuchsen. Zwei der Kunden kannten wir schon und sie gehörten auch zu denen mit den meisten Bestellungen. Es war einmal die Baronin von Schönblom und Monsieur Bernard, ein französischer Glashersteller, der die Duftapotheke früher mit seinen Flakons beliefert hatte. So weit, so vorhersehbar. Aber es gab auch noch eine ganze Menge andere, die den Duft bestellt hatten und somit erstens noch lebten und zweitens vielleicht wussten, wo Willem steckte.

»Das sind mehr, als ich erwartet hätte«, sagte Mats, als er die Stapel betrachtete.

»Ja, viel mehr«, flüsterte ich. Es war wirklich kein schöner Gedanke, dass so viele Menschen mit Willem gemeinsame Sache machten. Die meisten von ihnen mussten schon weit über hundert Jahre alt sein.

»Auf den Bestellzetteln fehlen allerdings die Adressen.« Mats zeigte auf den immer wieder gleichen Satz, der unter jeder Bestellung stand: *Bitte an die gewohnte Adresse liefern.*

»Willem muss irgendwo eine Kundenliste mit Adressen haben«, überlegte ich. »Am besten, wir schreiben erst mal alle Namen auf. Bestimmt kriegen wir die fehlenden Adressen auch anders raus.«

Beno sprang auf. »Ich hol Papier und Stifte!« Und schon flitzte mein Bruder zurück ins Treppenhaus und polterte die Stufen hinunter.

Mats lächelte mich an. Ich beobachtete, wie sich kleine Grübchen in seinen Backen bildeten, und für einen kurzen Moment schlug mir eine warme Welle bis zu den Ohren hinauf.

Schnell senkte ich mein Gesicht Richtung Zettel und versuchte, so zu tun, als hätte ich Mats' Lächeln gar nicht richtig gesehen. Ganz fest konzentrierte ich mich darauf, dass sich meine Wangen nicht rot färbten. Aber ich wusste, dass sie es natürlich trotzdem taten.

Bepackt mit Malblock und ein paar Buntstiften kam Benno zurück und wir fingen an, die Namen der Kunden aufzulisten. Ein paar der Bestellzettel trugen Landeswappen oder Siegel mit Städtenamen auf den Briefbögen. So konnten wir uns immerhin einige Wohnorte zusammenreimen. Die Baronin von Schönblom lebte wahrscheinlich in Amsterdam. Ein bisschen beruhigte mich das. Sie wohnte zwar nicht wie Monsieur Bernard in Frankreich, aber wenigstens war Amsterdam ein paar Stunden Autofahrt von der Villa Evie entfernt.

Nachdem wir alle Namen aufgeschrieben hatten, sortierte ich die Bestellzettel noch nach den Jahren, in denen sie geschrieben worden waren.

»Der Zettel hier ist vom 5. Januar 1899«, sagte ich und drehte das rissige Stück Papier vorsichtig herum. Es war eine Bestellung über zwei Flakons des Duftes »Ein Hauch Abenteuer«. »Und er ist an Daan de Bruijn adressiert.« Plötzlich stockte ich. An den Rand des Zettels war etwas handschriftlich geschrieben worden.

»Ja und?« Mats sah mich fragend an. »Viele Bestellungen sind doch schon so alt. Und sie sind *immer* an Daan de Bruijn adressiert. Sogar die, die Willem in den letzten Jahren angenommen hat, oder?«

Ich hob den Brief noch etwas höher. Benno sah gar nicht erst auf, sondern sortierte lieber seine Buntstifte nach Farben. Doch Mats rutschte noch ein Stück näher zu mir.

»Guck mal«, flüsterte ich. »Die Bestellung ist im Gegensatz zu den restlichen von Daan de Bruijn mit Füller unterschrieben worden!«

Mit dem Zeigefinger tippte ich auf die kleine Notiz.

Bezahlung erhalten am 5. Januar 1899

Daan de Bruijn

Ich lächelte, als Mats' Augen sich weiteten. Jetzt war der Groschen also gefallen.

»Du meinst …«, begann er. »Hat Hanne nicht gesagt, dass Daan de Bruijn schon 1898 gestorben ist?«

»Genau«, stimmte ich zu. »Im Dezember 1898. Nur wie konnte er dann einen Bestellzettel am 5. Januar 1899 unterschreiben?«

Mats kratzte sich am Kinn. »Vielleicht hat jemand die Unterschrift gefälscht?«

»Schon möglich«, überlegte ich und musste sofort an Willem denken. Nur was hätte der alte Gärtner davon gehabt? Den Zettel hätte doch außer ihm sowieso niemand zu Gesicht bekommen.

Von unten hörte ich Pa nach uns rufen: »Luuuzie, Beeenno! Essen ist fertig. Seid ihr da oben?«

»Jaahaa! Wir kommen!«

Ich schob die Bestellzettel zusammen und legte sie zurück in die Kiste. Nur den mit der Unterschrift und die Liste mit den Namen verstaute ich vorsichtig in meiner Hosentasche. Vielleicht konnte ich später die Unterschrift mit der Handschrift in Daans alten Notizbüchern vergleichen, um herauszufinden, ob das tatsächlich seine Unterschrift war oder nicht.

Zu dritt stiegen wir die Stufen vom Dachboden herunter, klopften uns den Staub von den Jeans und trotteten zu Pa und Ma in die Küche. Es duftete köstlich nach Pfannkuchen und erst jetzt merkte ich, wie hungrig ich eigentlich war. Bei dem Geruch von geschmolzener Butter fing mein Magen sofort an zu knurren.

»Ach, Mats, du bist ja auch da!« Pa grinste viel breiter, als es nötig gewesen wäre. »Setzt du dich dazu und isst ein paar Pfannkuchen mit?«

»Klar, danke!« Mats schob sich auf einen Stuhl zwischen Ma und Benno.

Pa war auf seine Pfannkuchen stolz wie auf wenig andere Dinge. Aber sie waren auch wirklich immer besonders lecker. Wir verdrückten so viele, bis Benno, Mats und ich nur noch um die Wette stöhnten.

»Und?«, fragte Pa plötzlich an Mats gerichtet. »Was hältst *du* denn von einem Ausflug? Wir könnten zusammen ein Stück über die holländische Grenze fahren und uns eine der kleinen Käsereien dort ansehen. Ich habe uns eine wirklich schöne Route rausgesucht, mit einem Spaziergang zwischendrin.«

Alarmiert sah ich zu Mats, der plötzlich blasser war als sonst und anfing, irgendwas von einem Basketballtraining zu stottern. Worte wie: *Training, heute* und *leider keine Zeit* purzelten viel zu schnell aus seinem Mund.

Ich warf Ma den mitleiderregendsten Blick zu, den ich hinbekam.

»Christian!« Mas Stimme klag ungewohnt streng. »Heute passt es mir eigentlich auch nicht so gut. Ich wollte doch noch mal in den Baumarkt fahren und ein paar Dinge besorgen, um den Stuck in der Diele auszubessern. Und du hattest versprochen, mir dabei zu helfen. Oder habe ich da was falsch verstanden?«

Jetzt stotterte Pa und war selbst mit der Suche nach einer guten Ausrede beschäftigt.

Glücklich über unsere Rettung lehnte ich mich zurück und freute mich, dass Ma mich verstand und gleichzeitig mit dem Restaurieren unserer Villa so beschäftigt war.

»Ich muss dann mal trainieren. Fürs Basketballturnier«, entschuldigte sich Mats und schob schnell seinen Stuhl zurück an den Tisch. »Und danke für die Pfannkuchen!«

Benno stand auch auf. Kleine Brüder brauchten nämlich nie Ausreden. Bevor Benno jedoch hinter Mats aus der Tür verschwand, machte ich mich auch aus dem Staub. Nicht dass Pa noch auf die Idee kam, seine Käsetour mit mir allein machen zu können.

Ich schlüpfte durch die Haustür nach draußen. »Kommt ihr mit zum Friedhof?«, rief ich den Jungs hinterher.

»Hä?« Mats hob eine Augenbraue. »Was willst du denn da?«

»Na, einen ganz bestimmten Grabstein suchen«, sagte ich nur und lief los.

Der Friedhof lag am Ende unserer Straße. Direkt dahinter fing der Wald an.

»Hast du dir ein neues Spiel ausgedacht?«, fragte Benno, als ich ihn zwischen den Gräbern hindurchwinkte.

»Nein, ich will nur etwas überprüfen«, antwortete ich und fand endlich, wonach ich gesucht hatte. Vor uns ragte ein riesiger Grabstein auf, auf den genau die Jahreszeit gemeißelt worden war, die ich erwartet hatte. »Guckt mal! Genau, wie ich dachte.« Ich zeigte auf die Inschrift vor uns.

Ruhe sanft
Daan de Bruijn
24. Oktober 1825 – 28. Dezember 1898

Daneben war das Grab von Eveline de Bruijn, die schon viele Jahre vor Daan gestorben war.

»Ich hatte recht. Daan hat im Jahr 1899 gar nicht mehr gelebt!« Ich stemmte meine Hände in die Hüften. »Das beweist auch, dass er die Bestellzettel auf dem Dachboden gar nicht selbst gesammelt haben kann. Das war jemand anderes!«

Mats verzog nur die Mundwinkel. »Willem also. Aber wussten wir das nicht alles schon?«

»Na ja«, sagte ich. »Ich frage mich gerade, wie oft Willem wohl auf dem Dachboden war. Er hat doch nie in der Villa Evie gewohnt. Könnte außer ihm nicht noch jemand die ganzen Bestellzettel gesammelt haben?«

Mats lehnte sich gegen einen Baumstamm, der unmittelbar neben dem Grabstein in die Höhe ragte. »Hanne hat doch erzählt, dass Daans Tochter die Duftapotheke eine Weile geführt hat«, sagte er. »Und nach ihr Hannes Vater. Die beiden haben ganz sicher in der Villa gewohnt und könnten auch die Zettel dort abgelegt und in Daans Namen unterschrieben haben.«

»Nur warum?« Mir sauste eine Frage durch den Kopf,

die mir gar nicht gefiel. »Wäre es nicht auch möglich, dass Daan mit Willem zusammen den ›Duft der Ewigkeit‹ verkauft hat … und dass Daan diesen Zettel im Jahr 1899 doch selbst unterschrieben hat?«

Mats winkte sofort ab. »Auf keinen Fall! Erstens meißelt doch kein Steinmetz ein falsches Todesdatum auf einen Grabstein und zweitens würde so etwas kein Duftapotheker jemals verkaufen. Das hat Hanne uns doch oft genug erzählt. Daan de Bruijn hat das alles hier schließlich gegründet, um Gutes zu tun und Menschen zu helfen. Jedenfalls wollte er ganz sicher nicht unsterblich werden. Wenn es so gewesen wäre, dann wäre Daan de Bruijn schließlich jetzt nicht tot, sondern würde die Duftapotheke führen.«

Benno kam näher auf den Grabstein zu. »Hanne hat auch gesagt, dass Daan und Willem gestritten haben.«

»Stimmt, das hat sie.« Ich zwirbelte mir nachdenklich eine Haarsträhne um den Finger. »Wir wissen nur nicht, worüber. Alles, was wir wissen, ist, dass Daan kurz vor seinem Tod Willem gekündigt hat.«

Mats lehnte sich wieder zurück und betrachtete den Grabstein. »Hmm … und Hanne hat auch erzählt, dass Willem nach Daans Tod zurückgekommen ist und dass ihre Oma Luise ihn wieder als Gärtner eingestellt hat, weil sie mit der Duftapotheke überfordert war. Das erklärt doch alles.«

»Aber selbst wenn Willem diese Unterschrift gefälscht hat …«, ich zog den vergilbten Bestellzettel aus meiner Hosentasche, »… dann erklärt das noch nicht die vielen Bestellzettel vom ›Duft der Ewigkeit‹ mit einem früheren Datum als 1898. Da hat Daan noch gelebt und das bedeutet, dass der Duft schon bei ihm höchstpersönlich bestellt wurde. Daan de Bruijn muss also davon gewusst haben. Und wer außer ihm hätte überhaupt so einen Duft entwickeln können? Du hast Hanne doch gehört: Nur er konnte neue Rezepte zusammenstellen.«

Mats öffnete überrascht den Mund. »Darüber habe ich bisher noch gar nicht nachgedacht.«

Ich nickte. »Irgendetwas stimmt hier nicht. Willem war nie ein echter Duftapotheker, sondern *Gärtner.* Ich hab das Gefühl, wir übersehen etwas.«

Für einen kurzen Moment fiel mir wieder Hanne ein, wie sie in der Duftapotheke heimlich diesen Zeitverkrümmungsduft ausprobiert hatte. Ob sie nach etwas suchte, in das sie uns nicht einweihte? Nur, wenn ja, konnten wir ihr dann überhaupt noch vertrauen?

Den Rest des Tages verbrachten wir bei Mats zu Hause. Dort hatten wir unsere Ruhe, um mehr über die Kunden auf den Bestellzetteln herauszufinden. Wir saßen vorm Computer und gaben alle Namen ein, die wir uns aufgeschrieben hatten. Nur leider war es nicht gerade leicht, etwas im Internet über Menschen herauszufinden, die noch aus einem Jahrhundert stammten, in dem gerade erst das Telefon und die Schreibmaschine erfunden worden waren. Zu fast keinem der Namen fanden wir etwas im Netz. Nur einer führte uns zu einem Artikel. Darin stand zwar nicht viel, aber das bisschen hatte es dann doch in sich.

Der verlinkte Artikel war von einem anonymen Autor verfasst worden und berichtete über »Die Ewigen«. Die waren laut dem Autor ein streng geheimer Zusammenschluss alter Adliger, die ausschließlich unter sich blieben, an verstaubten Werten festhielten und sich gegenseitig in machtvolle Positionen verschiedener Unternehmen oder in die Politik beförderten. Und die verteidigten sie im Zweifelsfall mit allen Methoden.

Mats rückte näher zu mir an den Bildschirm heran, sodass sich unsere Arme berührten. *»Für keins ihrer Verbrechen wurden die Ewigen jemals angeklagt oder schuldig gesprochen«*, las er laut vor. *»Bislang ist es niemandem gelungen, ihnen ein illegales Vorgehen nachzuweisen.«*

Ein komisch klingender Name wurde mehrmals in dem Artikel erwähnt. Er sagte mir nichts, außer, dass er ebenfalls auf einigen Bestellzetteln gestanden und wir mit ihm diesen Artikel über die Ewigen gefunden hatten. *Syrell de Richemont* hieß der Mann und war angeblich der Gründer eines riesigen Parfümkonzerns namens *Eternité.* Ein weltweiter Hersteller, der von Parfüms, ätherischen Ölen bis Kloduftsteinen alles verkaufte, was gut roch.

Während Syrell de Richemonts Name mehrmals vorkam, tauchten die Baronin von Schönblom oder Monsieur Bernard dagegen nicht ein einziges Mal auf, was ich ein bisschen seltsam fand. Aber obwohl wir wussten, dass es die Ewigen wirklich gab, und auch, was sie alles tun würden, um ihr Geheimnis zu beschützen, klang der Artikel trotzdem eher nach einer wirren Verschwörungstheorie. Unter dem Artikel standen sogar haufenweise Kommentare von Lesern, die den Beitrag als dummen Quatsch lächerlich machten.

Doch im Grunde wussten wir es besser. Und so blieb das ungute Gefühl, dass die Ewigen eben nicht nur Leute waren, die ewig leben wollten, sondern ein Zusammenschluss von einflussreichen, egoistischen Menschen wie Willem und der Baronin von Schönblom, über die sich so wenig herausfinden ließ, als gäbe es sie gar nicht.

6

Mitten in der Nacht weckte mich etwas. Halb verschlafen rutschte ich an meinem Kissen hoch und lauschte. Ich lehnte mich zum Fenster, das ich für die Nacht offen gelassen hatte, und spähte in die Dunkelheit unter einem dünnen Mond. Draußen war es still und die Sterne funkelten friedlich auf uns herunter.

Doch es war gar kein Geräusch gewesen, das mich aufgeweckt hatte, sondern wieder dieser Geruch. Dieser dunkle erdige Geruch, den ich sofort wiedererkannte. Vorsichtig schob ich mein Fenster weiter auf und lugte nach unten.

Ich erwartete, Willem irgendwo da draußen zu entdecken. Aber da war niemand.

Was war nur mit mir los? Wieso roch ich überall den »Duft der Ewigkeit«? Ich seufzte und schloss das Fenster. Wahrscheinlich hatte ich nur wieder von dem alten Gärtner geträumt. Ich versuchte, mich zu beruhigen, und kuschelte mich zurück unter meine Bettdecke. Selbst wenn Willem nachts hier rumschleichen würde, es brachte ihm doch gar nichts mehr. Was sollte er jetzt noch wollen? Jetzt, da er das Meteor längst hatte.

Ich zog meine Bettdecke noch ein Stückchen höher und dachte an den Duftplan in meiner Hosentasche. Es war Daan de Bruijns alte und mächtige Karte, auf der alle Zutaten und Wirkungsweisen der magischen Düfte standen, die er je entwickelt hatte. Aber Willem würde sie niemals bekommen. Dafür würde ich schon sorgen.

Am nächsten Morgen setzte ich mich im Bett auf und vergewisserte mich, dass der Duftplan noch in meiner Hosentasche war. Damit ich ihn weiterhin immer bei mir haben konnte, hatte ich ihn in eine Plastikhülle gesteckt, die ich nun ständig unter meinem T-Shirt trug. So konnte Willem sie nicht auch noch aus der Duftapotheke stehlen.

Ich breitete die Karte vor mir auf der Bettdecke aus. Mit dem Finger strich ich auf den fein gezeichneten Linien entlang, die die Düfte miteinander verbanden. Dabei suchte ich wie so oft nach dem »Lieblosen Duft« und hoffte, dass ich doch noch etwas entdeckte, das die Wirkung irgendwie aufheben, bekämpfen oder rückgängig machen konnte. Vielleicht konnte man ja auch bestehende Düfte miteinander mischen und dadurch eine neue Wirkung entwickeln? Hanne glaubte ja nicht daran, dass neue Rezepturen möglich waren, aber wenn wir das Meteor nicht wiederbekamen, blieb uns schließlich nichts anderes übrig, als das zu benutzen, was wir noch hatten.

Leider fand ich auch heute nichts, was ich nicht längst schon wusste. Ich fluchte leise, schlug die Decke zurück und hopste aus dem Bett. In genau zehn Minuten war ich mit Mats verabredet, also zog ich mich an, putzte mir die Zähne und schlich mich die Holzstufen nach unten, in der Hoffnung, dass mich weder Ma, Pa noch Benno bemerkten.

Und tatsächlich schaffte ich es dieses eine Mal unbemerkt aus unserem Haus und drückte wenig später auf das Klingelschild mit der Aufschrift *Jansen.* Keine vier Sekunden vergingen und Mats öffnete die Tür. Er hatte offensichtlich schon auf mich gewartet, sonst waren nämlich meistens seine Mutter oder Leon schneller. Ich war jedenfalls froh, dass Mats geöffnet hatte und Leon mir aus dem Wohnzimmer bloß ein »Hallo, Mädchen mit Namen!« zurufen konnte.

Ich verdrehte nur die Augen. Den Spitznamen würde ich wohl so schnell nicht loswerden. Und auch, wenn ich meine Schüchternheit langsam in den Griff bekam, bei Leon klappte es am schlechtesten. Wenn der mir einen seiner bescheuerten Sprüche entgegenschmetterte, lief ich immer noch knallrot an. Und zwar wie auf Knopfdruck. Dabei fand ich ihn nicht mal besonders toll. Eher das Gegenteil war der Fall. Aber Leon ließ seit Wochen keine einzige Gelegenheit aus, um das Flirten an mir zu üben.

Mats' Gesichtsausdruck hatte sich merklich verdunkelt und er griff nach meiner Hand, um mich aus der Wohnung zu ziehen. So schnell ich konnte, stolperte ich ihm hinterher und atmete erleichtert auf, als er draußen sein Tempo wieder bremste.

»Ich hab nachgedacht«, sagte Mats und lotste mich in Richtung Gewächshaus. »Was die Ewigen *wirklich* sind, finden wir garantiert nicht im Internet heraus. Die werden schließlich alles gut geheim halten.«

Ich nickte. Da hatte Mats ganz sicher recht.

»Aber bestimmt kann uns die Duftapotheke helfen, mehr darüber herauszufinden, was wirklich passiert ist!«

Ich sah Mats planlos an. »Hä? Wie meinst du das denn? Wie soll uns bitte die Duftapotheke bei der Suche helfen?«

Mats lächelte, als hätte er nur auf diese eine Frage gewartet. »Die Duftapotheke kann uns vielleicht nicht *direkt* helfen, aber sie kann uns helfen, etwas aus der Vergangenheit zu erfahren. Dann wissen wir wenigstens, was damals genau passiert ist. Und wenn wir mehr über die Ewigen herausfinden, hilft uns das auch, Willem und das Meteor zu finden!«

»Aber *wie* denn?« Ich verstand immer noch nicht.

»Hast du noch nie das Regal mit den Zeitverkrümmungsdüften bemerkt? Die, die du beim Aufräumtag nicht anfassen solltest? Erinnerst du dich daran, wie Hanne gesagt hat, dass wir uns um das eine Regal nicht kümmern müssten? Das fand ich da schon ein bisschen komisch. Inzwischen hat uns Hanne fast über jeden Duft etwas erzählt, aber *diese* Düfte … um die macht sie einen großen Bogen. Was bedeutet, dass sie unglaublich mächtig sein müssen – und vielleicht können wir damit ja in die Vergangenheit schauen? Der Name verspricht das jedenfalls.«

Mir fiel die Kinnlade runter. Die Zeitverkrümmungsdüfte! Natürlich! Wieso war ich nicht längst darauf gekommen? Hanne hatte sich doch noch vor Kurzem extra heimlich zwei Stunden, bevor wir mit ihr verabredet waren, in die Duftapotheke geschlichen. Sie hatte dort etwas ausprobiert, bei dem sie ganz offensichtlich allein sein wollte. Etwas, bei dem ich sie ertappt hatte.

Und jetzt wusste ich auch endlich, wieso! Mats hatte vollkommen recht: Hanne wollte die Zeitverkrümmungsdüfte für sich haben. Wahrscheinlich benutzte sie die Düfte, um all die Erinnerungen in ihr wachzurufen, die ihr abhandengekommen waren.

Und vielleicht waren diese Zeitverkrümmungsdüfte ja etwas, das auch uns half, mehr darüber herauszufinden, was in den letzten Tagen mit dem Meteorpulver passiert war?

Wir waren inzwischen fast am Gewächshaus angekommen und bevor Mats weitergehen konnte, hielt ich ihn am Ärmel zurück.

»Ich hab es dir noch nicht erzählt«, flüsterte ich, »weil ich erst dachte, es wäre keine so große Sache gewesen, und auch weil Hanne es so heruntergespielt hat. Aber ich habe sie bei etwas erwischt. Gestern, als wir mit ihr in der Duftapotheke verabredet waren, bin ich viel zu früh runtergegangen, weil ich weiter an einem Duft arbeiten wollte, der deinem Vater helfen könnte. Aber als ich nach unten kam, hab ich vom Flur aus eine Stimme und Schritte in der Duftapotheke gehört. Dabei saß Hanne nur mit einem geöffneten Flakon in ihrem Sessel. Es war genau einer dieser Zeitverkrümmungsdüfte und er war der Hammer! Es sah so aus, als ob noch jemand in der Duftapotheke wäre. Ein Mann, der halbdurchsichtig war und hinter dem Tresen stand. Die ganze Duftapotheke sah aus, als hätte sie eine Reise durch die Zeit gemacht. Die Möbel, die Regale – alles sah total altmodisch aus – wie aus einem anderen Jahrhundert. Die ganze Zeit hat Hanne dem halbdurchsichtigen Mann nur zugeguckt, als wäre es ein Film. Und sie ist richtig zusammengezuckt, als ich reinkam, und hat sich verhalten wie jemand, der bei etwas Schlimmem erwischt wurde!«

»Und du glaubst, sie hat einen Zeitreiseduft benutzt? Einen, mit dem man in die Vergangenheit zurückreisen kann?«

»Also nicht richtig«, antwortete ich. »Aber so, dass man sich angucken kann, was vor langer Zeit an einem Ort passiert ist.«

»Das wäre ja der Wahnsinn, wenn es echt so einen Duft gibt!« Mats strich sich über die Stirn. »Nur wie bestimmt man den Zeitpunkt, zu dem man reisen möchte?«

»Ich hab keine Ahnung«, gab ich zu. »Aber vielleicht muss man es genauso machen wie beim ›Hauch Veränderung‹ und einfach an etwas Bestimmtes denken? Lass es uns ausprobieren!«

»Du meinst also, wir sollten einfach mal so auf Zeitreise gehen?« Mats hatte die Arme vor der Brust verschränkt.

»Ohne dass wir uns richtig auskennen – und dabei möglicherweise ein riesiges Duftchaos anrichten? Schon wieder?«

Ich atmete tief aus und spürte, wie die Enttäuschung in mir aufkam. Doch da breitete sich schon ein Grinsen auf Mats' Lippen aus. »Ich mach nur Spaß. Na los! Riskieren wir's. Vielleicht finden wir ja wirklich ein paar Dinge über Willem heraus, die uns weiterhelfen.«

Ich lachte und hätte Mats am liebsten umarmt. Gemeinsam rannten wir weiter in Richtung Gewächshaus.

7

Draußen vor den hohen Glasscheiben des Gewächshauses zog mir wieder der modrige Geruch in die Nase. Sofort hielt ich Mats am Arm fest. »Riechst du es jetzt?«, fragte ich.

Aus Mats' Gesicht fiel alle Farbe. »Klar rieche ich das. Es riecht nach Willem!« Er drehte sich hektisch in alle Richtungen um, aber natürlich war wieder niemand zu sehen.

»Ich rieche Willem andauernd, aber ich sehe ihn nie«, sagte ich und zog Mats weiter, bevor ich die Glastür aufschloss und schnell wieder von innen verriegelte.

Mats presste die Lippen aufeinander und ging

langsam an den Fenstern des Gewächshauses entlang. »Ich frage mich schon die ganze Zeit, wie Willem hier überhaupt reingekommen ist, um das Meteor zu stehlen. Wie hat er das geschafft? Hanne hat alles so gut gesichert.«

Ich ging ihm hinterher und betrachtete die Glaswände, bis Mats abrupt stehen blieb und ich in ihn hineinstolperte.

»Hier!«, sagte er plötzlich.

Ich musste mich kurz sammeln, bevor ich sah, was Mats meinte. An einer der wenigen Scheiben, die sich öffnen ließen, war die Verriegelung aufgebrochen worden und das Fenster lehnte nur noch an. Über uns war ein Drahtseil aufgespannt, das ziemlich professionell zu einer der vielen Metallstreben des Gewächshauses reichte und dort befestigt worden war. Daran konnte man von draußen ganz einfach über Hannes Duftfallen am Boden hinwegschweben und sich an anderer Stelle im Gewächshaus wieder auf den Boden sinken lassen. Dabei hatte Hanne die »Schnarchenden Brisen« wirklich gut verborgen. So gut, dass man sie kaum sah. Die Fallen lagen ringsherum, entlang der Glasscheiben des Gewächshauses, unter ein paar angewinkelten Brettern versteckt. Sobald man durch eine Scheibe kletterte, wäre man auf den losen Brettern gelandet. Unter normalen Umständen wäre das Brett daraufhin umgekippt und hätte den Korken aus einem Duftflakon gezogen. Wir hatten es mehrmals getestet und für Hanne Versuchskaninchen gespielt. Jedes Mal funktionierte es bestens. Mats und ich waren ein paar Mal an Ort und Stelle eingeschlafen.

Aber anscheinend kannte Willem Hanne nicht nur besser,

als ich dachte, er besaß scheinbar auch noch eine Einbrecher-Profiausrüstung. Das verwirrte mich ein bisschen, weil ich fand, dass das eigentlich nicht richtig zu Willem passte. Der alte Gärtner war doch eher ein schlurfiger Schlechtelaunetyp. Dass er so geschickt durch das Gewächshaus klettern konnte ... unglaublich.

Mit zwei großen Schritten stand Mats vor der aufgebrochenen Scheibe und suchte nach irgendwelchen Hinweisen.

»So ein Mist!« Ich drehte mich um und lief hinüber zum Geräteschuppen, um etwas zu finden, womit wir die Fensterscheibe von innen verriegeln konnten. Aber das Einzige, was ich fand, war eine Kneifzange und eine Rolle Garn, mit der Hanne die Pflanzenstauden immer an Stöcken festband. Ich griff mir beides und knipste mit viel Anstrengung das in die Metallstreben verschraubte Drahtseil durch. Dann fing ich an, die Verriegelung mit dem Garn so fest zu umwickeln, dass sie wenigstens nicht mehr offen stand. Während ich höllisch aufpasste, nicht selbst auf die Duftfallen am Boden zu treten, ärgerte ich mich, dass wir uns hatten austricksen lassen.

Auch Mats schüttelte nur den Kopf. »Keine Fußabdrücke, nichts. Verflixt.«

Mit hängenden Schultern streiften wir noch einmal gemeinsam durch die Blumenbeete und Pflanzen, fanden aber nichts. Schlecht gelaunt betraten wir den Geräteschuppen, brachten den Raum zum Drehen und stiegen die Treppe zur Duftapotheke hinunter.

Der Herbst verdrängte inzwischen spürbar den Sommer

und das merkte man hier unter der Erde ganz besonders stark. Ich fröstelte, während wir die Duftapotheke öffneten und uns die bunt funkelnden Flakons begrüßten. Entschlossen ging ich auf das Regal mit den Zeitverkrümmungsdüften zu und suchte nach dem zartrosa Flakon, von dem ich glaubte, dass Hanne ihn verwendet hatte. Ich überflog die Etiketten auf den Fläschchen: »Gestriger Duft«, »Ein Hauch Vergangenheit«, »Historisches Aroma« und »Duft durch alle Zeiten« …

Das war er! Der schmale, längliche Flakon, in dem dicke blassrosa Luftblasen aufwallten und sich gegen den Korken drückten. Mit klopfendem Herzen nahm ich ihn aus dem Regal und stellte ihn zwischen Mats und mich auf den Tresen.

»Das muss er sein!« Ich warf ihm einen nervösen Blick zu. »Aber keine Ahnung, wie er genau funktioniert.«

Mats drehte den Flakon hin und her. Dann zuckte er mit den Schultern. »Probieren wir es einfach aus. In welche Zeit wollen wir denn zurück und wen treffen wir?«

Ich lächelte und nahm den Flakon vorsichtig in meine Hände. »Versuchen wir, an Willem und Daan de Bruijn zu denken. Oder an den ›Duft der Ewigkeit‹, dann erwischen wir hoffentlich einen Moment, in dem die beiden sich darüber unterhalten haben.«

Mats nickte mir zu, also schloss ich die Augen und konzentrierte mich. Vorsichtig zog ich am Korken.

Kurz nachdem wir den gewohnten *Plopp* hörten, blubberten die Luftblasen kräftiger und Wolken stiegen aus dem Fläschchen auf. Rosa Dunst umnebelte uns und dieser komisch bittere Geruch von Flieder stieg mir wieder in die Nase. Sonst passierte erst mal gar nichts.

Doch dann stockte mir der Atem, denn plötzlich veränderte sich alles um uns herum. Es war wirklich wie in einem Film, den man zurückspulte. Die Einrichtung der Duftapotheke veränderte sich und die Anzahl der Duftflakons wurde weniger. Ich hörte Schritte, die im nächsten Moment wieder verhallten, hinter uns quietschte die Tür und jetzt betrat wieder der halbdurchsichtige Mann die Duftapotheke, den ich schon gesehen hatte, als Hanne den Duft benutzt hatte. Mit weiten Schritten kam er auf den Tresen zu. Ich wich zurück, dabei schien er uns gar nicht zu bemerken.

Diesmal sah ich sein Gesicht. Und jetzt wusste ich auch, wer das war. Ich erkannte ihn von den Fotografien aus dem Flur wieder. Vor uns stand der Mann mit den vielen Lachfalten um Mund und Augen und den hellen kurzen Haaren, dem wir das alles hier zu verdanken hatten.

Unglaublich! Das war der erste Duftapotheker der Villa Evie. Der Mann, der das alles hier aufgebaut hatte.

Daan de Bruijn trug auch heute wieder diesen altmodischen braunen Anzug. In der Hand hatte er einen Lederkoffer, der aussah wie ein Medizinkoffer aus den alten Schwarz-Weiß-Filmen, die Pa immer so gern guckte.

Ich schaute zu Mats, dem der Mund offen stand, während Daan an den Regalen entlangging und einen Flakon nach dem anderen betrachtete. Er war immer noch zur Hälfte durchsichtig, als ob er nur aus Licht und Luft bestünde. Bestimmt konnten wir einfach wie bei einem Geist durch ihn durchfassen. Ich ging näher heran und sah, wie er einen Flakon aus seinem Köfferchen holte und ins Regal stellte. Mit einem Schlag wich alle Luft aus meinen Lungen. Auf dem Etikett des Flakons las ich: *»Duft der Ewigkeit«!*

Ich spürte, wie mir der Anblick einen Stich versetzte. Bisher hatte ich trotz meiner Zweifel versucht zu glauben, dass der frühere Duftapotheker nichts mit diesem Ewigkeitsduft zu tun hatte, aber natürlich konnte nur er die Rezeptur erfunden haben.

Wieder hörte ich Schritte und kurz darauf knarrten die Türscharniere. Ich drehte mich um und sah Willem auf uns zukommen. Mir stockte der Atem, doch dann erkannte ich, dass auch Willem natürlich nur ein Teil des Zeitverkrümmungsduftes war. Er sah viel jünger aus! Seine Locken waren noch nicht grau und sein Gesicht glatter, fast noch jungenhaft, obwohl er die gleiche Frisur trug wie heute.

Ich sah zum rosa Flakon auf dem Tresen. Die Hälfte darin war schon aufgebraucht. Mir fiel wieder ein, dass sich die magischen Düfte ja schneller leerten als normale. Eilig griff ich nach dem Korken und verschloss das Fläschchen. Im Raum hatten sich mittlerweile genug rosa Wolken ausgebreitet und der »Duft durch alle Zeiten« würde deshalb sicher noch etwas wirken.

Willem blieb am Tresen stehen. In seiner Hand hielt er einen Brief. »Verzeihen Sie, Herr de Bruijn, dass ich Sie störe, aber wir erhalten eine Bestellung nach der nächsten. Die Baronin hat sich erlaubt, ganze zwei Kisten anzufordern. Wie können wir nur so viel in so kurzer Zeit abfüllen?«

Daan hob den Kopf und ich verschluckte mich fast vor

Schreck. Das konnte doch nicht sein! Der alte Duftapotheker ... er hatte farblose Augen! Genau wie der junge Willem auch, zu dem Daan jetzt hinübersah.

In meinem Kopf fingen die Fragen an, sich zu drehen. Wir hatten doch gerade noch vor Daan de Bruijns Grabstein gestanden. Nur ... wenn der alte Duftapotheker wirklich farblose Augen hatte, dann bedeutete das, dass er vielleicht noch lebte!

»Gar nicht«, riss mich Daans harsche Antwort aus meinen Gedanken. »Wir bieten keinen einzigen Tropfen mehr davon an! Ich habe mich geirrt. Der Duft wird falsch angewendet, das muss unterbunden werden.«

»Uns ausgenommen, nicht wahr?« Willems Stimme klang dünn. »Andernfalls ...«

»Mein guter Willem, das hat doch alles keinen Sinn.«

Die Möbel im Raum fingen an, sich in die Einrichtung zurückzuverwandeln, die wir kannten. Auch Daan de Bruijn wurde immer durchsichtiger.

Willem ging mit eindringlichem Blick auf Daan zu. »Aber ich muss zu bedenken geben, dass wir ...«

»Kein ›Aber‹!«, hörte ich den alten Duftapotheker noch rufen. »Wir haben von diesem Duft in den letzten Monaten weiß Gott mehr als genug eingeatmet. Wir sind nun, was wir sind, daran wird sich nichts mehr ändern. Wir sind ein Teil von ihnen. Aber von nun an dürfen keine Neuen mehr dazukommen! Auf keinen Fall dürfen wir ...«

Doch bevor er seinen Satz beenden konnte, löste sich Daan de Bruijn in einer zartrosa Wolke auf.

»Aber was wird dann aus meiner ...?« Willems Worte waren kaum noch zu hören. Auch er selbst löste sich auf und verschwand.

Ich starrte immer noch auf die letzten rosa Wolken und überlegte, ob ich den Duft wieder öffnen sollte, als ich plötzlich zusammenzuckte. Hinter mir räusperte sich jemand.

Ruckartig drehte ich mich um.

8

Das glaube ich jetzt nicht!« In der Tür hinter uns stand Hanne und schüttelte ihren Kopf. Sie hatte ihre Arme fest in die Seiten gestemmt. Auf Mats und mich wartete eindeutig Ärger. Sicher hätten wir keinen dieser Düfte öffnen dürfen.

Doch es kam nicht so, wie ich erwartet hatte. Hanne war zwar stinksauer – nur nicht auf uns. Immer noch sah sie zu der Stelle, an der der alte Duftapotheker zuletzt gestanden hatte. »Wie ist das möglich?« Sie begann, umherzutigern und leise vor sich hin zu fluchen.

»Kann das denn sein?« Mats war

der Erste, der vorsichtige Worte für das fand, was wir gerade erfahren hatten. »Ist Daan de Bruijn auch ein Ewiger?«

Hanne drehte sich ruckartig um und funkelte uns an. »Es sieht ganz danach aus! Aber glauben möchte ich das nicht!«

Ich räusperte mich. »Bedeutet das, dass Daan noch lebt?«

Hanne warf die Hände in die Luft. Sie hatte mich gar nicht richtig gehört. »Das passt doch überhaupt nicht zu ihm! Mein Vater hat immer gesagt, Daan hätte die Düfte nie für sich selbst benutzt. Nie! Und wo, bitte, soll er all die Jahre gewesen sein?« In Hanne fing die Wut an, immer höherzukochen.

Ich konnte es genauso wenig glauben. Bislang hatte ich immer gedacht, dass Daan de Bruijn nur Gutes mit der Duftapotheke bewirken wollte. War der Gründer der Duftapotheke gar nicht der, für den wir ihn alle gehalten hatten? War er nicht der hilfsbereite und wissbegierige Forscher, der die Menschen mit seinen Düften gesund gepflegt hatte?

Aber wer war er dann? Und wozu hatte er die Duftapotheke gegründet? Etwa nur, um ewiges Leben zu erschaffen? Konnte das sein? Auf meinen Armen breitete sich Gänsehaut aus.

»Ich dachte immer, dass … also, dass Daan nichts mit den Ewigen zu tun hatte«, flüsterte ich. »Dabei ist er selbst einer von denen.«

Hanne kniff die Lippen aufeinander und schüttelte immer noch den Kopf. »Nein, das kann nicht sein! Er hätte doch nicht die Duftapotheke verlassen und sie weitervererbt, wenn er noch am Leben wäre! Das ergibt alles überhaupt keinen Sinn.«

Mats' Blick wanderte über die Flakons in den Regalen.

Das Sprudeln und Blubbern in ihnen hatte plötzlich etwas Beunruhigendes. Ich war mir so sicher gewesen, dass Daan die Welt nur hatte besser machen wollen. Deshalb hatten mir die magischen Düfte auch nie Angst gemacht.

Aber jetzt bekamen die Fläschchen etwas Unheimliches. Wer wusste schon, was sie noch alles bewirken konnten? Wenn Daan ein Teil dieses »Zusammenschlusses« war, über den wir in dem Artikel gelesen hatten und der nur dazu da war, um immer mächtiger zu werden, dann war dem alten Mann doch alles zuzutrauen!

»Wir müssen herausfinden, warum Daan den Duft entwickelt hat«, sagte ich. »Nur dann wissen wir, wie er wirklich zu dem Ganzen steht und ob wir die Duftapotheke in Zukunft überhaupt noch benutzen können.«

Mats strich sich durch seine dunklen Locken. »Und wie willst du das anstellen?«

»Suchen wir ihn!«, sagte ich. »Wenn er wirklich zu den Ewigen gehört, dann finden wir bei Daan vielleicht auch heraus, wo Willem sich mit dem Meteorpulver versteckt.«

»Da ist was dran!« Hanne nickte und ein Funke Hoffnung blitzte in ihren Augen auf. »Wenn mein Urgroßvater noch lebt, dann finden wir ihn auch! Ich werde mich umhören und überlegen, wer uns bei der Suche helfen könnte. Irgendetwas muss ich in den Notizbüchern und Tagebüchern übersehen haben.« Hanne atmete tief ein, als sie uns den Rücken zudrehte und sich an die Arbeit machte. Und sie tat mir richtig leid, als ich sie noch leise sagen hörte: »Wir alle sind regelmäßig zu Daans Grab gegangen und haben dort Blumen für ihn abgelegt …«

In den Stunden danach durchstöberten wir alles, was wir über Daan de Bruijn finden konnten. Den gesamten Dachboden hatte ich durchpflügt, ohne irgendetwas zu entdecken, das uns weiterhalf. Deshalb ging ich noch einmal nach unten in den Flur, der zur Duftapotheke führte, und betrachtete die alten Fotografien.

Daan sah darauf so freundlich, warmherzig und hilfsbereit aus. Hatte er wirklich alle getäuscht? Bloß um ewig zu leben?

Nur warum hatte er die Villa Evie und die Duftapotheke dann überhaupt verlassen? Klar, irgendwann hätte man ihm Fragen gestellt. Niemand konnte schließlich über 150 Jahre alt werden, ohne dass es irgendwann aufgefallen wäre. Daan konnte sein Leben wahrscheinlich nur woanders und unter falschem Namen weiterführen. Aber es war ein Leben ohne Vergangenheit. Nicht älter zu werden, das ging nur heimlich.

Andererseits hatte Willem es auch geschafft hierzubleiben, genau wie auch alle anderen Ewigen schließlich irgendwo lebten.

Ich fragte mich, was man davon hatte, ewig auf der Welt zu sein, wenn man dafür sein altes Leben, seine Familie und alles, was man liebte, zurücklassen musste. Nur um danach für immer allein zu sein? Mir wurde kalt bei dem Gedanken – eisig kalt.

9

Am Nachmittag sah ich mich nach Ma, Pa und Benno um. Aber Pa schien meinen kleinen Bruder tatsächlich zu irgendeinem Ausflug überredet zu haben, jedenfalls waren die beiden nirgends zu entdecken. Ma hockte in ihrem Arbeitszimmer und war dadurch zum Glück weit genug von der Diele entfernt. Froh darüber griff ich mir aus der Schublade in der Küche einen von Mas Jutebeuteln und ging in den Flur. Dort drehte ich das geschnitzte Efeublatt im Geländer der untersten Treppenstufe im Erdgeschoss einmal um sich selbst.

Knarrend und quietschend schob sich die Holzvertäfelung unter der Treppe auf und ich schlüpfte in den Fahrstuhl darunter. Ich drehte meinen alten Schlüssel im Schloss und vor mir zog sich die Wand wieder zusammen. Es wurde dunkel. Ratternd fuhr ich in das geheime Büro hinab, hinter dem die Duftapotheke lag.

Unten angekommen öffnete ich die Fahrstuhltür, knipste das Licht an und wartete auf das vertraute Surren der Gaslampen über mir, die das Büro mit seiner Blümchentapete erhellten. Ich öffnete die Tür, die hinüber in die Duftapotheke führte, und ließ mich von ihrem Duftmischmasch begrüßen.

Wenn wir Willem finden wollten, dann brauchten wir jede Unterstützung, die wir bekommen konnten. Und was sonst als unsere magischen Düfte war dafür wie geschaffen.

Als wir Daan de Bruijn mithilfe des »Dufts durch alle Zeiten« gesehen hatten, trug er eine Art Medizinköfferchen bei sich. Das hatte mich auf die Idee gebracht, mir eine Reiseapotheke zusammenzustellen, mit allem, was uns dabei helfen konnte, das Meteorpulver wieder zurückzubekommen.

Ich schlenderte an den Regalen entlang und las mir die Etiketten auf den Flakons durch. Was davon wohl gut wäre? Ich ging die Vor- und Nachteile der verschiedenen Düfte in meinem Kopf durch und konnte mich einfach nicht entscheiden. Erst als ich am »Wahrhaftigen Duft« ankam, wusste ich, dass der uns ganz sicher helfen würde. Leider war nicht mehr viel davon übrig. Wir hatten ihn mit Hanne ja nicht mehr neu auffüllen können. Aber egal, selbst der kleine Rest konnte uns bestimmt trotzdem helfen. Also ließ ich den Duft in den Beutel gleiten, bevor ich weiter an den funkelnden Flakons entlangging. »Eine Brise Glück«, »Der unscheinbarste Geruch«, »Aromatischer Schutz«, »Ein Hauch Veränderung« und »Duft nach tiefschwarzer Nacht« landeten ebenfalls in meiner Tasche.

Als ich das Gefühl hatte, genug Flakons ausgewählt zu haben, die in schwierigen Momenten irgendwie Sinn haben könnten, verließ ich die Duftapotheke, um Hanne zu besuchen. Hoffentlich hatte sie etwas herausgefunden!

Hanne war ausnahmsweise mal nicht im Gewächshaus zu finden, also klingelte ich am Seiteneingang der Villa Evie, der zu ihrer Wohnung führte.

Kurz bevor sie mir die Tür öffnete, hörte ich Hanne laut lachen. Mist! Dann war sie gerade also nicht allein. Doch als sie mich vor der Tür stehen sah, lächelte sie nur breiter.

»Hallo, Luzie! Gut, dass du kommst!« Hanne winkte mich in ihren schmalen Flur, der glücklicherweise heute mal nicht nach Kohlsuppe roch, so wie sonst immer. »Mats ist auch schon da!«

»Ach so?« Hinter ihr lief ich in Richtung Wohnzimmer, in dem Mats auf dem grünen Samtsofa saß, Hannes pummelige Katze streichelte und mich angrinste. »Hi, Luzie!«

Ich grüßte zurück und setzte mich mit meinem Beutel auf dem Schoß neben ihn.

»Was machst du hier?«, fragte er mich.

Ich sah ihn verwirrt an. »Das wollte ich eigentlich gerade dich fragen!«

Hanne drehte sich um und kramte in den Tiefen einer Schreibtischschublade herum.

»Sie hat mich auf dem Weg zu euch abgefangen«, flüsterte

Mats mir zu und nickte in Richtung Schreibtisch. »Sie sagt sie hat etwas gef–«

»Hier ist sie!«, rief Hanne und zog inmitten der überquellenden Zettel und Prospekte etwas hervor. Dann schob sie die Schublade mit voller Kraft wieder zu und kam mit einer Visitenkarte in der Hand zu uns. Die streckte sie Mats entgegen und ich beugte mich so weit zu ihm rüber, dass ich fast auf seinen Schoß kroch.

Friedrich Blüm
– Pflanzenexperte für besondere Arten –
Gewächshaus am Heseper Moor
Kleiner Fliederweg 1

»Wer ist das?«, fragte ich und sah zu Hanne hinauf.

»Ein alter Freund. Ein *sehr guter* alter Freund, der uns helfen wird«, sagte sie und strahlte über das ganze Gesicht. »Wenn Daan wirklich noch lebt, wird Friedrich wissen, wo. Da bin ich mir ganz sicher. Und Daan wird uns sagen, wo wir Willem und das Meteor finden. Da bin ich mir genauso sicher.« Hanne ließ sich in ihren Sessel plumpsen und sah sehr zufrieden mit sich selbst aus.

Mats reichte mir die Visitenkarte. »Kennt dieser Freund von Ihnen denn die Duftapotheke?«

»Ja, das tut er.« Hanne nickte gleich zweimal. »Friedrich stellt zwar selbst keine Düfte her, aber er war immer schon die erste Adresse, wenn es um schwer zu bekommene Gewächse ging. In der Familie Blüm gab es in jeder Generation Experten für ungewöhnliche und seltene Pflanzen.«

»Aber was hilft uns das?«, fragte ich und sah zu Mats, der mir auch nur einen ratlosen Blick zurückwarf.

»Nun ja, soweit ich mich erinnere, war Friedrich nicht nur der beliebteste Gärtner meines Vaters. Sicherlich hat Willem diese Tradition beibehalten. Friedrich hatte unheimlich enge Bindungen zu den Duftapothekern. Wenn also einer eine Idee hat, wo wir Daan finden können, dann ganz sicher er. Friedrich kennt einfach *jeden,* wisst ihr?« Hanne faltete ihre Hände und lehnte sich geheimnistuerisch nach vorn. »Außerdem ist er nicht nur hilfsbereit, sondern auch ziemlich neugierig. Ich wette, er interessiert sich brennend für unsere Suche. Bestimmt will er unbedingt erfahren, warum wir Daan de Bruijn finden wollen.« Hanne zwinkerte mir zu. »Das Beste wird sein, wenn wir gleich morgen früh aufbrechen und zu ihm fahren!«

10

Mit Hanne an unserer Seite war es gar kein Problem, meine Eltern von der kleinen Reise zu Friedrich Blüm zu überzeugen. Pa wirkte zwar leicht zerknirscht darüber, dass wir seinen tollen Käseausflug ausgeschlagen hatten, stattdessen aber mit Hanne gleich eine mehrtägige Rundfahrt planten.

Aber obwohl Pa seine Augenbrauen eng zusammenzog, stimmte er schließlich zu. Und weil er nicht die leiseste Idee hatte, was wir ausheckten, behielt er seine Zweifel offensichtlich lieber für sich.

Unserer Ma hatte Hanne erzählt, dass wir zum Heseper Moor fahren wollten – in ein ganz besonderes Gewächshaus, das ein berühmter Pflanzenexperte pflegte. Hanne trällerte von Friedrich Blüms seltensten und ausgefallensten Blumen in den höchsten Tönen. Er sei ein sehr guter alter Freund von ihr, wiederholte sie mehrmals und wie sie sich darüber freue, dass wir jungen Leute an so etwas noch interessiert seien.

Hanne log meine Ma also mit keiner Silbe an, sie sagte die absolute Wahrheit. Alles, was sie tat, war, einen Teil *nicht* zu erzählen. Einen Teil, der allerdings unsere Reise in einem völlig anderen Licht hätte erscheinen lassen.

Am nächsten Morgen warteten Hanne, Mats und ich mit unseren Rucksäcken bepackt am Bahnsteig auf unseren Zug nach Nordhorn, von wo wir weiter zum Heseper Moor fahren wollten. Der Wind zog uns scharf um die Nasen und ich hoffte, dass das Warten bald ein Ende hatte.

»Luzzieee!«, hörte ich es plötzlich hinter mir rufen, als ich schon weit entfernt auf den Gleisen unseren Zug erkannte.

Ich konnte es kaum glauben. Da kam doch ernsthaft Benno mit seinem Kuscheltierhasen im Arm auf mich zugerannt. »Waaaarte!«

Kurz schloss ich die Augen. »Was machst *du* denn hier?« Ich sah ihn vorwurfsvoll an. »Wieso bist du nicht bei Pa und Ma?«

Benno blieb vor mir stehen und schnaufte. »Ich komme auch mit!«

»Du kommst mit«, fiel es nur ungläubig aus meinem Mund. »Was?«

»Ich will auch das tolle Gewächshaus angucken gehen!«, erklärte mir Benno. »Ich hab alles eingepackt, was man bei einem Ausflug braucht. Guck!« Er zeigte mir seinen vollgestopften Kindergartenrucksack, aus dem noch mehr Kuscheltierohren herausschauten.

»Und was sagt Ma dazu?« Ich setzte den strengsten Blick auf, den ich hinbekam.

Benno guckte sofort weg und tat so, als hätte er meine Frage nicht gehört. Im gleichen Moment fuhr unser Zug ein.

Na wunderbar.

»So geht das nicht!«, rief ich über den Lärm hinweg. »Selbst wenn es Ma und Pa erlaubt *hätten,* ich tue es nicht! Du kannst nicht mitkommen, Benno! Dafür bist du noch zu klein!« Doch meine letzten Worte verschluckte endgültig das Rattern und Dampfen des Zuges, der vor uns bremste.

»Bin ich gar nicht!« Benno schmollte und verschränkte die Arme vor der Brust. »Du bist ungerecht!«

Ich sah Mats Hilfe suchend an, der aber nur ratlos das Gesicht verzog.

Hanne ging auf Benno zu und sah ihn plötzlich so tadelnd an, wie es nur alte Tanten konnten. »Kleiner Mann! So geht das wirklich nicht!«

Benno wollte gerade protestieren, aber Hanne redete einfach weiter. »In deinem Alter entscheidet man nicht einfach selbst, dass man auf Reisen geht! Deine Eltern machen sich bestimmt große Sorgen!«

Der Schaffner pfiff in seine Pfeife, was so viel bedeutete, dass wir jetzt sofort oder gar nicht mehr einsteigen konnten.

Ich beobachtete, wie die letzten Passagiere vom Gleis in den Zug sprangen. Eine Mutter mit zwei Kindern sowie ein hochgewachsener, stämmiger Mann mit riesigem Militärrucksack beeilten sich, noch den Zug zu erwischen.

»Wir müssen los!« Mats griff sich kurz entschlossen Bennos Hand und stieg mit ihm in den Zug ein. »Anders geht das jetzt nicht!«, rief er uns zu. »Wir haben ja nicht ewig Zeit. Und wir finden schon irgendwie eine Lösung.«

Mir stand der Mund offen und auch Hanne haspelte noch irgendetwas, trotzdem gingen wir hinterher. Was anderes blieb uns auch wirklich nicht mehr übrig.

Als wir endlich in unserem Abteil saßen und der Zug längst über die Gleise rollte, bekam Benno von mir den Anschiss des Jahrhunderts zu hören. Ich meckerte fast, ohne Luft zu holen, und erklärte ihm, dass er nicht einfach weglaufen durfte. Dass sich unsere Eltern riesige Sorgen machen würden und vielleicht sogar schon die Polizei alarmiert hatten! Außerdem hatte Benno keine Fahrkarte, was bedeutete, dass er schwarzfuhr.

Benno sagte keinen Ton. Erst recht nicht mehr, als ich ihm versicherte, dass er mir das Geld für die Fahrkarte, die ich gleich für ihn beim Schaffner kaufen würde, von seinem Taschengeld zurückzahlen musste – ganz egal, wie viele Monate er dafür brauchte.

Die nächsten Minuten war Benno wirklich still und bereute seine Entscheidung mitzukommen wahrscheinlich sehr. Aber davon hatten wir jetzt auch nichts mehr. Mein kleiner Lego spielender Bruder fuhr mit uns mit, während wir uns auf die Suche nach Daan de Bruijn und Willem machten, von denen einer ganz sicher – und der andere vielleicht – höchstgefährlich war. Ich fluchte in Gedanken.

Nach meiner Schimpftirade reichte mir Mats wortlos sein Handy, nachdem meins wie so oft keinen Empfang hatte.

Wie erwartet war Ma natürlich völlig aufgelöst vor Sorge. Ich beruhigte sie, dass Benno bei mir war, ich erst mal auf ihn aufpassen und sie nachher wieder anrufen würde, damit sie ihn abholen konnte.

Was hoffentlich schon sehr, sehr bald war.

»Wieso dürft ihr einen Ausflug machen und ich nicht?«, maulte Benno wenig später, als der Zug in Nordhorn hielt. »Ihr seid so gemein!«

Ich seufzte, schüttelte über meinen sturen Bruder nur den Kopf und nahm ihn an die Hand. »Du bleibst immer bei mir, bis Ma und Pa dich abholen kommen, klar?«

Benno guckte weg und ignorierte mich, wie immer, wenn er sich über mich ärgerte. Trotzdem blieb er an meiner Hand, was mich ein bisschen überraschte.

Hanne kaufte Bustickets für uns und wir fuhren weiter Richtung Moor und Friedrich Blüms Gewächshaus. Mit jedem Kilometer, den wir dem Pflanzenexperten näher kamen, wurde Hanne unruhiger, jedenfalls wuschelte sie jetzt ständig in ihren Locken herum, strich sich mehrmals ihren Rock glatt und redete doppelt so schnell wie sonst.

Aber auch in mir breitete sich die Unruhe immer weiter aus. Ich dachte über Willem nach und darüber, was wohl passieren würde, wenn wir ihn wirklich trafen. Gut, wir wären immerhin zu viert, aber ob das ausreichte? Bislang hatten wir nur darüber nachgedacht, wie und wo wir Willem finden konnten, aber nie, was wir tun würden, wenn wir ihm wirklich gegenüberstanden. Mit jeder Haltestelle, an der unser Bus stoppte, wurden meine Sorgen größer.

Endlich stand Hanne auf und winkte uns aus dem stickigen Bus. Die Station, an der wir ausstiegen, war noch einsamer, als ich sie mir hätte vorstellen können. Ich wunderte mich fast, dass sich hier überhaupt eine Haltestelle lohnte. Außer ein paar vereinzelten Häuschen mit hübschen Vorgärten und haufenweise Bäumen und Wiesen gab es nichts. Alles sah aus wie in Bullerbü. Umso mehr wunderte es mich, wie viele Leute hier ausstiegen. Auch der große Mann mit dem noch größeren Rucksack wollte wohl nach Nordhorn. Ich sah ihm hinterher, wie er über den Bahnsteig stiefelte. Kurz stockte ich, weil er meinen Blick bemerkte und sich zu mir umdrehte. Über sein Gesicht zog sich eine riesige Narbe, die mich schaudern ließ.

»Luzie, komm schon!«, rief Mats und ich nickte.

Hanne ging voraus und führte uns eine schmale Dorfstraße entlang, die auf einen Platz mit einer Minikirche führte. Von dort bogen wir in einen noch kleineren Weg ein, an dem eine verfallene Scheune stand und dann erst mal nichts mehr. Hinter Hanne marschierten wir eine nicht enden wollende Baumallee hinunter.

Doch irgendwann hatten wir es trotzdem geschafft.

Schon von Weitem erkannte ich das riesige Gewächshaus, das mich ein bisschen an den Botanischen Garten in Berlin erinnerte. Vor unserem Umzug in die Villa Evie, als wir noch in der Stadt gewohnt hatten, waren wir ein paar Mal dort gewesen. Ich erinnerte mich gut an die warme Luft im Tropengewächshaus und die vielen verrückten Pflanzen, die Benno damals immer anfassen und in den Mund stecken wollte.

Zu seiner Verteidigung: Damals war er wirklich noch *sehr* klein gewesen.

Hanne blieb vor einem gusseisernen Gartenzaun stehen und drückte auf das Klingelschild mit dem Namen »Blüm«. Ich weiß nicht, ob ich es mir nur einbildete, aber ich glaube, ihre Finger zitterten leicht.

Eine Videokamera über uns bewegte sich, dann summte das Gartentor und Hanne drückte es auf. Vom Haus hörte ich Hundegebell und zuckte zusammen.

11

Hinter dem Zaun lag ein gepflasterter Weg, der direkt auf ein bewachsenes Landhaus zuführte. Die Eingangstür öffnete sich wie von Zauberhand und das Gebell wurde lauter.

Aus der halb geöffneten Tür lugte ein kleiner rundlicher Mann mit roten Backen und Hornbrille. Ich wunderte mich kurz, Hanne hatte uns doch erzählt, dass Friedrich schon ihren Vater mit seinen Blumen beliefert hatte. War Hannes Vater nicht gestorben, als sie zehn Jahre alt gewesen war? Das bedeutete doch eigentlich, dass Friedrich um einiges älter aussehen musste als Hanne.

Aber das tat er nicht.

»Friedrich! Was für eine Freude, dich nach so vielen Jahren wiederzusehen!« Hanne raffte ihren langen Rock und lief noch ein bisschen schneller auf die Tür zu. »Hättest du vielleicht einen Moment Zeit für uns? Ich brenne darauf, endlich einmal dein Gewächshaus zu sehen. Was habe ich mir früher immer gewünscht, es einmal besuchen zu können. Nun musste ich so alt werden, bis es endlich klappt!«

Das Hundegebell schwoll an und der Pflanzenexperte musste zwei schwarze Doggen am Halsband zurückhalten. Meine Hand schloss sich fester um Bennos und ich spürte die Handfläche meines kleinen Bruders schwitzen. Vielleicht war es aber auch meine eigene.

Ich hielt mich mit Benno im Hintergrund, während Hanne sich überhaupt nicht an den zähnefletschenden Doggen störte.

»Ähm, entschuldigen Sie?« Friedrich Blüm blickte leicht durcheinander zwischen Hanne und uns hin und her. Er sah aus, als hatte er nicht den leisesten Schimmer, wer wir waren. Beunruhigt blickte ich zu Mats, der den Pflanzenexperten genauso skeptisch beobachtete.

Doch dass Friedrich nicht wusste, was er sagen sollte, fiel gar nicht groß auf, weil Hanne einfach weiterplapperte.

»Darf ich dir die nächste Generation Duftapotheker vorstellen, die gerade in der Villa Evie heranwächst?« Hanne lächelte stolz, ging noch ein paar Schritte auf Friedrich zu und stellte uns der Reihe nach vor. Dabei zeigte sie zuerst auf mich, dann auf Benno und zum Schluss auf Mats. Fast hatte ich das Gefühl, als bemerkte Hanne die Hunde vor lauter Wiedersehensfreude nicht einmal, dabei sahen die beiden aus, als würden sie sich am liebsten auf sie stürzen.

Der runde Mann in der Tür kam mir so vor, als könnte er sich noch nicht ganz entscheiden, was er von unserem Auftauchen halten sollte.

»Wie machst du das nur?«, flötete Hanne immer weiter und blieb vor dem verdatterten Friedrich Blüm stehen. »Du scheinst ja einen Jungbrunnen zu besitzen! Man sieht dir dein Alter gar nicht an.«

Friedrich zerrte und schob mit aller Kraft die Doggen ins Hausinnere zurück, dann schloss er die Eingangstür hinter sich und blieb weiterhin unschlüssig auf den Stufen vor uns stehen. Sofort hörte man das Bellen nur noch gedämpft und ich entspannte mich etwas.

Langsam verlor Hanne nun doch ihre Geduld. »Sagt dir die Villa Evie denn gar nichts mehr?«

Endlich veränderte sich Friedrichs Gesichtsausdruck und sein Mund verschob sich zu einem Lächeln. »Das gibt's doch gar nicht! Bist du das wirklich? Die kleine Hanne? Wie die Zeit vergeht! Das ist ja eine Überraschung!«

Er schüttelte ungläubig den Kopf, aber schon im nächsten Moment breitete er seine Arme aus und umarmte Hanne.

Mats warf mir einen amüsierten Blick zu und ich konnte nicht anders und grinste auch.

»Das ist ja was, dass du mich wirklich besuchen kommst!« Friedrich strahlte, als er seine Umarmung lockerte und uns seitlich am Haus vorbei zum Gewächshaus winkte. »Kommt mit, es gibt einiges zu sehen!«

Und da hatte er wirklich recht. Das Glashaus sah sogar noch

mächtiger und beeindruckender aus als das hinter unserer Villa. Aber vielleicht wirkte es auch nur so, weil die Villa Evie wiederum viel größer war als Friedrich Blüms Landhaus.

Die Tür zum Gewächshaus war mit kräftigen Metallstreben gesichert. Als Friedrich vor uns aufschloss, glaubte ich kaum, was ich sah. Ich hatte unser Gewächshaus immer als Märchenwald bezeichnet, aber das hier übertraf all meine Vorstellungen. Überall wucherten Pflanzen und Blumen, die ich noch nie gesehen hatte. Es waren Hunderte Arten, die sich wild um uns herumschlängelten. Bei einigen Pflanzen musste ich richtig schmunzeln, weil sie so seltsam aussahen, fast als hätte sie sich irgendein verrückter Künstler ausgedacht, um damit Aufsehen zu erregen. Die grellsten Farben und Formen schoben sich um uns herum aus der Erde.

Außerdem roch Friedrich Blüms Gewächshaus fast so intensiv wie die Duftapotheke. Einige Gerüche erinnerten an ein indisches Restaurant, manche an Sommertage und wieder andere rochen nach medizinischen Salben oder gleich nach Zahnarzt.

Hanne blieb an jeder zweiten Blüte mit einem entzückten Piepsen stehen und Friedrichs rote Backen wurden mit jeder Blume, die Hanne bestaunte, noch röter und runder.

Ich mochte den kleinen Mann sofort, der freundlich hinter seinen dicken Brillengläsern zu Hanne aufsah. Stolz lief er mit weiten Schritten den schmalen Gang zwischen seinen Pflanzen voran. Dabei trug er seinen Bauch wie eine Kugel vor sich her und beantwortete ausgiebig jede unserer Fragen. Oder, na ja, eigentlich waren es Hannes Fragen, wir kamen nicht wirklich zu Wort. Zumindest bis Friedrich vor einer einzelnen schwarzen Blüte stehen blieb und uns mit seiner Körperhaltung deutlich zeigte, dass es hier etwas zu bestaunen gab.

Die Blume wuchs unter einer Glasglocke, was seltsam genug war. Außerdem hatte sie eine ziemlich unordentliche Form und war handflächengroß. Ein paar längliche Blütenstängel hingen heraus und irgendetwas rieselte davon herunter. Ich ging zwei Schritte näher heran, weil mich der Duft der ungewöhnlichen Blume anzog. Kaum zu glauben, dass man ihn trotz des Glases so intensiv wahrnahm.

Tief atmete ich ihn ein und auf einmal stieg in mir eine Welle aus Sehnsucht auf. Es war ein schöner Geruch, der leicht, gut und nach einem unausgesprochenen Wunsch duftete.

Nach einem Wunsch?! Wo kam dieser Gedanke denn auf einmal her? Eine Blume duftete doch nicht nach *Wünschen!*

»Man sagt …«, Friedrich beugte sich näher zu Hanne und flüsterte, »… mit dem Staub, der aus der Blüte rieselt, könnten Wünsche in Erfüllung gehen.« Friedrich lachte und zwinkerte uns zu. »Wie bei einer Wunderlampe! Witzig, oder?«

Sofort kicherte Hanne übertrieben laut über die Worte

ihres Freundes und ich war mir nicht mehr sicher, ob wir hier irgendetwas nicht mitbekamen.

»Wünsche?«, fragte ich, weil mich das natürlich am meisten interessierte. Wie verrückt war das denn, dass ich gerade noch an Wünsche gedacht hatte? »Wie meinen Sie das?«

»Ah? Höre ich die Neugier aus deinem Mund sprechen?« Friedrich strich sich zufrieden über sein Kinn. »Die schwarze Blume oder auch *die Schwarze Wandelblume*, wie sie genannt wird, ist eine ganz besonders anspruchsvolle Pflanze. Offiziell zählt sie zu den ausgestorbenen Arten. Ich bilde mir ein bisschen was darauf ein, dass es mir gelingt, sie jedes Jahr aufs Neue zum Blühen zu bringen. Ihren Blütenstaub lässt sie nämlich nur unter den allerbesten Bedingungen rieseln. Ich wüsste nicht, wem außer mir das jemals gelungen ist.« Friedrich legte seinen Kopf schief und sah ganz verliebt zu der großen Blüte. Dann drehte er sich wieder zu mir um, lächelte und sah mir das erste Mal, seit wir hier angekommen waren, direkt in die Augen.

Im gleichen Moment blieb mein Herz stehen. Ich blinzelte in der Hoffnung, dass ich mich verguckt hatte, aber das hatte ich nicht. In Friedrich Blüms Blick lag etwas Farbloses. Hinter den leicht getönten Brillengläsern fiel es nicht gleich auf, aber wenn man ihn direkt ansah, war es nicht zu übersehen. Der Pflanzenexperte war auch ein *Ewiger!*

Ich hörte, wie Mats hinter mir laut schluckte, als ihm Friedrichs fehlende Augenfarbe ebenfalls auffiel.

Aber Friedrich Blüm schien unseren Herzstillstand nicht

zu bemerken und redete einfach weiter. »Die Schwarze Wandelblume ist eine richtige Diva, könnte man sagen. Man findet sie nur in den einsamsten Regionen. Und selbst dort nur ausgesprochen selten.«

Ich tat so, als würde ich Friedrich weiterhin aufmerksam zuhören. Doch dabei sog ich vorsichtig die Luft ein, um auch das zweite Anzeichen zu entdecken, das einen Ewigen verriet. Aber egal wie tief ich auch einatmete, ich roch den verräterischen Duft nach muffiger Erde nicht an Friedrich Blüm.

»Nicht wahr?«, sagte er und sah mich freundlich an, als wartete er auf eine Antwort. Ich hatte seine Frage vor lauter Schreck gar nicht gehört, also nickte ich nur. Langsam beruhigte sich mein Herzschlag und ich betrachtete noch mal die Blume und ihren rieselnden Blütenstaub. Erst jetzt sah ich, dass Friedrich auf eine Schale zeigte, die unter der Blüte stand und den zartrosa Staub auffing, der in sie herabrieselte.

»Außergewöhnlich selten und deshalb auch außergewöhnlich teuer!«, sagte er nur in Richtung Schale und schlenderte zufrieden weiter.

Ich warf Mats einen schneidenden Blick zu, woraufhin er etwas steif nickte und mir zu verstehen gab, erst mal in Ruhe weiterzugehen.

»Und wieso sagt man, dass dieser Staub Wünsche erfüllt?«, fragte Hanne, die sofort hinter Friedrich hertippelte.

»Nun«, sagte Friedrich. »Natürlich weiß niemand, wie man damit Wünsche erfüllt. Wüsste es jemand, wäre dieser Jemand wohl als ›Gute Fee‹ tätig, nicht wahr, meine liebe

Hanne?« Friedrich lachte schallend über seinen eigenen Witz.

Bemüht hob ich schnell meine Mundwinkel, auch wenn ich nicht ganz wusste, was Friedrich daran so furchtbar lustig fand.

»Unter Botanikern ist dieses besondere Schätzchen auch als *Valerianella florinis* bekannt«, fuhr Friedrich fort. Nachdenklich nahm er seine Brille ab und rieb mit einem Tuch über ihre Gläser, die angefangen hatten, von der feuchten Luft im Gewächshaus zu beschlagen. »Aber ansonsten ist nicht viel darüber sicher belegt. Es gibt eigent-

lich niemanden, jedenfalls niemanden, von dem ich wüsste, der mit dem Blütenstaub erfolgreich experimentiert hat. Dafür ist er einfach zu teuer und auch zu selten. Es sind nur Geschichten, die wir Blumenfreunde gern zum Besten geben. Mehr nicht.«

12

Wir folgten Friedrich weiter zwischen den vielen Pflanzenblättern und Ranken hindurch und ich wusste gar nicht, wo ich zuerst hinsehen sollte. Einige Blumen hatten aufwendige und komplizierte Aufbauten um sich herum. An einer Pflanze unter einer roten Wärmelampe blühten knallgrüne Blüten, von denen stetig Tautropfen herabfielen. Eine andere Blume stand unter einem künstlich für sic hergerichteten Regenschauer. Laut Friedrich würde die sich sonst gar nicht entwickeln. Andere Pflanzen waren in glänzende Wärmefolie gewickelt, in Watte gepackt oder steckten sogar in Kältebehältern, in denen Eiskristalle wuchsen. Es war unglaublich zu sehen, was Friedrich für einen Aufwand betrieb, damit die vielen verrückten Pflanzen anfingen zu blühen.

»Haben Sie vielleicht auch eine Pflanze, die etwas gegen den ›Lieblosen Duft‹ bewirken könnte?«, fragte ich so beiläufig, wie ich nur konnte. Wenn Friedrich die Duftapotheke früher beliefert hatte, kannte er sich sicher gut aus. Einen Versuch war es jedenfalls wert.

»Wieso fragst du mich denn *so etwas?*« Friedrich starrte mich völlig entgeistert an. »Was hast du mit so einem schrecklichen Duft zu schaffen?«

»Nichts!« Ich hob abwehrend die Hände. »Wir hatten nur kürzlich über ihn gesprochen und ... Ich finde, in einer Duftapotheke sollte man Mittel herstellen können, die die schlimmsten Düfte auch wieder aufheben können. Meinen Sie nicht?«

Die Antwort gefiel Friedrich offensichtlich und das entspannte Lächeln schob sich zurück in sein Gesicht. Er sah sogar ein kleines bisschen erleichtert aus. »Nun, eine Pflanze, die gegen die Lieblosigkeit helfen könnte, habe ich leider nicht. Tut mir sehr leid. Liebe kann man nun mal nicht erzwingen. Man kann nur darauf hoffen.«

Damit drehte er sich wieder um und ging weiter. Ich warf Mats einen traurigen Blick zu, aber der schaute in die Ferne. Schweigend folgten wir Friedrich weiter, bis er in der Mitte des Gewächshauses vor einem Tisch mit Stühlen anhielt.

»So, da wären wir: mein Büro!«, trällerte er und wies jedem von uns mit einer ausladenden Handbewegung einen Holzstuhl zu. »Macht es euch bitte bequem!«

Ich hielt Benno immer noch an meiner Hand und setzte ihn zwischen Mats und mich. Friedrich nahm neben Hanne Platz, genau mir gegenüber.

»Also, dann rückt mal raus mit der Sprache: Was genau kann ich für euch tun?« Gespannt lehnte sich Friedrich zurück und wartete. »Ihr seid doch bestimmt nicht ganz ohne Grund hergekommen?«

Benno zog plötzlich Mats am Arm, dann sah er wieder mich an und drehte sich aufgeregt zurück zu Mats. »Der hat farblose Augen!«, flüsterte er – nur leider immer noch zu laut. Dann zeigte mein kleiner Bruder direkt mit dem Finger auf Friedrich Blüm.

Mats und ich hielten gleichzeitig die Luft an. Immer, wenn es besser wäre, schnell etwas zu sagen, fiel mir einfach nichts ein. In solchen Situationen fühlte sich mein Hirn an wie leer gefegt.

Friedrichs Lächeln fror auf seinem Gesicht ein. »Dann wisst ihr also längst mehr, als ich vermutet hatte.«

Auch Hanne seufzte schwer. Für einen Moment sah sie richtig erschüttert aus. »Das ist wahr«, sagte sie leise. »Und es ist leider auch der Grund, warum wir hergekommen sind. Mir war nur nicht bewusst, dass auch du zu ihnen gehörst. Ach, Friedrich. Warum nur?«

»Nun ja, was soll ich sagen? Wir alle machen Fehler.« Friedrich seufzte ebenfalls. »Es war nun mal eine sehr reizvolle Vorstellung, das mit der Ewigkeit. Damals zumindest. Heute weiß ich natürlich vieles besser und ich gehöre ja auch nicht mehr wirklich zu ihnen. Ich habe mich, nun, wie sagt man: Ich bin ein Aussteiger. Mit den Ewigen habe ich schon lange nichts mehr zu tun.«

»Ein *Aussteiger?*« Hanne runzelte ihre Stirn. »Geht das denn?«

»Leicht war es sicher nicht.« Friedrich lachte etwas gekünstelt. »Die Ewigen können grausam sein. Die kennen gar kein Pardon, wenn etwas nicht so läuft, wie sie es sich wünschen. Ach, meine liebe Hanne, ich habe Dinge mit ansehen müssen …« Friedrich nahm seine Brille erneut ab und rieb sich mit der flachen Hand übers Gesicht. Dann sagte er gar nichts und schien in seinen Erinnerungen zu versinken.

Ich blickte zu Mats, der genauso in Gedanken zu sein schien. Sicher dachte er bei Friedrichs Worten an seinen Vater.

Da räusperte sich Friedrich. »Ich verwende den ›Duft der Ewigkeit‹ schon seit vielen Jahren nicht mehr, müsst ihr wissen. Das macht die ganze Sache um einiges leichter. Früher habe ich den Duft ständig bestellt, das ist wahr. Damals war ich ziemlich naiv, aber heute weiß ich es besser. Und weil ich den Duft schon lange nicht mehr verwendet habe, altere ich nun wieder.« Friedrich hob seinen Kopf und sah zu Hanne. Dann deutete er mit einem kleinen Lächeln auf die Falten in seinem Gesicht. »Viel langsamer, als es normal wäre, aber ich werde wieder älter, wie du siehst.«

»Riechen Sie deshalb nicht nach diesem … äh«, Mats suchte die richtigen Worte. »Nach …«

»Nach Erde?«, vervollständigte Friedrich den Satz und lachte auch diesmal ausgiebig.

Mats nickte.

»Ganz recht. Wenn man den ›Duft der Ewigkeit‹ so lange nicht mehr verwendet hat wie ich, dann klebt dieser Gestank glücklicherweise auch irgendwann nicht mehr an einem.« Friedrich kratzte sich am rundlichen Kinn und seufzte. »Alles andere leider schon.«

Hannes Gesichtszüge entspannten sich allmählich. Sie war für mich zwar oft so geheimnisvoll wie ein unbeschriebenes Blatt, aber mittlerweile kannte ich die alte Duftapothekerin so gut, dass ich ihr anmerkte, dass sie diesen Friedrich heimlich gernhatte. Mehr, als sie wahrscheinlich zugeben würde. Wahrscheinlich war sie als kleines Mädchen sogar ein bisschen in ihn verknallt gewesen. Jedenfalls war sie offensichtlich erleichtert, dass er mit den Ewigen nichts mehr zu tun hatte. Ich hoffte nur, dass es auch wirklich so war, wie er sagte.

»Also?«, fragte Friedrich und warf uns der Reihe nach prüfende Blicke zu. »Was genau kann ich denn für euch tun?«

Hanne wurde mit einem Schlag wieder ernst. »Wann hast du das letzte Mal mit Daan de Bruijn gesprochen?« Mit ihren grünen Augen nahm sie Friedrich ins Visier.

Ein bisschen zu schnell und zu schrill lachte der Pflanzenexperte auf. »Wie meinst du *das* denn, Hanne? Ich kenne Daan de Bruijn natürlich aus Erzählungen von deinem Vater, so wie alle anderen auch. Das weißt du doch!«

Hanne lehnte sich jedoch bloß in ihrem Stuhl zurück und wartete. Dabei sah sie Friedrich weiterhin an, ohne etwas zu sagen. Sie verzog nur ihren Mund und verschränkte die Arme vor der Brust.

Friedrich fühlte sich ganz offensichtlich unwohl unter diesem Blick. »Gegenfrage!«, platzte es aus ihm heraus. »Wieso hast *du* drei Kinder im Schlepptau und fragst *mich*, wann ich mit einem Mann das letzte Mal gesprochen habe, der bereits vor über einem Jahrhundert gestorben ist?«

Hanne legte ihren Kopf schief. »Weil auch Daan de Bruijn ein Ewiger ist. Genau wie du. Deshalb!«

Ich konnte mir ein Grinsen nicht verkneifen, weil mir schlagartig bewusst wurde, wie cool Hanne sein konnte. Unter ihrem strengen Blick schien Friedrich Blüm innerlich zu schrumpfen.

»Wir haben uns zwar eine ganze Weile nicht mehr gesehen, Friedrich, aber so ein Theater kannst du mir nicht vorspielen. Beantworte lieber meine Frage: Wann hast du das letzte Mal mit Daan gesprochen?«

Friedrich stöhnte geschlagen. »Also gut. Aber sag du mir zuerst, warum dir das so wichtig ist. Du musst doch wissen, dass das mit den Ewigen eine heikle Angelegenheit ist.«

Hanne blickte in unsere Richtung. »Ich habe eine Verantwortung für diese Kinder. Luzie und Benno leben mit mir in der Villa Evie, sie sind die neuen Besitzer des Hauses und werden die neue Generation von Duftapothekern werden. Wir *müssen* Willem Boer finden. Aber weil ich mir natürlich denken kann, dass du mit Willem keinen Kontakt hast, frage ich dich nach Daan de Bruijn. Und davon abgesehen bist du unsere letzte Hoffnung.«

Ich stockte. Friedrich und Willem kannten sich also, mochten sich aber nicht, oder wie? Was hatte uns Hanne sonst noch alles nicht erzählt?

»Oha! Willem Boer?« Friedrich Blüm zog scharf die Luft ein. »Den alten Stinkstiefel hab ich ja schon ewig nicht mehr gesehen.«

»Wir auch nicht«, stimmte Hanne zu. »Willem ist nämlich verschwunden und mit ihm alles Meteor aus der Duftapotheke.«

»Nein!« Friedrich riss die Augen auf. »Ach herrje, das sieht ihm ähnlich. Aber das bedeutet ja, dass …«

»Ja, das bedeutet, dass Willem höchstwahrscheinlich eine eigene Duftapotheke eröffnen will, um dort nur noch die Düfte zu vertreiben, die außer ihm kein anständiger Duftapotheker je verkaufen würde! Und wir können nicht einmal mehr Gegendüfte herstellen. Ohne Meteor sind wir Willem alle vollkommen ausgeliefert.«

Friedrich atmete geräuschvoll aus. »Und ihr glaubt, Daan de Bruijn könnte wissen, wo Willem jetzt ist?«

»Wenn es jemand weiß, dann er, oder nicht?« Jetzt lächelte Hanne den verdatterten Pflanzenexperten an und der lächelte etwas verlegen zurück.

»Also gut, unter diesen Umständen: Ich weiß tatsächlich, wo Herr de Bruijn jetzt lebt. Aber sagt ihm auf gar keinen Fall, von wem ihr es wisst! Ich musste ihm nämlich versprechen, die Adresse niemals und unter gar keinen Umständen weiterzugeben.« Friedrich schrieb etwas auf einen kleinen Zettel und schob ihn zusammengefaltet Hanne über den Tisch zu.

»Danke, Friedrich!«, sagte sie nur und ließ die Adresse in ihrer gehäkelten Handtasche verschwinden. »Das werde ich nicht vergessen.«

Die restliche Zeit unseres Besuchs verbrachten wir damit, den Rundgang mit Friedrich zu beenden. Hanne konnte dann doch nicht abfahren, bevor sie Friedrich nicht noch ein paar Expertenfragen zur Haltung und Pflege einiger spezieller Sorten gestellt hatte. Nach und nach röteten sich Friedrichs Backen wieder und er zeigte uns noch ein paar seiner *Lieblingsbabys*, wie er die Pflanzen nannte.

Am Ende war auch ich hin und weg von Friedrichs Pflanzenparadies. Zum Abschied überreichte er mir noch seine Visitenkarte, auf der eine Webadresse stand und eine Telefonnummer.

»Falls du in Zukunft eine besondere Pflanze für deine Apotheke brauchst«, sagte er nur und ich spürte, wie ich innerlich ein paar Zentimeter wuchs. Friedrich Blüm sah in mir also schon die Duftapothekerin, die ich dabei war zu werden. »Scheu dich bitte nicht, mich jederzeit zu kontaktieren, ja?«

Hanne bedankte sich ausgiebig bei Friedrich, der es sich nicht nehmen ließ und uns in seinem alten VW-Bus zum Bahnhof fuhr. Als es endgültig Zeit für den Abschied war, umarmten sich die beiden so ausgiebig, dass Mats und ich mit einem Augenrollen lieber schnell in den Zug einstiegen.

»Das kann ja was werden mit den beiden«, flüsterte Mats und wir brachen beide in Gelächter aus.

13

Laut der Adresse, die wir von Friedrich bekommen hatten, lebte Daan de Bruijn in Utrecht. Die Niederlande waren zwar nicht gerade um die Ecke, aber es war auch nicht völlig unmöglich, dorthin zu fahren. Ich fragte Hanne, ob wir uns einen Plan überlegen sollten, wie wir Daan dazu bringen konnten, uns Willems Aufenthaltsort zu verraten. Aber Hanne winkte nur ab und meinte, dass ihr Urgroßvater uns selbstverständlich sofort helfen würde, wenn wir ihm erst erzählten, was passiert war. Das Meteor wäre schließlich seine Entdeckung gewesen.

Ich telefonierte mit Ma

und erzählte ihr, dass wir mit Hanne noch einen Abstecher nach Utrecht machen wollten. Als Gegenleistung und weil wir nicht noch mehr Zeit verlieren konnten, versprach ich ihr, dass Benno erst mal mit uns fahren würde und sie ihn dann in Utrecht abholen könnte.

Ma stöhnte nur laut über mein Angebot, aber schließlich stimmte sie zu. Ich hörte ihr zwar an, dass sie keine große Lust hatte, bis nach Utrecht zu fahren, aber wahrscheinlich wollte sie uns die Reise nicht madigmachen.

Die Bahnfahrt würde fast drei Stunden dauern. Wir mussten nämlich nicht nur über die Grenze von Deutschland in die Niederlande tuckern, sondern auch ständig umsteigen und auf windigen Bahnsteigen in irgendwelchen Käffern auf den nächsten Bummelzug warten.

»Woher kennen Sie Friedrich eigentlich?«, fragte Mats Hanne, während wir den Zügen zusahen, wie sie an uns vorbeisausten.

Ich grinste, weil mir die gleiche Frage auf der Zunge gelegen hatte. Immerhin konnten wir die Zeit nutzen, um Hanne ein bisschen über diesen Friedrich auszuquetschen. Es war ja nicht zu übersehen gewesen, dass sie mehr über ihn wusste, als sie zugab.

»Ach, das ist schon so lange her.« Hanne sah den grauen Bahnsteig entlang, auf dem wir auf unseren Anschlusszug warteten. »Kennengelernt habe ich ihn schon, als mein Vater noch gelebt hat. Damals war Friedrich der Laufbursche für das Import-Export-Geschäft seiner Familie. Nebenbei fing er an, seine ersten exotischen Pflanzen zu züchten. Er kam damals oft zu uns und hat meinem Vater ausgefallene

Blumen und Kräuter für die Duftapotheke geliefert. Auch nach dem Tod meines Vaters kam er noch vorbei und hat Willem Pflanzen gebracht.«

»Aber wie alt war er denn damals?«, überlegte ich. »Wenn er schon gearbeitet hat, als Sie noch ein Kind waren, dann ist der Altersunterschied zwischen Ihnen und Friedrich nicht gerade klein, oder?«

Hanne errötete leicht. »Ach, so riesig auch wieder nicht!«, sagte sie. »Er hat sehr früh angefangen. Er ist ja in einem Familienbetrieb groß geworden und zu unserer Zeit mussten auch die Kinder schon früh mit anpacken. Friedrich muss damals, als er das erste Mal meinem Vater ein paar Pflanzen angeboten hat, so um die vierzehn gewesen sein. Tja, und heute ... Der ›Duft der Ewigkeit‹ hat schon seine Vorzüge, man bekommt einfach nicht so schnell Falten.« Hanne grinste.

Noch nicht, dachte ich. Mein Blick schweifte zurück zu den Zügen. Friedrich war immerhin bei den Ewigen ausgestiegen. Hieß das, er hatte sich mit den anderen Mitgliedern zerstritten? Nur weshalb? So richtig hatte Friedrich uns nicht erzählt, was der Grund für seinen Ausstieg gewesen war.

Mir fiel noch etwas ein, das er nur beiläufig erwähnt hatte. »Wieso hat Friedrich Willem irgendwann nicht mehr mit seinen Pflanzen beliefert?«

Hanne sah flüchtig zu mir. »Ach, Friedrich mochte Willem noch nie.« Sie zuckte mit den Schultern. »Damals habe ich das natürlich nicht so richtig verstanden. Jetzt kann ich mir den Grund gut vorstellen. Bestimmt hat Friedrich geahnt, dass Willem die Duftapotheke nicht auf faire Weise übernommen hat. Ich denke zwar nicht, dass Friedrich wusste, dass Willem mich mit dem Vergessensduft besprüht hatte, aber sicher hatte er so seine Vermutungen.« Hanne pustete sich eine ihrer grauen Locken aus der Stirn und seufzte.

»Nur warum sich Friedrich regelrecht geweigert hat, Willem zu beliefern, weiß ich auch nicht. Ich erinnere mich nur, dass Willem sich schon früher bei meinem Vater über Friedrich beklagt hat. Irgendwann, nachdem mein Vater die Duftapotheke an Willem übergab, hat Friedrich seine Lieferungen eingestellt. Willem war stinksauer damals. Friedrich hatte nämlich schon immer die exotischsten Pflanzen in ganz Europa. Das meiste, das man von ihm bekommt, kriegt man sonst nirgends.«

»Vielleicht hat es ja was mit den Ewigen zu tun?«, überlegte ich. »Immerhin gehören beide zu ihnen. Oder zumindest gehörten sie es.«

Mats sah uns an und hob die Augenbrauen. »Stimmt! Wenn Friedrich ein Aussteiger ist, wie er sagt, dann hat er nicht gerade viele Freunde bei den Ewigen. Ganz im Gegensatz zu Willem.«

»Gut möglich«, sagte Hanne. »Es war auch noch nie ein Geheimnis, dass die beiden recht gegensätzliche Meinungen darüber haben, wie man eine Duftapotheke führen sollte und wie nicht. Friedrich und Willem sind sehr unterschiedliche Persönlichkeiten.«

Donnernd ratterte der Zug in den Bahnhof und wehte uns die Haare aus den Gesichtern. Das Quietschen der

Bremsen schnitt uns das Wort ab und wir stiegen in den Zug ein, der uns endlich nach Utrecht bringen würde.

»Ich hab Huuuunger«, maulte Benno, als er von der Toilette in unser Abteil zurückkam. Während Mats und Hanne sitzen blieben, liefen Benno und ich also an den vielen Sitzreihen vorbei auf der Suche nach dem Speisewagen. Ich kaufte für uns beide eine Limonade sowie ein Sandwich, und gleich noch mal zwei für Mats und Hanne. Erst jetzt wurde mir so richtig bewusst, wie lange wir schon unterwegs waren, und ich spürte, wie mir die Erschöpfung in die Knochen kroch.

Zusammen liefen Benno und ich wieder zurück, doch in den Gängen standen immer wieder Leute, sodass wir nur langsam vorankamen.

Die Erlebnisse der letzten Stunden schwirrten mir im Kopf umher und ich konnte es noch immer nicht ganz glauben, dass wir schon sehr bald Daan de Bruijn sehen würden. Ob er wohl enttäuscht von den zukünftigen Duftapothekern wäre? Sicherlich hatte er jemanden mit ein bisschen mehr ... *Mehr* ... erwartet. Und keine Luzie Alvenstein, die oft nicht mal ein Wort herausbekam.

»Puh, das stinkt«, sagte Benno plötzlich vor mir und riss mich aus meinen Gedanken. Ich wollte ihn schon anpflaumen, weil man so etwas nicht sagte, wenn so viele Menschen um einen herum waren, doch dann roch ich es auch.

Benno meinte keinen der Passagiere! Er meinte den erdigen Duft, der so schwer durch die Gänge waberte, dass ich mich wunderte, wieso ich das nicht früher bemerkt hatte.

Oh Gott, war etwa Willem hier im Zug?

Benno ging einen Schritt rückwärts und drückte sich an mich. Und auch ich spürte, wie sich alles in mir zusammenzog.

Ich konnte schon unser Abteil sehen, aber darin bekamen Mats und Hanne von dem Geruch natürlich nichts mit.

Hektisch schaute ich mich um, aber von Willem war keine Spur zu sehen, also lief ich vorsichtig mit Benno weiter. Ich wollte gerade auf die Tür zu unserem Abteil zugehen, als ich einen baumstarken Mann an der Wand neben der Toilettentür lehnen sah.

Auf seiner rechten Wange prangte eine tiefe schräge Narbe und über seiner Schulter hing ein Militärrucksack. Mir stockte der Atem, als ich mich an den Mann erinnerte. Hatte ich ihn nicht schon zu Hause am Bahnhof gesehen? Und als wir aus dem Bus in Nordhorn ausgestiegen waren?

Jetzt, da der Mann so nah vor mir stand, konnte ich ihn genauer anschauen. Mit seinen schwarzen Klamotten sah er aus, als gehörte er zu einem Sonderkommando. Er wirkte etwas jünger als Pa und trug einen dunklen langen Mantel, der seinen riesigen Körper darunter verschwinden ließ. Nur sein Kopf schaute wie bei einem Regencape heraus. Sein modriger Geruch wehte uns mit aller Intensität entgegen.

Eindeutig: Der Duft kam von ihm!

Mit zusammengekniffenen Augen fixierte der Mann erst Benno, dann mich. Eins seiner Augen war völlig starr, während das andere zwischen uns hin- und herschaute. Genau wie wir sagte der Mann nichts. Für ein paar Sekunden starrten wir uns nur an.

Sofort wurden meine Knie weich und mein Mut fing an, auf Rosinengröße zusammenzuschrumpfen. Der Mann stieß sich von der Wand ab und kam auf uns zu. Sein ganzer Körper richtete sich unter einer eigenartigen Angriffslust auf. Dabei schob sich ein Grinsen in seine Mundwinkel. Er schien sich zu freuen, uns zu sehen.

Ich versuchte, die Angst wegzudrücken, die in mir Wellen schlug. Aber es gelang mir nicht gut. Ich hörte mich nur selbst piepsen: »Benno, lauf zu Mats.«

Der Mann grinste weiterhin, ließ den Rucksack von seiner Schulter gleiten und griff hinein.

»Benno, jetzt. Lauf!«, rief ich noch mal. Diesmal piepste ich nicht, sondern ließ meine Stimme so scharf klingen, wie ich konnte. Im nächsten Moment öffnete Mats die Abteiltür und schaute sich um. Er hatte mich also gehört.

»Hier!«, winkte ich ihm zu. Mats roch den Mann offensichtlich, noch bevor er ihn entdeckte. Der erdige Geruch war so intensiv, dass auch Hanne im Gang auftauchte.

Sofort schob sich Mats an mir vorbei und stellte sich vor Benno. Mein Herz machte einen Hüpfer, doch dafür war jetzt keine Zeit.

»Lassen Sie die Kinder in Ruhe!«, polterte Hanne los, schob uns drei beiseite und baute sich vor dem schweigenden Riesen auf, als wäre sie seine Lehrerin.

Auf einmal ging alles ganz schnell. Der Gruseltyp hatte in seinem Rucksack gefunden, wonach er gesucht hatte. Hanne kreischte entsetzt auf, als sie einen hellgrauen Flakon in seiner Hand entdeckte. Ich stand starr vor Schreck da und fixierte die schillernde Flüssigkeit, während Hanne die Toilettentür neben uns aufriss, uns drei hineinschubste und »Nasen zu!« schrie, bevor sie die Tür wieder zuknallte.

Dann wurde Hanne sehr laut, rief nach der Polizei, nach Hilfe und einem Schaffner. Durch die Türritzen schob sich schlierig grauer Nebel zu uns in die Toilette. Ich hielt mir und Benno die Nase zu und starrte die Jungs mit großen Augen an. »Was jetzt?«, versuchte ich, wortlos zu fragen.

Mats' Augen sahen erst unschlüssig zu mir zurück, doch dann nickte er nur, schob sich seinen Pullover bis unter die Augen und wartete darauf, dass wir das Gleiche taten. Dann drückte er die Toilettentür wieder auf. So fest ich konnte, hielt ich mir die Nasenlöcher zu.

Durch den Gang zogen ebenfalls graue Nebelschwaden, die jedoch bereits anfingen, sich zu verflüchtigen. Ein schwacher Geruch nach Weihrauch und Schwefel drängte sich uns entgegen.

Der Mann war weg, wohin auch immer. Hanne dagegen stand direkt vor uns und stützte sich mit beiden Händen an der Wand ab, als könnte sie nicht mehr von allein aufrecht stehen.

Mats, Benno und ich griffen ihr hastig unter die Arme und zogen sie, so schnell und so gut es ging, den Gang entlang, nur raus aus den Nebelwolken.

14

Hanne hing zwischen uns wie ein nasser Sack und es war nicht gerade leicht, sie vorwärtszuschleifen. Zum Glück rannte uns gerade ein Schaffner entgegen und die Leute in den Abteilen waren aufgestanden und halfen uns, Hanne auf den nächsten Sitz zu setzen. Sie schlief nicht, sah aber furchtbar benommen aus. Fast so, als hätte ihr jemand eine Betäubungsspritze verpasst. Ihre Augenlider klappten ständig zu und sie konnte sich nur mit größter Kraft aufrecht halten.

»Was war das für ein Duft?«, fragte ich sie, verstand ihre leiernde Antwort aber nicht, weil um uns herum die Aufregung über das ausbrach, was hier gerade passiert war. Ich fragte Hanne noch mal, aber sie war längst zu schwach, um mir zu antworten. Sie griff nur noch nach meiner Hand, hielt sich daran fest und schloss die Augen.

Ich konnte einen Schluchzer nur gerade so herunterschlucken. Hanne würde doch nicht sterben, oder? Ich drückte ihre Hand und hörte den Schaffner in sein Funkgerät brüllen. Er sprach mit jemandem vom Hauptbahnhof in Utrecht und wies denjenigen an, einen Notarzt und Krankenwagen für eine ältere Frau bereitzustellen, die gerade aus unerklärlichen Gründen einen Schwächeanfall erlitten hatte und ihr Bewusstsein verliere.

Mit meiner anderen Hand griff ich nach Bennos Arm und zog ihn näher zu mir heran. Dann erzählte ich dem Schaffner von dem Riesen mit dem Militärrucksack, der uns angegriffen hatte. Der Schaffner notierte sich alles und ich entdeckte nervöse rote Flecken in seinem Gesicht, während er wieder in sein Funkgerät sprach und eine Personenbeschreibung durchgab.

Ich drückte fest die Daumen, dass Hanne nur einen flüchtigen Duft abbekommen hatte und ihr Weggetretensein bald wieder verschwinden würde.

Was war das gerade nur gewesen? Wer war dieser Typ, der uns verfolgte und einen Duft aus der Duftapotheke parat hatte? Gehörte er zu den Ewigen?

Plötzlich schoss mir ein Gedanke durch den Kopf und mir wurde heiß. Hatte Friedrich Blüm vielleicht etwas damit zu tun? Schließlich war er der Einzige, der wusste, wo wir hinwollten. Er hatte immerhin darauf bestanden, uns zum Bahnhof zu fahren, und sich erst verabschiedet, nachdem wir die Bahnkarten gekauft hatten. Friedrich wusste, dass wir mit diesem Zug fahren würden und wohin wir unterwegs waren.

»Ich hol unser Gepäck!«, hörte ich Mats durch das Stimmenwirrwarr sagen, während ich Benno nur fest an mich drückte und weiter Hannes Hand hielt.

Nach einer Stunde quietschten endlich die Bremsen und unser Zug hielt ruckelnd am Hauptbahnhof in Utrecht. Benno und ich liefen den zwei Schaffnern hinterher, die Hanne an den Fahrgästen vorbei durch die Gänge trugen. Mats war anscheinend noch immer mit unserem Gepäck beschäftigt.

Die Leute um uns herum drückten sich vorwärts. Einer rollte mir sogar seinen Koffer über die Füße, nur um noch schneller aussteigen zu können.

Gab es hier etwas umsonst oder warum hatten es die Fahrgäste so eilig? Doch dann begriff ich, dass wahrscheinlich alle mitbekommen hatten, dass ein Fremder im Zug einen Angriff verübt hatte. So etwas sprach sich schnell rum. Ich atmete bei dem Gedanken erleichtert aus. Das bedeutete nämlich, dass die Leute ebenfalls nach einem Mann mit Militärrucksack Ausschau hielten und Alarm schlagen würden, sobald er auftauchte. Bestimmt würden sie ihn ganz bald fassen.

Ich schloss meine Hand trotzdem noch ein bisschen fester um die von Benno. Nicht dass er bei dem Gedrängel noch verloren ging.

Draußen auf dem Bahnsteig warteten schon zwei Sanitäter mit einer Trage auf Hanne. Einer der Schaffner sagte irgendetwas auf Niederländisch und das auch noch sehr schnell. Die Sanitäter nickten mehrmals, halfen Hanne auf die Trage und winkten uns aus dem Bahnhof heraus. Ich sah mich hektisch auf dem Bahnsteig nach Mats um. Wir konnten doch nicht ohne ihn abfahren! Ich warf dem Schaffner, der am nettesten ausgesehen hatte, einen Hilfe suchenden Blick zu und versuchte, ihm zu erklären, dass noch einer von uns fehlte. Wie praktisch wäre es jetzt, seine Sprache zu können!

Zum Glück entdeckte ich Mats drei Minuten später beladen mit unseren Rucksäcken am anderen Ende des Bahnsteigs. Mit rudernden Armen winkte ich ihn zu uns.

In der Notaufnahme verfrachteten uns die Sanitäter ins Wartezimmer und Hanne wurde weiter in einen Behandlungsraum geschoben. Weil wir nicht mit ihr verwandt waren, mussten wir draußen warten. Und das dauerte eine gefühlte Ewigkeit.

Schließlich kam eine Ärztin zu uns und sagte, dass Hanne langsam wieder zu Bewusstsein kommen würde, aber zur Beobachtung noch hierbleiben müsste. Wir sollten in der Zwischenzeit unsere Eltern anrufen und ansonsten so lange warten, bis uns jemand abholen kam. Wenn wir etwas brauchten, sollten wir einfach den Krankenschwestern der Station Bescheid geben. Zum Abschied gab sie uns ein paar

Kekse und etwas zu trinken. »Für den Kreislauf«, sagte sie und ging.

»Wir müssen Mama und Papa anrufen!«, sagte Benno nur und Mats reichte uns wieder sein Handy.

Zähneknirschend wählte ich unsere Nummer und erzählte Pa, was passiert war. Natürlich regte er sich fürchterlich auf und verstand überhaupt nicht, was los war. Ich wusste nicht, wie ich ihm das alles so schnell erklären sollte. Also platzte ich erst mal damit raus, dass der Akku von Mats' Handy gleich leer war, was sogar stimmte, und gab ihm einfach die Adresse des Krankenhauses. Irgendjemand musste sich ja jetzt darum kümmern, Hanne wieder nach Hause zu bringen. Pa wollte sofort losfahren, sobald er alles mit dem Krankenhaus geklärt hätte. Und wir sollten uns, bis er ankam, nicht von der Stelle bewegen.

Ich sagte erst mal Tschüss und legte auf. Dann sah ich die Jungs an. »Wir sollen hier warten. Aber bis Pa in Utrecht ankommt, dauert es noch bestimmt ein paar Stunden.«

Mats nickte, dann kam ein leises Seufzen über seine Lippen.

»Meinst du, Friedrich Blüm hat gelogen und uns diesen fiesen Typen hinterhergejagt?«, fragte ich ihn.

»Ich hab keine Ahnung.« Mats holte einmal tief Luft. »Ich glaube eher nicht. Wenn Hanne Friedrich vertraut hat, wird sie schon einen Grund dafür gehabt haben. Und wenn er uns wirklich schnappen wollte, dann wäre es viel einfacher gewesen, uns dem Typ in seinem Gewächshaus vorzuwerfen.«

»Das stimmt«, gab ich zu.

»Wo kam der Typ überhaupt her?«, fragte Mats. »Ihr wart doch nur kurz weg.«

Ich zuckte mit den Schultern. »Er war plötzlich einfach da. Ich verstehe auch überhaupt nicht, was er von uns wollte. Er hat uns gar nichts abgenommen, oder?«

Mats sah zur Decke und blies die Backen auf. »Ich glaube nicht.«

Einen Moment schwiegen wir, dachten nach und ich merkte, wie die Anspannung der letzten Stunde ein kleines bisschen nachließ. Aus unserem Rucksackturm, den Mats auf dem Boden aufgeschichtet hatte, zog ich Hannes Handtasche und lugte hinein.

Mats warf mir einen neugierigen Blick zu. »Was machst du da?«

»Ich suche die Adresse von Daan de Bruijn«, nuschelte ich und zog den Zettel aus der Tasche, den Friedrich Blüm uns gegeben hatte. Mit zusammengekniffenen Lippen strich ich ihn glatt. Benno kletterte auf meinen Schoß und ich sah Mats mit einem Fragezeichen in den Augen an. »Ich tippe mal«, begann ich vorsichtig, »uns bleibt nichts anderes übrig, als selbst herauszufinden, ob Daan de Bruijn wirklich dort wohnt.«

»Aber vielleicht ist das eine Falle!«, sagte Benno.

»Na ja, es ist mitten am Tag«, sagte Mats und lächelte Benno an. Dann sah er wieder zu mir. »Und wir sind ja nicht allein auf der Straße. Vom Nachschauen allein passiert schon nichts.«

Ich nickte langsam und Benno machte es mir nach. Mats hatte recht, egal ob Friedrich hinter dem Angriff steckte oder nicht – mitten in Utrecht konnte uns eigentlich nichts passieren. Und wirklich Sinn ergab es auch nicht, Friedrich zu misstrauen. Trotzdem war ich froh, dass ich ihm nicht noch mehr erzählt hatte. Je weniger er über uns wusste, desto besser war es.

»Na dann«, sagte ich und sah zu Mats. »Hoffen wir, dass wir an dieser Adresse wirklich Daan de Bruijn finden. Bis sich Hanne von dem Duft erholt hat, kann es noch dauern, und wenn Pa erst hier ist, geht's direkt nach Hause und dann hatten wir keine Chance, mit ihm zu sprechen. Wir müssen versuchen, ihn zu finden. Jetzt oder nie! Was meint ihr?«

Noch während ich das sagte, schaute ich zu Benno und überlegte, was wir am besten mit ihm machten. Ich konnte meinen Bruder, nachdem das passiert war, doch nicht hier allein rumsitzen lassen. Auch wenn die Krankenschwestern ganz nett waren, die hatten gar keine Zeit, auf Benno aufzupassen, und mein kleiner Bruder würde wahrscheinlich die ganze Zeit an diesen gruseligen Typ aus dem Zug denken müssen und Angst haben. Das konnte ich ihm nicht antun.

Ich fasste also einen Entschluss. »Ich glaube, unter den Umständen ist es das Beste, du bleibst bei uns.« Auch wenn es riskant war, Benno mit zu Daan zu nehmen, eine bessere Alternative hatten wir gerade nicht.

Benno strahlte mich erleichtert an und Mats ging prompt zu einer der beschäftigten Krankenschwestern am Tresen. Dort hinterließ er seine Handynummer, falls es irgendein Problem gab oder wir noch nicht wieder zurück waren, wenn Hanne wieder aufwachte. Dann ließ er sich erklären, wie wir zu der Adresse auf dem Zettel kamen.

Zu dritt verließen wir das Krankenhaus.

15

Wir liefen die Kanäle entlang, die sich zwischen den Stadthäusern hindurchschlängelten, bis wir zu der Straße kamen, die Friedrich Blüm aufgeschrieben hatte: *Lichtgroengracht 56.*

Wir suchten die Nummernschilder an den Backsteinwänden ab, aber die 56 fehlte einfach.

Mats fluchte vor sich hin und ich suchte jemanden, den ich auf der Straße nach dem fehlenden Haus fragen konnte. Benno hatte sich ans Kanalufer gesetzt und kickte zwischen den Booten kleine Steinchen ins Wasser.

Leider war die Straße wie leer gefegt und die einzige Frau, die eilig an uns vorbeilief, schüttelte bei meiner Frage nur den Kopf. Also setzte ich mich ratlos zu Benno und sah ihm zu, wie er den Enten winkte. Ich war froh, dass mein Bruder den Mann aus dem Zug schon zu vergessen schien und sich ein bisschen entspannte. Ich dagegen sah mich in alle Richtungen um und versuchte, immer mindestens zwei Fluchtwege für den Fall der Fälle im Auge zu haben.

Mats war schon mehrfach die Lichtgroengracht hoch- und runtergelaufen und hatte jedes Hausnummernschild abgesucht. Ratlos setzte er sich zu uns, ließ die Beine baumeln und sah aufs Wasser, auf dem die Boote sanft hin und her schaukelten.

Benno stand auf und lief den Enten am Ufer hinterher.

»Vielleicht hat sich Friedrich ja in der Hausnummer geirrt?«, überlegte ich. »Wir sollten alle Namensschilder einmal überprüfen.«

Mats ließ die Schultern hängen. »Habe ich doch schon. Und ich habe keinen de Bruijn gefunden. Kann auch sein, dass er seinen Namen geändert hat.«

Ich sah aufs Wasser und zwirbelte an einer meiner Haarsträhnen.

»Luuuzie! Maaats!« Benno winkte uns mit rudernden Armen zu sich. »Guckt mal, das ist sooo cool!«

Wir rappelten uns auf und gingen zu Benno rüber, der inzwischen mit offenem Mund eins der Hausboote auf dem Kanal anstarrte.

Hausboote waren an sich nichts Ungewöhnliches in den Niederlanden, so wohnten hier viele, aber als wir näher kamen, sah ich, was Benno meinte. Das Hausboot vor ihm sah nur auf den ersten Blick ganz gewöhnlich aus. Wenn man genauer hinsah, erkannte man bestimmt drei, vielleicht sogar vier Stockwerke, die schräg und völlig verwinkelt auf- und ineinandergebaut worden waren. Das Hausboot besaß runde, aber auch eckige Fenster oder alte Sprossenfenster, die eine ganze Wand ersetzten. Es gab gleich mehrere Metallwendeltreppen, die in ein Stockwerk höher oder tiefer führten und mich an die mächtige gusseiserne Treppe in der alten Bibliothek der Villa Evie erinnerten. Das Hausboot bestand hauptsächlich aus Holz, das vom Wind und Regen ganz verwittert war. Überall auf den Terrassen wucherten grüne Pflanzen und bunte Blumen.

Hinter einem Fenster entdeckte ich etwas, das ich wiedererkannte. Kurz kniff ich die Augen zusammen, ob ich richtig gesehen hatte. Da wuchs wirklich eine der Pflanzen, die wir gerade noch bei Friedrich Blüm bewundert hatten! Es war einer seiner teuersten Schätze, diese schwarze handflächengroße Blume. Es war die angeblich ausgestorbene *Schwarze Wandelblume*, von der in Friedrichs Gewächshaus rosa Blütenstaub rieselte. Auch hier stand sie unter einer dampfigen Glasglocke.

Das war doch kein Zufall!

Stumm zeigte ich Mats die Pflanze und sofort hellte sich auch sein Gesicht auf. Ich pfiff Benno zu, der erfolglos versuchte, wieder mit den Enten zu spielen, und winkte ihn zu uns.

Ich trat auf den wackeligen Steg, der vom Ufer zur Eingangstür des Hausbootes führte. Und tatsächlich, darüber hing zwar keine Hausnummer, aber ein angeschlagenes Emailleschild, auf dem etwas stand, das mir aus der Villa Evie mehr als vertraut war.

»Die Augen sind der Schlüssel zur Seele, aber die Nase ist das Tor«, las ich flüsternd vor und stieß Mats dabei in die Seite.

»Genau wie zu Hause!« Benno keuchte noch vom Zurückrennen und sah mit uns auf das Schild.

Mats sagte nichts dazu, sondern ging direkt zur Hausboottür und klopfte mit Schwung dagegen. »Herr de Bruijn?«, rief er. »Sind Sie da?«

Im Inneren bewegte sich etwas, leise und dumpf. Weiche Sohlen schlurften über den Boden. Hinter der Tür blieben sie stehen. Kurz war es still, dann fragte eine kratzige Männerstimme: »Bitte? Wer ist da?«

»Luzie Alvenstein und Mats Jansen«, antwortete Mats. »Wir haben eine Frage an Sie!«

»Fragt jemand anderen«, brummte die Stimme hinter der Tür zurück. »Ich kenne euch nicht.«

Ich biss mir auf die Unterlippe und überlegte kurz, was ich sagen sollte. Wahrscheinlich nützte es nichts, Ausreden zu erfinden. »Wir suchen Willem Boer und das Meteorpulver, das er uns gestohlen hat!«, rief ich also.

Jetzt war es so still hinter der Tür, dass ich das Plätschern des Wassers an die Holzplanken hörte. Im nächsten Moment klackten mehrere Schlösser, dann knarrten Scharniere und die Tür ging auf. Und tatsächlich: Vor uns stand der Mann, den ich inzwischen schon so gut von den Fotos aus der Duftapotheke kannte.

Daan de Bruijn trug Hauspantoffeln, einen ausgebeulten dunkelgrünen Cordanzug und einen dieser altmodischen Männerschals um den Hals. Er starrte uns mit großen Au-

gen an. Dann sah er über unsere Köpfte hinweg, als ob er sich vergewissern wollte, dass außer uns nicht noch mehr Besucher auf ihn warteten. Als er sicher war, dass nur wir drei vor seiner Tür standen, winkte er uns mit einer hastigen Handbewegung zu sich hinein und verschloss die Tür.

Der alte Mann sah uns prüfend an. In seinem Gesicht fehlte alle Freundlichkeit, die ich sonst von ihm aus den Fotografien kannte. »Was wisst *ihr* bitte schön über das Meteorpulver?«

»Eine Menge!«, sagte Mats und verschränkte die Arme. »Was wissen *Sie* denn darüber?«

Daan de Bruijn hob den Kopf und sah auf Mats herab. »Wer Antworten bekommen möchte, sollte erst selbst bereitwillig welche von sich geben, junger Mann!«

Ach herrje. Daan sprach also genauso altmodisch wie Willem.

Benno zog an meiner Hand, als hätte er ein bisschen Angst vor dem unfreundlichen Duftapotheker, doch wir konnten jetzt unmöglich gehen. Sonst würden wir Willem nie finden und niemals würden wir es dann schaffen, für Mats' Vater einen Gegenduft herzustellen. Wir mussten hier einfach durch und Daan de Bruijn irgendwie überzeugen, uns zu helfen!

Der alte Mann ging weiter ins Innere seines Hausbootes hinein. Also folgten wir ihm und mit jedem Schritt musste ich ein bisschen mehr schmunzeln. Das Hausboot war ganz ähnlich eingerichtet wie die Villa Evie. Alles hier wirkte genauso verwinkelt und verschachtelt – nur der Geruchsmischmasch aus der Duftapotheke fehlte. Die engen Räume verbanden Stufen oder verschnörkelte Metalltreppen und alles wirkte so unübersichtlich wie in einem Labyrinth. An den Wänden klebte die gleiche Blümchentapete wie bei uns zu Hause, es standen alte Polstermöbel mit Bommeln herum und dunkle fein geschnitzte Tischchen daneben. Hier und da sah ich eine Seemannskiste und auf den Anrichten und Tischchen reihten sich in goldenen Rahmen Fotografien, die mir allerdings neu waren. Es waren keine Schwarz-Weiß-Fotos, wie ich sie aus der Duftapotheke kannte, von einem jungen Daan de Bruijn, der sich neben seinen Entdeckungen im Amazonas, auf Eisgletschern oder reißenden Wasserfällen präsentierte. Diese Fotos waren farbig und zeigten nur irgendwelche Landschaften oder Schlösser – keine Menschenseele war darauf zu sehen.

»Setzen wir uns in den Salon«, brummte Daan und führte uns durch den Flur in einen Wintergarten, der wohl sein Wohnzimmer war. Es erinnerte allerdings mehr an einen Blumenladen. Die Wände um uns herum bestanden aus bunten Glasschciben, durch die man auf den Kanal dahinter sehen konnte. Überall rankten und wucherten blühende Pflanzen, die uns streiften.

Ständig hing mir irgendein neues Blatt oder ein Zweig im Gesicht. Die Decke über uns war nämlich so niedrig, dass die Pflanzen beschlossen hatten, in die Breite anstatt in die Höhe zu wachsen.

Und hier – *hier* roch es nun doch genauso wie in unserer Villa Evie. Aber noch etwas anderes durchzog die Luft. Etwas, das mich an ein ganz ungutes Gefühl erinnerte. Es roch nach Traurigkeit und Verzweiflung. Sogar ein bisschen nach Scham. Aber vor allem erinnerte mich der Geruch an ein so tiefes Unglück, als wäre jemand gestorben.

Was war nur los mit mir? Ich konnte doch kein Unglück riechen! Wer roch denn bitte *Gefühle*?

Außerdem wusste ich ja gar nicht, wie es sich anfühlte, wenn jemand starb, den man liebte. Und trotzdem drang mir das Unglück so intensiv entgegen, dass ich mir reflexartig eine Hand vor die Nase schlug.

Daan warf mir plötzlich einen seltsamen Blick zu. Als ob er mich in diesem Moment überhaupt zum allerersten Mal richtig wahrnahm.

Schnell ließ ich die Hand wieder sinken. Ich wollte ja nicht, dass er sich von mir beleidigt fühlte! Zugegeben, es war unhöflich, sich als Gast die Nase zuzuhalten. Also zwang ich mich, die ganze Traurigkeit, nach der dieser Raum roch, weiter einzuatmen.

Der alte Mann setzte sich in einen der vier Korbsessel unter einer Palme.

»Na los, nehmt schon Platz!«, sagte er, schlug die Beine übereinander und fixierte mich. »Und jetzt möchte ich gern hören, was ausgerechnet drei Kinder wie ihr mit Willem Boer zu tun haben. Und auch, was ihr über das Meteorpulver wisst!«

Ich holte einmal tief Luft und setzte mich in einen der knarzenden Sessel. »Meine Familie ist vor Kurzem in die Villa Evie gezogen. Zuerst wussten wir natürlich nichts von der Duftapotheke, aber nachdem wir sie entdeckt hatten, sind wir schnell mit Willem aneinandergeraten. Er hat Düfte hergestellt, die man besser nicht herstellen sollte. Gefährliche Düfte. Düfte, die Sie ja gut kennen müssten!«

Ich stockte, um zu sehen, wie Daan darauf reagieren würde, aber er sah nur ausdruckslos zurück und wartete darauf, dass ich weiterredete. Dabei hatte ich gehofft, dass ich ein Zwinkern, Zucken oder eine nervöse Handbewegung entdecken würde. Schließlich versuchte ich gerade, auf den »Duft der Ewigkeit« anzuspielen. Wir mussten herausbekommen, was Daan mit den Ewigen und somit auch mit Willem zu tun hatte! Zuallererst mussten wir aber klären, ob wir ihm trauen konnten. So hilfsbereit und freundlich, wie Hanne gedacht hatte, verlief unser Treffen nämlich nicht. Ich überlegte, wie ich meine nächste Frage am geschicktesten formulierte, als mir Benno einfach das Wort abschnitt.

»Warum sind Sie eigentlich nicht tot?«, fragte er geradewegs heraus. »Sie sind doch schon viel zu alt!«

Fast unmerklich schluckte Daan und ich freute mich, dass mein kleiner Bruder eine Reaktion aus ihm rausgekitzelt hatte. Aber er räusperte sich nur und ließ Benno auf seine Antwort warten. »Bevor ich irgendetwas sage, muss ich eine Sache wissen: Was habt ihr mit dem Meteorpulver zu schaffen?«

Mats funkelte Daan an. »Wir wissen, wie man es anwenden muss. Wir wissen, wie wertvoll es ist. Und wir wissen, dass Sie nur deswegen noch am Leben sind!«

Ich hatte damit gerechnet, dass Daan uns nun geschockt ansehen würde, doch der Alte verzog nur seinen Mundwinkel, als wollte er gleich einen Witz machen. »Das, und noch ein paar andere, unglückliche Umstände.«

»Umstände?«, fragte ich. »Was für unglückliche Umstände?«

Daan stand mit jugendlichem Schwung aus dem Sessel auf. »Passt auf, Kinder: Ich habe mit alldem nichts mehr zu schaffen, das sind nicht mehr meine Sorgen. Schon seit sehr langer Zeit nicht mehr. Also entschuldigt mich bitte!«

»Aber ...«, haspelte ich. »Wir brauchen Ihre Hilfe! Sonst –«

»Sonst was?« Er blieb stehen und sah mich tadelnd an.

»Sonst verbraucht Willem das ganze Meteorpulver für den ›Duft der Ewigkeit‹«, rief ich, »und die Duftapotheke kann nicht weitergeführt werden!«

»Und wenn schon.« Der alte Duftapotheker lächelte geringschätzig. »Das ist längst überfällig. Je schneller das Meteor verbraucht wird, desto schneller kann die Duftapotheke vergessen werden und für immer schließen.«

Ich konnte kaum glauben, was ich da hörte. Und jetzt stand auch Mats auf und versuchte, Daan aufzuhalten. »Das können Sie uns nicht antun!«

Daan de Bruijn lachte kurz auf. »Euch? Was wollt *ihr* denn mit einer Duftapotheke? Ihr wisst doch gar nicht, wie man sie richtig benutzt.« Er funkelte mich an. »Ihr wohnt erst seit Kurzem in der Villa, hast du gesagt? Dann wisst ihr *gar nichts* über die Düfte. Und es ist sowieso besser, wenn das niemand mehr tut. Meine Düfte werden nur noch von ein paar Verrückten da draußen gebraucht.«

»Genau: *Verrückte!*« Mats atmete schwer vor lauter Wut. »Wissen Sie, was Willem mit meinem Vater gemacht hat? Nein? Er hat ihm den ›Lieblosen Duft‹ verabreicht. Den kennen Sie doch bestimmt noch? Was, wenn er noch mehr von solchen Düften herstellt? Was, wenn die Ewigen die in die Finger kriegen? Was dann?« Mats verschränkte seine Arme vor der Brust. »Ein bisschen viel Macht für Verrückte, oder nicht?«

Daan verzog den Mund und seufzte. »In der Tat.«

»Willem darf nicht alles machen, was er will!«, schimpfte jetzt Benno dazwischen. »Und die dummen Ewigen auch nicht!«

»Und was ist mit diesem Syrell de Richemont?«, fiel es mir plötzlich ein. Über den hatten wir viele hässliche Dinge in dem Artikel gelesen, der über die Ewigen geschrieben worden war. »Den kennen Sie doch bestimmt. Was, wenn der Willem das Meteor abkauft und es unter seine ganzen Kloputzmittelchen und Entspannungsdüfte mischt, die er weltweit verkauft? Dann könnte er die Menschen auf jede Art beeinflussen, wie es ihm gerade so gefällt. So viel Macht darf doch niemand haben! Was, wenn er Lust darauf bekommt, noch ein bisschen ›Lieblosen Duft‹ unter die Leute zu bringen?«

Während ich redete, war Daans Gesichtsausdruck immer dunkler geworden und plötzlich schlug mir wieder eine Wolke aus Unglück in die Nase. Dabei hatte ich den Geruch zwischendrin fast vergessen. Mit schnellen Schritten ging Daan durch den Flur und öffnete die Bootstür. Jetzt zeigte er uns mit der Hand den Weg nach draußen. »Geht!«

»Aber wir brauchen wirklich Ihre Hilfe«, bettelte ich fast. »Selbst wenn Ihnen das alles so egal ist, dann helfen Sie uns wenigsten dabei, Mats' Vater vom ›Lieblosen Duft‹ zu erlösen! *Sie* könnten doch einen neuen Duft erfinden, der ihm hilft, oder nicht? Sie sind der Einzige, den wir darum bitten können!«

Aber Daan sah einfach nur mit leeren Augen über mich hinweg und öffnete die Tür noch ein Stück weiter. »Es tut mir wirklich sehr leid, aber ich kann euch nicht helfen.«

»Doch! Können Sie!«, brüllte Benno jetzt und ich sah, wie Tränen aus seinen Augen rollten. Aber der alte Mann wandte nur den Blick ab und schob auch meinen kleinen Bruder vor die Tür auf den Bootssteg.

»Bitte!« Mats' Stimme war drängender geworden. »Sagen Sie uns einfach nur, wo wir Willem finden. Mehr wollen wir gar nicht!«

Aber Daan schloss längst die Tür hinter uns. Ich hörte nur noch, wie sich die vielen Verriegelungen ineinander verhakten.

Fassungslos blickte ich zu Mats und sah, dass seine Augen ebenfalls feucht glänzten. Klar, Daan war unsere letzte Hoffnung gewesen. Außer ihm konnte niemand ein Gegenmittel entwickeln.

Ich blieb einfach stehen, genau dort, wo ich war: auf Daan de Bruijns Bootssteg. Ein Vulkan voller Enttäuschung brach in mir aus und drückte die letzte Hoffnung herunter, die noch in mir war. Ich fühlte mich furchtbar und ich hatte nicht eine einzige Idee mehr, was wir jetzt noch tun konnten.

16

Die ganze Zeit während unserer Reise hatten wir nur auf diesen Moment hingearbeitet. Wir waren uns so sicher gewesen, dass es das Schwierigste sein würde, Daan de Bruijn zu finden. Aber dass uns der ehemalige Duftapotheker einfach wieder vor die Tür setzen würde, damit hatte ich wirklich nicht gerechnet. Ich hätte schwören können, dass dieser Mann, der die Duftapotheke und alles, was mit ihr zusammenhing, geschaffen hatte, uns dabei helfen würde, sein Lebenswerk zu beschützen. Ich hätte nicht im Traum damit gerechnet, dass wir es ohne Daan schaffen mussten.

Benno schlurfte über die Holzplanken und stieß mit seinem Fuß gegen alles, was ihm auf seinem Weg in Reichweite kam.

»Wie finden wir jetzt Willem?«, fragte er und sah zu Mats hinauf.

Doch aus Mats' Gesicht war nicht nur alle Farbe gewichen, sondern auch alles andere. »Überhaupt nicht. Wir machen es genauso wie dieser bekloppte Duftapotheker: Wir vergessen es. Ist ja anscheinend nicht so schlimm, wenn man etwas erfunden hat, das Familien zerstört. Wir vergessen es einfach. Was soll schon sein? Geht uns doch nichts an!« Mats trat einen der Blumentöpfe neben ihm um, der geradewegs in den Kanal flog, und ging mit drei großen Schritten vom Steg.

Dann lief er einfach weiter.

»Warte!«, rief Benno und hopste hinter Mats her, konnte aber nicht ganz Schritt halten. »Nicht so schnell!«

Abrupt blieb Mats stehen. »Ich brauch mal eine Pause, okay?«, sagte er nur. Dabei sah er aus, als wäre ihm nicht nur diese ganze Situation zu viel, sondern auch wir. Mit eingezogenem Kopf und den Händen in den Hosentaschen ging er weiter.

»Lass uns doch erst mal ins Krankenhaus zurückgehen und nach Hanne schauen!«, versuchte ich, Mats aufzuhalten.

Aber der stieß nur noch gegen das kleine Tor, das am Ende des Steges lag, und ließ es quietschend vor sich hin- und herschwingen. »Macht ihr das ruhig«, sagte er. Dann lief er in die entgegengesetzte Richtung vom Krankenhaus. Er ging einfach weg und ließ uns am Kanal stehen, ohne mit einer Silbe zu erklären, wohin er jetzt wollte.

»Mats! Warte auf mich!«, rief Benno ihm mehrmals hinterher, aber Mats reagierte nicht, sondern marschierte stur davon. Jetzt füllten sich auch Bennos Augen mit Wasser und ich konnte es kaum ertragen, es mit anzusehen.

»Wir warten auf dich im Krankenhaus!«, rief ich Mats hinterher, obwohl mir gleichzeitig die Stimme wegkippte und ich meinen Satz kaum zu Ende sprechen konnte. Was konnten *wir* dafür, dass wir hier nicht weitergekommen waren? Der Enttäuschungsvulkan verwandelte sich in einen Eisgletscher. Hatten wir denn nicht alles getan, um Mats zu helfen? Wieso zeigte er uns jetzt die kalte Schulter? Ich schluckte und atmete einmal tief ein und wieder aus, um nicht auch in Tränen auszubrechen.

Dann legte ich meinen Arm um Benno und lächelte mit zusammengepressten Lippen zu ihm hinunter. »Komm. Besuchen wir Hanne, es wird langsam dunkel.«

Benno schluchzte leise. »Wo geht Mats hin, wieso ist er auf mich sauer?«

Ich strich Benno über den Kopf. »Er ist nicht sauer auf dich. Er weiß einfach nur nicht weiter.« Ich versuchte mit aller Kraft, meinen Kloß im Hals wieder runterzuschlucken. »Ich glaube, er hat Angst, dass wir es nicht schaffen, einen Gegenduft für seinen Vater zu finden. Und das würde bedeuten, dass sein Vater nie mehr so wird, wie er früher einmal war.«

Und trotzdem: Es war gar nicht in Ordnung, dass Mats

uns jetzt einfach links liegen ließ. Ich beschloss, Benno meinen Ärger aber nicht zu zeigen und ihn lieber zu trösten. Außerdem würde ich es so am ehesten verhindern, selbst loszuheulen.

Als wir bei Hanne im Krankenhaus ankamen, erzählte uns die Krankenschwester der Station, dass es Hanne schon viel besser ging, sie aber immer noch benommen war. Sie stand weiterhin unter ärztlicher Beobachtung, aber wir durften endlich zu ihr.

In Hannes Zimmer waren die Vorhänge zugezogen und es war schummrig. Benno und ich standen um das Bett und sahen ihr zu, wie sie im Schlaf ruhig und tief atmete. Ich war so froh, dass es ihr besser ging.

»Schlafen wir auch ein bisschen, solange wir auf Pa warten«, murmelte ich nur und zog Benno vom Bett weg. »Du musst doch hundemüde sein.«

Meinem kleinen Bruder fielen von der ganzen Aufregung wirklich schon die Augen zu, also legte ich mich mit ihm auf das leere zweite Krankenhausbett in Hannes Zimmer und deckte ihn zu. Dann wartete ich.

Ich selbst konnte kein Auge zutun. Ein bisschen Sorgen machte ich mir jetzt doch um Mats, weil er einfach nicht auftauchte. Ich hätte geschworen, dass er nur ein bisschen Zeit brauchte und dann nachkommen würde. Wo sollte er auch hin, jetzt, wo es draußen anfing zu dämmern und es bald dunkel war? Er kannte hier ja niemanden.

Als nicht nur Hanne leise schnarchte, sondern auch Benno neben mir tief atmete, zog ich meinen Arm unter seinem Kopf weg, griff mir meinen Rucksack und schlich mich aus dem Krankenhauszimmer. Pa würde bestimmt bald da sein und uns mit nach Hause nehmen und ich würde mir so lange etwas überlegen müssen, wie ich das alles wieder hinkriegte. Nicht nur wegen Mats. Ich wollte die Duftapotheke einfach nicht verlieren! Das erste Mal in meinem Leben gab es etwas, das mich von anderen unterschied, etwas, das ohne mich vielleicht nicht mehr lange existieren würde. Schließlich war ich die neue Duftapothekerin der Villa Evie. Wenn sich also jemand darum kümmern musste, sie zu retten, dann war ich das!

Leise schlich ich mich den Flur unter der grellen Neonbeleuchtung entlang und nickte einer Schwester zu, die an mir vorbeihastete.

Hinter mir tapsten Schritte.

»Luzie! Warte auf mich!«

Ich drehte mich um und sah Benno den Gang entlangstolpern. Im gleichen Moment machte es *Pling* und vor mir schoben sich die Fahrstuhltüren auf. Ich fluchte in Gedanken über meine Ungeduld. Hätte ich doch nur ein bisschen länger gewartet, bis Benno fest eingeschlafen war.

»Wo gehst du hin?« Mein Bruder hielt in seinem linken Arm ein Kuscheltier und im rechten seinen Rucksack fest. Beides rutschte ihm fast aus den Armen, weil er so müde war. »Warum gehst du jetzt auch einfach weg? Ohne mich?«

»Ich wollte nur schnell noch mal was …« Ich schluckte. Lügen half jetzt auch nichts. »Mach dir keine Sorgen, Benno. Ich wollte dich einfach nicht wecken, ich bin gleich wieder zurück!«

»Aber wo willst du hin?«

»Geh wieder schlafen!«, sagte ich nur und wuschelte Benno durch seine blonden zerzausten Haare. »Ich bin gleich wieder da. Außerdem kommt Pa bald und holt uns ab. Vorher muss ich einfach noch etwas erledigen.«

»Waaas denn?« Benno rieb sich die Augen und blieb stur an Ort und Stelle stehen.

So ein Mist! Wahrscheinlich war es das Beste, Benno einfach die Wahrheit zu sagen. Alles andere war Quatsch.

»Ich will versuchen, noch mal mit Daan zu sprechen. Vielleicht verrät er mir ja doch noch etwas, das uns helfen kann.« Ich lächelte und drückte noch mal auf den Fahrstuhlknopf. »Geh bitte wieder zurück und schlaf weiter, ja? Ich bin nicht lange weg, versprochen!«

Wieder machte es *Pling* und die Türen vor uns schoben sich auf. Ohne abzuwarten, stellte sich Benno in den Fahrstuhl und drückte auf den Knopf zum Erdgeschoss. »Ich komm mit, wenn du da hingehst!«

Ich konnte nicht anders und schmunzelte. Benno war zwar klein, aber wenn er irgendwas wollte, konnte er sich trotzdem besser durchsetzen als alle anderen in unserer Familie.

Also stellte ich mich neben ihn, bevor der Fahrstuhl noch ohne mich losfuhr, und seufzte. »Aber nur, wenn du in der nächsten Stunde ausnahmsweise mal das machst, was ich dir sage! Klar?«

»Mach ich!«, sagte Benno und kniff entschlossen die Lippen aufeinander. »Versprochen!«

Draußen vor dem Krankenhaus fischte ich für Benno meinen Pullover aus dem Rucksack und zog ihn ihm über den Kopf. Das Teil schlackerte natürlich um ihn herum, aber immerhin hatte es eine Kapuze. Mir selbst knöpfte ich die Jacke bis unters Kinn zu.

»Ist dir warm genug?«, fragte ich Benno, der nur nickte und neben mir in die Dämmerung hineinlief.

»Wieso glaubst du, Daan erzählt dir, wo Willem ist?«, fragte mich Benno. »Hat er doch gerade auch nicht gemacht.«

Ich zwinkerte ihm zu. »Weil ich was aus der Duftapotheke eingesteckt habe, das ihn vielleicht dazu bringt.«

»Einen Duft?«, fragte Benno und ich grinste ihn an.

»Ganz genau!«

Zusammen liefen wir die Straßen zurück, die uns zu Daan de Bruijns Hausboot führten. Die Lichter aus den Häusern und Straßenlaternen erhellten uns den Weg durch die Dämmerung wie Lichterketten. Ich hatte zwar keine große Angst, schließlich war auch Mats hier draußen noch irgendwo unterwegs – aber irgendwas fühlte sich nicht ganz richtig an. So als ob wir nicht allein durch die dunklen Straßen Richtung Hafen liefen. Immer wieder hörte ich Schuhsohlen über das Kopfsteinpflaster klacken. Mal waren sie näher, mal weiter weg, aber es waren immer dieselben und ich hörte sie die ganze Zeit über.

Ich versuchte, die unguten Gedanken an den Mann aus dem Zug aus meinem Kopf zu verscheuchen. Hastig zog ich Benno vorwärts und konzentrierte mich wieder auf den Plan, den ich im Krankenhaus geschmiedet hatte. Als wir in eine der schmalen Gassen einbogen, wurden die Schritte plötzlich immer lauter und … Mist, das mussten sogar mehrere Leute sein!

Der Geruch stieg mir im gleichen Moment in die Nase, als mich schon jemand am Arm packte. Ich drehte mich um. Hinter mir stand tatsächlich der Mann aus dem Zug und funkelte mich an.

Doch er war es nicht, der mich völlig erstarren ließ. Eine vertraute Stimme grollte zu mir und Benno herüber. »Es heißt ja, man trifft sich immer zweimal im Leben.«

Aus dem Schatten eines Hauses kam eine Gestalt auf uns zu und zog sich das Basecap tiefer ins Gesicht. Willem sah genauso finster aus, wie ich ihn in Erinnerung hatte.

»Sie«, flüsterte ich mit erstickter Stimme und gleichzeitig drückte ich meine Schultern, so fest ich konnte, durch. Willem sollte mir meine Unsicherheit auf keinen Fall anmerken.

»Natürlich. Hast du wirklich gedacht, wir würden uns nie wiedersehen? Aber bringen wir das schnell hinter uns: Gib mir einfach den Duftplan.«

Willem streckte mir seine faltige Hand entgegen, aber ich bewegte mich nicht. Wenn irgendetwas noch den Schlamassel toppen konnte, in dem wir uns gerade befanden, dann war es die Möglichkeit, dass Willem und dieser Finsterling den Duftplan bekamen.

Ich riss mich los, griff nach Bennos Hand und rannte mit ihm los. So schnell wir konnten, liefen wir geradeaus.

Hinter mir knallten Willems Stiefelsohlen bedrohlich auf den Asphalt, trotzdem waren wir eindeutig schneller als die beiden Männer. Doch als wir fast am Bootssteg von Daan de Bruijn ankamen, stand der Riese wieder hinter mir und packte meinen Arm.

»So ungern ich das auch tue, aber ich werde erst verschwinden, wenn ich den Duftplan in den Händen halte!«, schnaufte Willem, als er uns einholte.

Der gruselige Riese im Mantel sagte auch diesmal kein Wort, aber seine Hand schraubte sich wie eine Zwinge um meinen Oberarm. Trotzdem versuchte ich, einfach nicht zu reagieren. Benno dagegen quietschte, als mich der Riese plötzlich ein Stückchen weiter Richtung Kanal schob und sich sein modriger Geruch mit dem des brackigen Kanalwassers mischte. Im Schein der Laterne sah ich, dass das unbewegliche Auge des Riesen noch heller war als sein eh schon farbloses normales Auge. Schnell senkte ich den Blick.

Im gleichen Moment bemerkte ich, wie sich nicht nur der Riese, sondern auch Willem einen Schal vor Mund und Nase banden. Darunter blitzte etwas Weißes hervor. War das etwa ein Mundschutz?! Einen, wie Ärzte ihn trugen?

Wollte Willem auf die Art vor einem möglichen Duftangriff von uns sicher sein? Doch dann begriff ich, dass es genau andersherum war. In seiner linken Hand hielt er einen Flakon, den ich leider nur zu gut kannte. Willem bedrohte mich mit dem »Duft des ewigen Vergessens«!

»Ich möchte das wahrlich nicht tun«, sagte er. »Alles und jeden zu vergessen, ist schrecklich. Aber ich werde diesen

Duft einsetzen, falls du mir keine Wahl lässt! Überleg es dir gut. Glaub mir, ich bekomme den Duftplan so oder so. Es hängt an dir, wie unangenehm es für euch beide wird!«

17

Ich hatte absolut keine Wahl. Wenn ich eins nicht wollte, dann, diesen Duft einzuatmen. Schließlich hatte ich ihn in den Sommerferien bestens kennengelernt und auf eine neue Begegnung konnte ich wirklich verzichten. Vor allem jetzt, da wir kein Meteor mehr hatten, um einen Gegenduft herstellen zu können, der das Vergessen rückgängig machen würde. Widerwillig griff ich in meine Hosentasche und zog den zusammengefalteten Duftplan heraus.

Sofort griff Willem danach und prüfte, ob ich ihm auch wirklich das Richtige gegeben hatte. Zufrieden hob er den Kopf und warf mir einen schwer zu deutenden Blick zu. »Nimm diesen einen Rat von mir, Mädchen«, brummte er und ich wich automatisch zurück. »Halte dich in Zukunft aus Dingen raus, die zu groß für dich sind.«

Im nächsten Moment ließ der Riese meinen Arm los und die zwei Männer verschwanden genauso schnell in der Dunkelheit, wie sie aufgetaucht waren.

Ich stand da und hörte den Schritten zu, wie sie verhallten. Benno schlang sofort seine Arme um mich. Meine Hand zitterte leicht, als mir klar wurde, warum ich so oft diesen muffigen Duft nach Erde gerochen hatte. Willem und der Riese waren die ganze Zeit in unserer Nähe gewesen. Sie hatten wahrscheinlich nur auf einen guten Moment gewartet, in dem sie mich allein erwischen konnten, ohne dass ihnen jemand in die Quere kam.

Warum ging nur alles schief? Und wo war Mats? Meine Verzweiflung stieg mir bis unters Kinn. Ich hatte das Gefühl, mich gleich an meinem Ärger zu verschlucken und keine Luft mehr zu bekommen. Jetzt besaß Willem nicht nur das Meteorpulver, sondern auch noch die Duftkarte und damit konnte er jeden Duft herstellen, den es auch in der Duftapotheke gab.

Alles, was er wollte.

Benno starrte mich an und ich ärgerte mich über mich selbst, dass ich mir eingeredet hatte, die Karte wäre bei mir am sichersten. Warum hatte ich sie nicht doch einfach irgendwo versteckt? Stattdessen hatten wir uns alles abnehmen lassen, was die Duftapotheke so dringend brauchte, um das zu tun, wofür sie doch eigentlich da sein sollte: Menschen zu *helfen.*

»Wo ist Mats?«, fragte Benno.

»Gute Frage«, schnaubte ich und zog mein Handy aus der Tasche. Vielleicht hatte er mir eine Nachricht geschickt? In diesem Moment wünschte ich mir nichts sehnlicher, als dass er einfach wieder da war. Mit ihm zusammen fühlte sich alles viel leichter an. Ich wollte das hier nicht allein durchstehen müssen. Aber mein Handy zeigte keine Mitteilungen an.

Bevor ich noch vor lauter Verzweiflung platzte, beschloss ich, ihn anzurufen. Nur ... vielleicht nicht sofort. Ich streckte die Schultern durch und entschied, zuerst Daan dazu zu bringen, uns zu helfen.

Immerhin hatte ich mir einen Plan überlegt, wie das klappen könnte.

Ich suchte meinen letzten Krümel Mut zusammen, den ich noch in mir finden konnte, und ging mit Benno an meiner Hand auf Daan de Bruijns Hausboot zu. Mittlerweile hatte sich die Dunkelheit des Abends über den Kanal gelegt und die erleuchteten Laternen und Bootsfenster spiegelten sich auf dem glatten Wasser. Mit weichen Knien lief ich über den Steg und klopfte an die Tür, über der das gleiche Emailleschild klapperte wie in unserer Villa Evie. Daans Hausboot leuchtete genau wie die meisten hell im Inneren. Er musste also da sein. Aber niemand öffnete die Tür. Ich klopfte noch mal. Nichts.

Na schön! Dieses Mal würde ich mich nicht abwimmeln lassen. Ich würde Daan de Bruijn nicht erlauben, sich einfach aus allem rauszuhalten. Er hatte die Duftapotheke schließlich gegründet. Sie war sein Erbe, und wenn das in falsche Hände fiel und Dinge damit passierten, die nicht passieren durften, dann war das auch seine Schuld!

Ich klopfte immer lauter, bis endlich die Tür vor mir aufging und Daan mir ärgerlich entgegenblickte.

»Was willst du noch?!«, sagte er barsch.

»Wir …«, weiter kam ich nicht. Obwohl ich es nicht wollte, brach meine ganze Verzweiflung wie ein Orkan aus mir heraus. Meine Stimme brach ab und ich sah Daan nur noch verschwommen vor mir, weil mir die Tränen aus den Augen schossen.

»Sie waren mein Vorbild!«, sagte ich und wischte mir die Wangen mit der Hand trocken. »Ich habe zu Ihnen aufgesehen! Ich wollte so gut werden wie Sie! Es ist *Ihre* Duftapotheke – und ich brauche jetzt Ihre Hilfe!«

Diesmal sagte ich es nicht bittend oder fragend. Ich stellte es nur fest und trat dann einfach ein. Erst als der alte Mann einen Schritt zurücktreten musste, weil ich einfach auf ihn zuging, merkte ich, wie untypisch das für mich war. Normalerweise traute ich mich so etwas nicht. Und das baute mich tatsächlich ein kleines bisschen auf.

»Sie werden jetzt mit mir sprechen«, fuhr ich fort. Meine Stimme klang zum Glück wieder fester. Tränen waren bestimmt nichts, was einen Mann wie Daan erweichte. Nicht nach dem, wie er bei unserem ersten Besuch reagiert hatte. Hinter mir zog ich Benno ins Innere.

Der alte Duftapotheker verschränkte die Arme und hob seine Augenbrauen. »Soso. Werde ich das?«

Ich nickte nur und ging schnurstracks den Flur entlang Richtung Salon, setzte mich in einen der Korbsessel und öffnete meinen Rucksack. Benno blieb dicht hinter mir und wartete mit großen Augen darauf, was ich tun würde.

Daan de Bruijn stand verdattert im Flur und wollte scheinbar gerade seine Stimme erheben, da klopfte es ein zweites Mal. Ich schielte durch den Flur zur Tür, die Daan mit Schwung öffnete.

»Ja?«, schnauzte er.

Vor ihm stand Mats und schielte an ihm vorbei ins Innere des Bootes. »Ähm«, haspelte er. »Ich suche Luzie. Sie ist hier, oder?«

Daan stöhnte hörbar. Dann öffnete er die Tür ein Stück, sodass sich Mats und ich uns über den langen Flur hinweg in die Augen sehen konnten. Er lächelte mich unsicher an und ich lächelte knapp zurück.

»Nun ja, leider!«, sagte Daan und machte eine Handbewegung, die Mats ebenfalls hereinbat. Gründlich verschloss er die Tür wieder und lief hinter Mats durch den Flur auf mich und Benno zu. Dabei ließ er uns nicht aus den Augen, bis wir alle in den Korbsesseln saßen.

Daan setzte sich ebenfalls, lehnte sich zurück und schlug nicht nur seine Beine, sondern auch seine Arme übereinander. »Ich dachte, ich war deutlich. Die Duftapotheke geht mich nichts mehr an.«

Ich setzte mich noch aufrechter, als ich es eh schon tat, und schaute Daan de Bruijn direkt in die Augen. »Das kann ja sein, aber Willem ist *hier* und er hat uns nicht nur das Meteorpulver gestohlen, sondern mittlerweile auch noch die Duftkarte. Jetzt hat er alles, was er zum Duftmischen braucht!«

Daans Augenlieder zuckten. Trotzdem blickte er einfach nur unbeeindruckt zu mir, als wäre das alles völlig egal. »Dann habt ihr ihn also gefunden. Ganz, wie ihr es wolltet.«

Na toll! Was war *das* denn bitte für ein Kommentar?

Kurz hing ein unangenehmes Schweigen in der Luft, aber ich hatte mir fest vorgenommen, mich nicht verunsichern zu lassen. Von niemandem mehr.

»Warum haben Sie den ›Duft der Ewigkeit‹ entwickelt?«, fragte ich ihn. »Wieso tut man so etwas? Was bringt Ihnen das alles? Ist es denn wirklich besser, ewig zu leben? So einsam und ganz allein?«

Daan lachte als Antwort nur auf, aber es klang nicht mehr überheblich, sondern unendlich traurig. Er drehte den Kopf, sah hinaus auf das dunkle Kanalwasser und schwieg.

»Warum haben Sie nie etwas gegen Willem unternommen?«, schaltete sich jetzt auch Mats mit ein.

Mit Schwung stand der alte Duftapotheker auf. »Es reicht!« Seine Augen glänzten. »Ich habe es euch bereits gesagt: Ich habe mit alldem nichts mehr zu tun! Es ist Strafe genug, dass ich noch hier bin!«

Plötzlich vibrierte Daans Stimme und mir wurde endgültig klar, dass dieser Mann uns niemals seine Geheimnisse verraten würde. Dazu war der Schmerz, den er offenbar mit sich herumtrug, viel zu groß.

Doch wir hatten keine Wahl – nur er konnte uns helfen.

Zielsicher wanderte meine Hand in meinen Rucksack und zog ein Fläschchen hervor. Mit drei schnellen Schritten stand ich vor Daan und öffnete den Flakon direkt unter seinem Gesicht. Eine blaue Wolke wehte ihm in die Nase.

Seine Augen weiteten sich, aber bevor er reagieren konnte, hatte uns der »Wahrhaftige Duft« längst völlig eingenebelt.

Die Wirkung des Duftes würde uns *alle* beeinflussen, zumindest eine Weile lang. Nur im Gegensatz zu Daan hatten wir nichts zu verheimlichen …

18

Daan de Bruijns Augen standen immer noch weit offen. Der Duft wirkte, aber ich sah ihm an, wie er versuchte, dagegen anzukämpfen. Er ging ein paar Schritte vor, dann wieder zurück, nahm seine Brille ab, rieb die Gläser mit einem Tuch sauber und setzte sie wieder auf. Geschlagen ließ er sich schließlich zurück in seinen Korbsessel fallen. Doch diesmal verschränkte er seine Arme und Beine nicht.

Ich stellte den geöffneten Flakon auf den runden Couchtisch zwischen uns. Der »Wahrhaftige

Duft« hatte sich mittlerweile fast ganz geleert, schließlich war auch nicht mehr viel darin gewesen, als ich ihn eingepackt hatte. Aber ich war mir sicher, es würde ausreichen, um Daan ein paar Geheimnisse zu entlocken.

»Warum wollen Sie uns nicht helfen?«, fragte Mats so schnell, als hätte er Angst, die Wirkung könnte nicht lange genug anhalten.

Der alte Duftapotheker strich sich über die Stirn und sah plötzlich schrecklich müde aus. »Ich halte es nicht aus, mich erinnern zu müssen.« Er kniff die Lippen aufeinander, als versuchte er auf diese Weise, die Worte daran zu hindern, sich aus seinem Mund zu schleichen. Aber es gelang ihm nicht. »Alles ist allein meine Schuld. Hätte ich die Duftapotheke nicht gegründet, hätte ich nicht unser aller Leben ruiniert.« Daan ließ die Schultern hängen. »Es ist ein Fluch. Alle, die man einmal geliebt hat, sieht man sterben und weiß gleichzeitig, dass man selbst noch ewig ohne sie auf dieser Welt ausharren muss.«

Ich beugte mich vor. »Aber warum haben Sie dann den ›Duft der Ewigkeit‹ entwickelt? Das hätten Sie sich doch vorher denken können.«

»Der Duft sollte niemals das werden, was aus ihm geworden ist.« Daan lehnte sich noch tiefer im Sessel zurück und seufzte. »Angefangen hat alles, als Evie sehr schwer krank wurde …«

»Evie?«, fragte Benno. »Die Villa Evie ist krank geworden?«

Zum ersten Mal lächelte Daan. »Nein, nicht die Villa, sondern meine Frau Evie – Eveline de Bruijn. Nach ihr habe ich die Villa benannt. Keiner der Ärzte wusste wirklich, was meine Frau hatte. Heute könnte man ihr sicher helfen, aber damals war die Wissenschaft noch nicht weit genug. Also habe ich wie ein Verrückter versucht, selbst ein Heilmittel zu finden, und an einem Duft gearbeitet, der sie wieder gesund machen könnte. Aber nichts war stark genug oder half langfristig. Nichts, bis ich auf die Idee kam, einem meiner heilenden Düfte nicht nur eine Messerspitze Meteor hinzuzufügen, sondern einen ganzen Teelöffel. Aber auch das reichte nicht aus, also nahm ich mehr und mehr Meteorpulver, bis ich bei 23 Esslöffeln landete.«

Daan schluckte und sah hinaus aufs Wasser. »Evie half meine Entdeckung allerdings nicht mehr. Sie starb, noch bevor sie meinen ›Heilenden Duft‹ einatmen konnte.«

»›Heilender Duft‹?«, wiederholte Mats und zog seine Augenbrauen zusammen. »Ich dachte, es geht um den ›Duft der Ewigkeit‹?«

Daan rieb sich die Schläfen. »Nun, ich glaubte damals, ich hätte etwas entwickelt, das tödliche Krankheiten kurieren könnte. Deshalb bot ich den Duft auch in meiner Apotheke an. Leider nicht nur das, ich verschickte ihn in die ganze Welt. Und so hat sich der Duft, den ihr mittlerweile unter dem Namen ›Duft der Ewigkeit‹ kennt, verbreitet. Alle, die eine frühere Version davon eingeatmet haben, hatten ihn ursprünglich als Medizin bestellt. Damals galt der Duft nämlich noch als Geheimmittelchen gegen die allerschwersten Krankheiten. Natürlich heilte er hervorragend, nur … merkte ich erst zu spät, welche Nebenwirkung er hervorrief. Ich hatte einen Duft für ewiges Leben entwickelt, und ohne es zu ahnen, eine riesige Anhängerschaft in der Welt gewonnen. Plötzlich bekam ich Bestellungen über Bestellungen. Es waren so viele, dass ich mit der Herstellung kaum hinterherkam.«

»Bestellungen von den Ewigen?«, fragte ich.

Daan nickte und sah niedergeschlagen auf den Boden. »Einige von ihnen haben so viel bei mir angefragt, dass sie wahrscheinlich heute noch von ihren Vorräten leben.«

»Aber … aber warum benutzen Sie dann selbst den Duft?«, unterbrach Mats ihn. »Wenn Sie ihn doch so schrecklich finden?«

Daan schüttelte stumm den Kopf. »Das tue ich nicht.«

»Blödsinn«, sagte Mats barsch. »Sie leben doch noch!«

Wieder presste der alte Mann die Lippen aufeinander. Aber es gelang ihm auch diesmal nicht, seine Worte zurückzuhalten. Er konnte nicht anders, als auf die Frage zu antworten. »Ich werde zwar älter, nur viel langsamer, wie man sieht. Damals, während ich an der Formel meines ›Heilenden Duftes‹ gearbeitet habe, habe ich große Mengen davon eingeatmet. Ich war der Duftwirkung so intensiv ausgesetzt in meinem Labor, dass die Wirkung bis heute anhält. Ich bin mir zwar sicher, dass sie irgendwann nachlässt, es wird jedoch eine kleine Ewigkeit dauern.«

»Und Willem?«, fragte ich vorsichtig. »Wie kam er an den Duft?«

Daan sah uns einen Moment an und ich überlegte, ob der »Wahrhaftige Duft« noch stark genug wirkte, dass er weiterreden würde.

Zum Glück tat er das.

»Er hat den Duft damals zusammen mit mir im Labor

eingeatmet. Zu dieser Zeit stand er mir als Gärtner und Apothekengehilfe zur Seite. Ich denke, er hat in dem Duft schnell die Chance auf finanziellen Erfolg gewittert. Als er erkannte, was der ›Heilende Duft‹ wirklich bewirkt, war er plötzlich wie besessen davon, Unmengen herzustellen und gewinnbringend zu verkaufen. Wir stritten heftig und ich kündigte ihm schließlich.« Daan nahm seine Brille ab, legte sie beiseite und strich sich mit der Hand über das Gesicht. »Nach meinem ... nach meinem vorgetäuschten Tod ... gab ich meine Geschäfte so schnell wie möglich an meine Tochter Louise ab, damit mich die Ewigen nicht mehr unter Druck setzen konnten. Ich schwor mir, dass meine Anwesenheit die eigentliche Bestimmung der Duftapotheke nicht mehr behindern würde. Dass Willem wiederkommen und trotz meiner Vorkehrungen neuen Ewigkeitsduft herstellen würde, vermutete ich einfach nicht. Wirklich nicht. Aber es ist so passiert und ich konnte den Lauf der Dinge nicht mehr verhindern.«

»Oder Sie *wollten* es einfach nicht verhindern«, sagte Mats. »So, wie Sie auch uns einfach nicht helfen wollten.«

Der alte Mann wandte sich ab und schwieg betreten.

Ich räusperte mich. »Und seitdem hat Willem heimlich den ›Duft der Ewigkeit‹ verkauft?«

»Ja, leider.« Daans Stimme wurde leiser. »Und es wurden immer mehr von ihnen. Irgendwann haben sie angefangen, sich ›Die Ewigen‹ zu nennen. Ich habe einfach nicht mehr gewusst, was ich tun soll. Sie waren zu mächtig, zu skrupellos und zu viele.«

Mats beugte sich vor. »Und was genau tun die Ewigen?

Wenn sie einen gemeinsamen Namen haben, haben sie bestimmt auch noch mehr gemeinsam. Ist dieser Syrell de Richemont mit seiner Duftfirma ihr Chef? Im Internet stand, dass die Ewigen eine Art Geheimbund sind.«

»Ich weiß nichts davon, was im Internet steht«, sagte Daan und schnaubte abfällig. »Aber was die Ewigen verbindet, sind alte Werte. Sie möchten nicht nur selbst unsterblich werden, sondern auch die Welt, so wie sie vor hundert oder zweihundert Jahren einmal war, am Leben erhalten. Das eint sie, zumindest einen Großteil von ihnen. Syrell de Richemont ist aber nicht ihr ›Chef‹. Er ist …« Daan sah auf seine Hände, die sich zu Fäusten ballten. »Jemand, von dem man sich besser fernhält! Ich selbst habe nur von ihm gehört, ihn aber noch nie getroffen und bedaure das auch keineswegs.«

Jetzt stand Daan auf und zog einen altmodisch aussehenden Brief mit roter Versiegelung aus der Schublade eines Sekretärs. »Die Ewigen treffen sich regelmäßig in Amsterdam und sie laden mich immer noch als Ehrengast ein, obwohl ich nie hingehe.« Er reichte mir den Brief und ich überflog die wenigen Zeilen.

```
Hochwohlgeschätzter Herr de Bruijn,
wir würden uns freuen, Sie zu unserer
traditionellen Zusammenkunft als Ehrengast in
unseren Räumlichkeiten begrüßen zu dürfen.
In der Hoffnung auf eine Zusage verbleiben
wir mit wohlgehabten Grüßen,
Ihre Baronin von Schönblom
- Vorsitzende der Ewigen -
```

Ich betrachtete das Datum, das weiter unten stand, und schluckte. »Das ist morgen!«

Daan nahm mir den Brief wieder ab und legte ihn zurück. »Wie ich sagte: Sie treffen sich oft.«

»Eine Sache verstehe ich immer noch nicht«, sagte Mats. »Warum haben Sie die Duftapotheke verlassen, wenn Sie wussten, dass Sie noch ewig leben werden? Sie hätten doch viel besser auf die magischen Düfte aufpassen können. Das ist schließlich Ihr Erbe!«

Wieder schwieg Daan einen Moment, bevor er mit brüchiger Stimme antwortete: »Habe ich es euch nicht schon gesagt? Ich ertrage es nicht! Die Erinnerung an Eveline, an die Duftapotheke und an all das Grauen, was ich damit ausgelöst habe. Ich habe auf ganzer Linie versagt! Ich habe Düfte entwickelt, die es nicht geben darf! Unnatürliche Kräfte, die mehr Leid zufügen, als dass sie helfen. Und ich ertrage es einfach nicht, daran schuld zu sein! ICH ERTRAGE ES NICHT!«

Seine Stimme hatte sich immer weiter hochgeschraubt, bevor Daan jegliche Kraft wieder zu verlieren schien und er wie ein nasser Sack zurück in den Sessel fiel.

Für einen Moment senkte sich Schweigen über den Raum und es waren nur Daans abgehackte Atemzüge zu hören.

Die Dunstschwaden verzogen sich langsam und wir wussten immer noch nicht, wie wir Willem oder die Ewigen aufhalten konnten. Nur dass sie sich regelmäßig bei der Baronin trafen, die irgendwo in Amsterdam lebte.

»Wo ist Willem jetzt?«, fragte ich deshalb schnell.

»Das. Weiß. Ich. Nicht!« Daans Stimme klang plötzlich wieder unwirsch.

Ich schloss kurz die Augen, weil mir klar wurde, dass das alles an Hilfe war, was wir von Daan de Bruijn bekommen würden. Trotzdem versuchte ich es noch einmal. »Wie können wir Willem finden? Bitte!«

Daan schlug seine Beine übereinander und verschränkte die Arme. »Ihr könnt Willem genauso wenig aufhalten, wie ihr die Ewigen an irgendetwas hindern könnt. Ihr seid … Kinder! Und sie sind nicht nur zu viele, sondern sich auch für nichts zu schade, solange sie ihren Duft bekommen.« Bei diesen Worten beugte sich Daan plötzlich vor und stand auf. »Es ist, wie es ist. Manche Dinge sind nicht zu ändern. Dabei sollte man es belassen.«

»Aber wir müssen Willem und die Ewigen stoppen!«, protestierte ich und blieb genau dort, wo ich war.

»Das wird nichts werden, Mädchen!«, polterte Daan mir entgegen. »Geht das nicht in deinen sturen Kopf hinein? Es ist zu gefährlich! Ich habe es selbst versucht und bin gescheitert. Und wenn *ich* es schon nicht geschafft habe, wie soll es denn dann euch gelingen?« Die Stimme des Duftapothekers wurde wieder leiser. »Selbst wenn ich wüsste, wo Willem steckt, würde ich es nicht verraten. Ich werde euch auch ganz sicher nicht zu den Ewigen führen! Das ist zu groß für euch! Außerdem habe ich mein Talent im Duftmischen verloren, also kann ich euch auch damit nicht behilflich sein. Der ›Duft der Ewigkeit‹ hat eben seinen Preis …«

Sein … Talent? Wovon redete er bloß?

»Was meinen Sie damit?«, fragte ich sofort.

Daan warf mir ein bitteres Lächeln zu und tippte sich an

die Nasenspitze. »Wie, denkst du, konnte ich die magischen Düfte kreieren? *Die Augen sind der Schlüssel zur Seele, aber die Nase ist das Tor.* Glaubst du vielleicht, dieser Spruch hängt nur zufällig über meiner Tür?«

»Aber…? Was genau bedeutet er denn? Warum konnten nur Sie neue Rezepte entwickeln?«

Daan hob seinen Blick und wendete sich von mir ab. »Egal. Ich habe meine Gabe verloren … und damit haben wir dem ›Duft der Ewigkeit‹ auch nichts entgegenzusetzen. Nichts im Leben bekommt man umsonst. Wenn ich irgendeine Lektion aus alledem gelernt habe, dann diese.«

Er drehte sich um, ging auf die Tür des Hausbootes zu und öffnete sie. Dahinter war die Luft schwarz und kühl. »Und jetzt raus mit euch!« Daan zitterte leicht und ich wusste nicht, ob vor Wut oder aus Verzweiflung. »Mir einen meiner eigenen Düfte unterzujubeln, ist eine bodenlose Unverschämtheit! Verschwindet, bevor ich mich noch vergesse! RAUS!«

19

Hinter uns donnerte die Tür des Hausbootes ins Schloss. Wie in Trance gingen wir über den Steg zurück ans Kanalufer. Einen kurzen Moment standen wir einfach nur da und sagten gar nichts. Dann erzählte ich Mats, dass Willem Benno und mich überfallen hatte, dass er uns die ganze Zeit über gefolgt war, zusammen mit diesem Riesen aus dem Zug, und dass er uns am Ende sogar die Duftkarte abgenommen hatte.

Mats' Mund stand noch immer offen, als plötzlich das Hausboot von Daan de Bruijn hinter uns brummte. Wir drehten uns um und sahen den alten Mann draußen auf seinem Boot umhergehen. Als er sein Hausboot einmal umrundet hatte, löste er plötzlich die Taue am Ufer und band sein schwimmendes Zuhause los. Dann zog er sich ins Innere zurück.

»Hinterher!« Mats warf mir einen kurzen Blick zu, dann rannte er los.

Natürlich flitzte ihm Benno sofort und ohne zu zögern nach. Aber ich stockte. Daans Hausboot lag schon nicht mehr am Ufer. Es nahm an Fahrt auf. Was hatte Mats bloß vor?

Ein schriller Laut entfuhr mir, als Mats sich blitzschnell Benno schnappte und mit einem Satz auf das fahrende Boot sprang. Jetzt rannte ich auch los, stoppte aber am Ufer. Zwischen mir und dem Hausboot schäumte das dunkle Wasser und wirbelte die fischige Luft des Kanals auf.

»Mach schon!«, rief mir Mats zu und hielt mir seine ausgestreckte Hand entgegen. Aber sie war zu weit entfernt, als dass ich sie so noch erreicht hätte. Ich musste springen, und zwar schnell, wenn ich den Hauch einer Chance haben wollte!

Ich biss meine Zähne aufeinander, ging hastig zwei Schritte zurück und nahm Anlauf. Am liebsten hätte ich die Augen geschlossen, aber das wäre sicherlich keine gute Idee gewesen. Also sprang ich einfach.

Mein rechter Fuß berührte die Reling, doch im nächsten Moment rutschte ich ab. Benno kreischte, während ich an den nassen Bootslatten tiefer glitt. Ich versuchte, mich irgendwie mit den Händen an dem glitschigen Holz festzuklammern, und fühlte, wie sich mir ein Splitter in die Hand bohrte. Mit aller Kraft hielt ich mich an dem fahrenden Boot fest, um nicht ins Kanalwasser zu rutschen. Schlotternd krallten sich meine Finger in das Holz, während wir immer schneller in die Dunkelheit hineinfuhren.

Plötzlich packte mich eine Hand und zog mich nach oben. Ich blickte direkt in Mats' Gesicht und lächelte. *Danke,* wollte ich sagen, doch ich brachte kein Wort heraus. Mein ganzer Körper zitterte noch bei dem Gedanken, ins Wasser zu rutschen und womöglich in die Schiffsschraube gedreht zu werden. Benno schlang seine Ärmchen fest um mich. Sein Herz raste.

»Und was machen wir jetzt hier?« Ich wischte mir ein paar glitschige Algen von den Knien und zog mir den kleinen Splitter aus der Handfläche.

Mats grinste nur schief. »Suchen wir uns am besten erst mal ein gemütliches Plätzchen auf diesem lustigen Vergnügungsdampfer.«

Ich lachte und wuschelte Benno durch seine weichen Kinderhaare. »Aber nur eins für blinde Passagiere, bitte.« Auf meinen immer noch wackeligen Beinen schob ich mich in die Höhe.

Da fasste Mats plötzlich nach meiner Hand. »Luzie, es … tut mir leid, dass …« Mats fing auf einmal an zu stottern. »… dass ich … also, dass ich so ein Idiot war und einfach abgehauen bin. Das war nicht okay von mir.«

Kurz blieb ich stehen. »Entschuldigung angenommen.

Aber sag uns in Zukunft, wenn dir was zu viel wird. Einfach wegrennen ist wirklich nicht okay.« Ich lächelte Mats an. »Aber ich bin froh, dass du wieder da bist!«

»Ich auch!«, strahlte Benno und zog Mats am Arm weiter.

Mit Benno in unserer Mitte schlichen wir uns außen an den beleuchteten Fenstern entlang und suchten eine Luke oder einen Seiteneinstieg, der uns in einen der vielen Räume führen würde. Mats winkte mich zu einer Außenleiter, die von der Terrasse ins obere Stockwerk reichte. Wobei ich mir nicht ganz sicher war, wie viele Stockwerke dieses Schiff überhaupt hatte. Alles wirkte so verwinkelt, dass es schwer von außen einzuschätzen war.

Als wir bei Daan im Salon gesessen hatten, war mir schon klar gewesen, dass dieses Hausboot noch viel größer sein musste, als es vom Hafen aus den Anschein machte. Wahrscheinlich hatte Daan den Salon gleich hinter dem Eingang eingerichtet, damit Besucher gar nicht erst einen Blick auf den Rest des Bootes werfen konnten.

Gleichmäßig tuckerten wir den Kanal entlang, vorbei an den leuchtenden Fenstern der alten Backsteinhäuser von Utrecht und den terrassenartigen Hafenanlagen, die sich dazwischen hindurchschlängelten. Die Lichter der Stadt erhellten die kleinen Restaurants und Kneipen, in denen sich unzählige Leute tummelten. Die Stadt funkelte so bunt und schön, dass ich für ein paar Minuten vergaß, in welchem Schlamassel wir gerade steckten.

Im Boden des zweiten Stocks entdeckte ich eine Luke. Vorsichtig hob ich sie an und spähte hindurch. Das Licht leuchtete nur schwach und schien aus einem anderen

Raum zu kommen. Von der Luke führten Stufen in den Raum unter uns. Mats stand hinter mir und spähte ebenfalls nach unten. Nichts bewegte sich dort. Daan konnte uns eigentlich nicht erwischen. Solange das Boot fuhr, musste er schließlich irgendwo im Bootshäuschen mit einem Steuerrad in der Hand stehen und es über den Kanal lenken. Solange der Motor knatterte, konnten wir also in aller Ruhe ein Versteck suchen.

»Was, glaubst du, hat er vor?«, fragte mich Mats, als ich langsam auf die Stufen der Treppe stieg. »Ob er nur so tut, als würden ihn Willem und ›Die Ewigen‹ überhaupt nicht interessieren?«

Ich hob die Schultern und kletterte weiter. »Wir werden sehen. Seltsam jedenfalls, dass er es gerade so eilig hatte.«

Unten angekommen kamen wir in ein schummriges Arbeitszimmer. In der Mitte des Raumes stand ein Schreibtisch, von dem aus man durch ein wandgroßes Fenster blicken konnte. In Vitrinen entdeckte ich polierte Messgeräte, die ziemlich kompliziert aussahen. Fernrohre in den unterschiedlichsten Größen lagen darin, außerdem Lupen und Seekarten. Ich entdeckte auch ein paar Mitbringsel aus fremden Ländern. Getrocknete Samen, Pflanzen und sogar ein paar Insekten.

»Komm schon!«, trieb Mats uns an. »Wir sind hier nicht im Museum!«

Ich schlich zur Tür und schob sie einen Spalt auf. Benno drückte sich wieder dicht an mich. Ein paar Stufen führten in einen engen Flur, von dem mehrere Treppen nach oben oder unten führten.

Ich drehte mich zu Mats. »Die Räume liegen alle auf unterschiedlichen Ebenen, oder?«

»Wirkt so, als gäbe es hier mehrere Stockwerke, die verschachtelt aneinandergebaut worden sind«, antwortete er.

Und genau so war es auch. Manche Räume waren nur so hoch, dass ich zwar aufrecht darin stehen konnte, Mats aber schon den Kopf einziehen musste. Andere Zimmer hatten stattdessen wieder sehr hohe Decken und man fühlte sich fast wie in der Villa Evie. Zumindest wenn man sich das Schaukeln des Bootes wegdachte.

Wir fanden mehrere Gästezimmer, entschieden uns aber am Ende für ein Versteck im Unterdeck. Überall hingen Spinnweben, was ich weniger gut fand, aber es bedeutete auch, dass Daan hier nicht oft vorbeischaute. Der Raum hatte drei runde Bullaugen, die gerade noch über der Wasseroberfläche lagen. Das Zimmer sah aus wie eine Art Archiv. In den Regalen an den Wänden reihten sich Lexika, Nachschlagewerke und die gleichen Notizbücher, die wir aus der Duftapotheke kannten. Das war wie geschaffen für uns! Vielleicht fanden wir ja sogar noch etwas, das uns weiterhalf, während wir hier abwarteten.

Es gab einen klobigen Sessel, eine braune Ledercouch und praktischerweise auch eine Hängematte. Hier konnten wir es uns prima gemütlich machen. Mats schob den schweren Sessel vor die Tür und ließ sich dann auf die Couch fallen, bevor er seinen Rucksack öffnete. Er zog eine Flasche Sprudel und drei belegte Brötchen heraus und hielt jedem von uns eins hin. »Hab ich vorhin gekauft. Dachte, ihr habt vielleicht Hunger.«

»Essen!«, kam es nur aus Bennos Mund und sofort rumorte es in seinem Bauch.

»Was Besseres hättest du wirklich nicht dabeihaben können«, sagte ich und ließ mich neben Mats auf die Couch fallen.

Draußen knatterte der Motor weiter und das Wasser schwappte rhythmisch gegen die Bullaugen. Erleichtert lehnte ich mich zurück, legte die Beine auf den kleinen Couchtisch vor uns und biss in das Käsebrötchen, das Mats mir in die Hand gedrückt hatte. Wenn man Hunger hatte, schmeckten die einfachsten Dinge wie die größten Köstlichkeiten. Mats griff sich einen Stapel der Notizbücher und fing an, darin zu blättern.

Während ich kaute, nahm ich mir auch eins der Notizbücher und klappte es auf, in der Hoffnung, ein paar Antworten zu finden. Ich musste wieder an das denken, was Daan über sein besonderes »Talent« gesagt hatte. Was hatte es damit nur auf sich? Hanne hatte immer betont, dass nur Daan de Brujin Düfte entwickelt hatte. Nach ihm war es keinem Duftapotheker mehr gelungen. Bedeutete das wirklich, dass wir den Ewigen nichts entgegensetzen konnten?

Doch schon nach kurzer Zeit, in der das Wasser in gleichmäßigem Rhythmus an unsere Bullaugen schwappte, wurde ich immer müder und müder. Benno hatte sich in den Sessel verkrochen und mümmelte zufrieden an seinem Brötchen. Dabei fielen ihm fast die Augen zu. In ein paar Minuten würde mein kleiner Bruder tief und fest schlafen, da war ich ganz sicher.

Auch ich konnte die Augen kaum noch offen halten und selbst Mats hatte sich längst auf der Couch ausgestreckt. Also verkroch ich mich in die Hängematte, die herrlich bequem war, und ließ mich von ihr wie ein Baby in den Schlaf schaukeln.

20

Es musste mitten in der Nacht sein, als ich aufwachte, so dunkel war es. Das Hausboot knatterte vor sich hin und das Wasser schlug gegen die Scheiben. Daan fuhr also noch über den Kanal – wohin auch immer. Plötzlich fiel mir ein, dass Pa ja längst im Krankenhaus auf uns warten musste. Schnell zog ich mein Handy aus der Tasche und sah, dass er mir auf die Mobilbox gesprochen hatte. Mein Herz klopfte. Ein einziger Anruf war gar kein so schlechtes Zeichen. Wenn er sich Sorgen machen würde, wären es eher Hunderte gewesen. Ich drückte auf Abhören und lauschte der Nachricht. Pa sagte irgendwas davon, dass er bald da sein würde und dass er noch auf der Autobahn war und wir uns keine Sorgen machen sollten.

Dann, mitten im Satz, schaltete sich mein Handy aus und schnitt ihm das Wort ab. Mist, der Akku war jetzt wirklich leer und an mein Ladekabel hatte ich natürlich nicht gedacht. Ich betete, dass Pa noch ein bisschen auf der Autobahn fahren würde. Ein Stau wäre gut oder ein platter Reifen, Hauptsache er hing irgendwo fest und merkte nicht, dass wir gar nicht mehr bei Hanne im Krankenhaus waren. Aber ich ahnte schon, dass das wahrscheinlich ein ziemlich unrealistischer Wunsch war.

Ich kletterte aus meiner Hängematte und schaute aus einem der Bullaugen hinaus. Der Mond leuchtete aufs Wasser und erhellte schwach unser Versteck. Draußen erkannte ich nichts als Dunkelheit. Ich fragte mich, was Daan vorhatte und wohin er so eilig wollte.

Langsam gewöhnten sich meine Augen an das blasse Mondlicht. Ich strich an den Regalen entlang und las, was auf den Buchrücken stand. Es gab ein paar Notizbücher, in denen Mats vorhin bereits geblättert hatte, aber ich wollte einmal nachsehen, was es noch hier unten gab. Uns fehlte momentan zwar das Meteorpulver und der Duftplan, trotzdem musste ich weiter nach einem Gegenduft zum »Lieblosen Duft« suchen. Ich hatte es Mats immerhin versprochen! Bestimmt hatte Daan jede Menge Bücher zur Duftherstellung. Irgendwie musste er schließlich gelernt haben, welche Pflanzen und Pülverchen man am besten miteinander kombinierte, um die magischen Düfte zu entwickeln.

Fest entschlossen zog ich ein Lexikon über *Seltene Pflan-*

zen und ihre besonderen Wirkungen heraus und blätterte durch die Seiten. Es gab tolle farbige Zeichnungen der einzelnen Blumen, Blüten und Samen darin. Eine weiße üppige Blüte fiel mir besonders auf, weil sie so ausgefallen aussah, fast so wie …

Moment, war das nicht die Blume unter der Glasglocke, die wir auf Daans Fensterbrett entdeckt hatten und auf die auch Friedrich Blüm so stolz gewesen war? Nur mit dem Unterschied, dass Daans und Friedrichs Blume schwarz war und diese hier weiß. Darunter stand der lateinische Pflanzenname, den auch Friedrich im Gewächshaus benutzt hatte: *Valerianella florinis.* Ich blätterte weiter und las davon, dass die Blume in früheren Jahrhunderten sehr beliebt war, weil ihr allerlei Heilkräfte nachgesagt wurden. Angeblich war es unmöglich, sie zu züchten, was leider dazu beigetragen hatte, dass sie mittlerweile zu den ausgestorbenen Arten zählte.

Plötzlich streckte Mats den Kopf in die Höhe und gähnte. »Was machst du da?«

»Ich kann nicht schlafen«, flüsterte ich zurück und lächelte bei dem Anblick seiner verwuschelten Haare.

Mats streckte seinen Oberkörper, hievte sich vom Sofa und schlurfte zu mir rüber. In der Hand hielt ich immer noch die aufgeschlagene Seite mit der seltenen weißen Blume. Mats beugte sich darüber. »Das ist die von Friedrich, oder?«

Ich nickte und hob die Augenbrauen, als Mats sich eins von Daans Notizbüchern griff. »Das hab ich vorhin gefunden«, sagte er mit verschlafener Stimme.

»Was hast du gefunden?«, fragte ich.

»Na, das da!« Er zeigte auf den Pflanzennamen in meinem Lexikon. »Etwas über die Schwarze Wandelblume. Wenn sie blüht, dann nur mit einer einzigen Blüte.«

»Ja, und?« Ich sah Mats mit einem Stirnrunzeln zu, wie er weiter im Notizbuch blätterte und schließlich auf ein unvollständiges Rezept in Daans Handschrift zeigte. *»›Der Duft der Wünsche‹«*, las er leise vor. *»Dafür braucht man den Blütenstaub der äußerst seltenen Schwarzen Wandelblume, der – wie behauptet wird – Wünsche wahr werden lassen kann.«*

Mats grinste mich an. Manche Düfte klangen wirklich, als hätte sie sich ein Magier in einem Zirkus ausgedacht. Doch dann meldete sich mein Bauchgefühl und ich dachte, bestimmt wäre es trotzdem nicht so schlecht, sich den »Duft der Wünsche« zu notieren. Mir fiel nämlich wieder ein, dass Friedrich Blüm etwas übers Wünschen gesagt hatte und dass es niemals ein Gegenmittel zum »Lieblosen Duft« geben könnte, weil man Liebe nun mal nicht erzwingen konnte.

Am besten, ich schrieb mir das halb fertige Rezept erst mal auf, auch wenn hier und da ganze Abschnitte kaum noch zu lesen waren. Immerhin hatte es der Gründer der Duftapotheke in sein Notizbuch gekritzelt. Also kramte ich in meinem Rucksack nach einem Kugelschreiber und schrieb die Zutaten des Wunschduftes auf meinen Unterarm.

Irgendwann musste ich wieder eingedöst sein, zumindest hatte ich den Sonnenaufgang verpasst.

Benno hopste mittlerweile gut gelaunt in seinem Sessel hoch und runter und Mats und ich gähnten um die Wette. Die halbe Nacht hatten wir in den Notizbüchern, Lexika und alten Aufzeichnungen von Daan de Bruijn geblättert und dabei allerhand schräge Dinge gefunden. Mats legte seinen Kopf zurück auf die Sofalehne und die Füße hoch, während ich mich vors Fenster setzte und hinausblickte. Wir fuhren und fuhren. Das Hausboot war also, so wie es aussah, die ganze Nacht hindurch über das Wasser getuckert. Daan hatte nicht eine einzige Pause gemacht, nicht mal für ein kurzes Nickerchen. Und falls doch, dann hatten wir zumindest nichts davon mitbekommen. Wohin war er nur so eilig unterwegs?

Mitten in meine Gedanken hinein klingelte Mats' Handy. Vor Schreck zuckte ich zusammen und beobachtete, wie Mats auf das Display drückte.

»Ja?«, sagte er ins Telefon.

Einen Moment lang war es still und ich hörte undeutlich eine verärgerte Stimme aus dem Hörer. Leider war sie zu gedämpft, als dass ich sagen konnte, wer es war. Es musste ein Mann sein, nach Pa klang es aber nicht.

Mats gab regelmäßig ein angespanntes »Aha« von sich, gefolgt von einem »Wo?« oder »Was?«. Worum es genau ging, begriff ich aber nicht.

»Okay, ich verstehe«, sagte er schließlich. »Hör zu, ruf mich einfach noch mal an, wenn du mehr Zeit hast, okay? Ja, ich weiß. Tschüss.«

Für einen Moment herrschte gespanntes Schweigen, dann platzte Benno heraus: »Wer war das?«

Mats hielt immer noch das Telefon in der Luft und sah uns verdattert an. »Leon.«

»Dein Bruder? Ja, und?« Ich wunderte mich. Leon und Mats waren nicht die Sorte Brüder, die sich viel voneinander erzählten. Zumindest wirkten sie so. »Was wollte er denn?«, fragte ich.

Mats schüttelte den Kopf, als müsse er sich selbst davon überzeugen, dass das alles wahr war, was er gerade gehört hatte. »Er ist bei unserem Vater gewesen«, sagte er nach einer kleinen Ewigkeit.

»Was?!«, rief ich. »Leon? Aber … Wieso?«

»Er hat in meinem Zimmer den Zettel mit der Adresse gefunden.« Ärgerlich legte Mats sein Handy weg. »Ich hab, kurz bevor Hanne mit uns zu Friedrich gefahren ist, herausgefunden, wo unser Vater jetzt lebt. Es gab einen Artikel im Internet über einen Thomas Jansen und die Beschreibung hat genau gepasst: Beruf, Alter, alles. Leon hat ihn anscheinend gefunden und ist zu der Adresse gefahren.«

Ich verstand nur Bahnhof. »Aber ich dachte, Leon will mit eurem Vater nichts zu tun haben? Was hat er denn erzählt? Wie war es?«

»Nicht gut«, sagte Mats nur. »Leon meinte natürlich, dass es genauso war, wie er erwartet hatte. Aber ich könne ja selbst hingehen und ihn mir angucken. Er hat bei ihm geklingelt und es muss richtig mies gewesen sein. Leon hatte jedenfalls nicht ein einziges nettes Wort für ihn übrig.«

Ich zwirbelte eine Haarsträhne um meinen Finger und

versuchte, mir vorzustellen, wie Leon vor seinem Vater stand, auf den er ständig nur wütend war. »Na ja«, sagte ich. »Es ist ja auch hart, den eigenen Vater zu treffen und zu sehen, dass er ein neues Leben hat, und das so ganz ohne euch.«

»Seit wann bist *du* denn auf Leons Seite?« Mats verzog den Mund, sichtlich gekränkt, und ich musste mir auf die Lippe beißen, um nicht zu lachen.

»Bin ich nicht«, beruhigte ich ihn. »Aber hierbei kann ich ihn ausnahmsweise mal verstehen.«

»Er will, dass ich komme«, sagte Mats und stöhnte, »damit er mir zeigen kann, was unser Vater für ein A…loch ist. O-Ton Leon.«

»Er weiß es doch nicht besser«, versuchte ich es noch mal, aber da stand Mats bereits auf und lehnte sich an eins der Bullaugen. Statt zu antworten, schaute er nur aufs Wasser und zog sich auf seine ganz spezielle Mats-Art einfach aus dem Gespräch heraus.

Er redete nie viel darüber, wie es ihm ging, und auch jetzt hatte ich das Gefühl, dass er erst mal allein darüber nachdenken wollte, was Leon ihm erzählt hatte. Also ließ ich ihn in Ruhe.

Ich dachte an Pa und in mir kroch das schlechte Gewissen hoch. Er musste inzwischen längst in Utrecht sein und machte sich sicher schreckliche Sorgen.

»Kann ich mal dein Handy haben?«, fragte ich Mats also vorsichtig.

Er reichte es mir ohne ein weiteres Wort und ich tippte eine schnelle SMS. *Es geht uns gut, wir kommen bald zurück ins*

Krankenhaus, sendete ich ihm und schaltete Mats' Handy gleich danach wieder aus, damit ich bloß Pas Antwort nicht lesen musste. Bestimmt würde die nämlich alles andere als freundlich ausfallen.

21

Der Morgen war längst vergangen, als der Bootsmotor plötzlich lauter wurde und rückwärtssteuerte. Das Wasser schäumte und drückte sich gegen die Planken. Mats und ich sprangen gleichzeitig auf und schauten durch die Bullaugen nach draußen. Daan schien anlegen zu wollen. Von hier aus sahen wir die Holzlatten eines Stegs direkt auf Augenhöhe. Angestrengt versuchten wir zu erkennen, wo wir waren. Vielleicht brauchte der alte Duftapotheker ja auch nur eine Pause? Schließlich hatte er eine ganze Nacht nicht geschlafen.

Wir hörten ihn über uns auf dem Deck herumgehen. Wahrscheinlich vertaute er das Boot, damit es am Steg liegen blieb. Seine Schritte hörten sich unruhig an und jetzt hörten wir auch, wie er die Eingangstür des Hausbootes zuzog und seinen Schlüssel klappernd im Schloss drehte. Dann ging er mit weiten Schritten über den Holzsteg ans Ufer.

Mats zog mich sofort am Ärmel. »Los! Hinterher!«

So schnell wir konnten, packten wir unsere Rucksäcke, schoben den Sessel wieder von der Tür unseres Verstecks und rannten durch die verwinkelten Flure und Treppen zur Wendeltreppe hoch, die uns durch die Luke aufs Deck führte. Über diesen Weg hatten wir uns hineingeschmuggelt und hier schlichen wir uns auch wieder hinaus.

Daan war nicht mehr zu sehen, aber es gab nur einen Weg, der am Ufer entlangführte. Wir hatten glücklicherweise noch gesehen, dass er nach rechts gegangen war.

Immer weiter rannten wir den Sandweg entlang, der zwischen Bäumen und Kanal verlief, bis wir Daan de Bruijn wiedersahen. Auch er rannte fast, so eilig schien er es zu haben. Mit jedem Schritt wurde ich nervöser. Ich hatte keine Ahnung, wie man jemanden am besten verfolgte, ohne ihn aus den Augen zu verlieren und ohne dabei selbst entdeckt zu werden.

Plötzlich hielt Mats uns zurück und zeigte nach vorn. Der Duftapotheker war kurz stehen geblieben und sah sich in alle Richtungen um. Schnell zogen Mats und ich Benno hinter einen Baum.

Als er sich für eine neue Richtung entschied, versteckten wir uns noch besser unter unseren Kapuzen und Mützen und folgten ihm weiter.

Daan bog in eine breitere Straße ein und langsam sah man nicht mehr nur Wasser und Bäume, sondern einzelne schmale Backsteinhäuser mit den typisch holländischen weißen Fensterrahmen und spitzen Dächern. Weiter entfernt entdeckte ich ein Bushalteschild mit einer überdachten Bank. Ich erkannte von hier aus den Namen der Haltestelle nicht, aber auf dem Haltestellenhäuschen hing ein großes Plakat. Es war eine Werbung für das Amsterdamer Theater.

Wahnsinn, wir waren also irgendwo in Amsterdam gelandet!

Ich versuchte, mich auf Daan zu konzentrieren und an der Schnelligkeit seiner Schritte vorherzusehen, wann er sich umsehen oder stehen bleiben würde. Aber er kannte seinen Weg offensichtlich gut und bog ohne eine Pause in immer einsamer werdende Sträßchen ein.

Wir liefen inzwischen eindeutig durch eine Villengegend. Überall standen die elegantesten Häuser, die ich je gesehen hatte und denen man den Reichtum ihrer Bewohner schon von Weitem ansah.

Erst vor einem fast drei Meter hohen schnörkeligen Eisentor zwischen hohen Steinmauern blieb Daan stehen und sprach in eine Gegensprechanlage. Kurz darauf schob sich das Tor automatisch auf und schloss sich hinter ihm gleich wieder.

Vorsichtig schlichen wir an den Mauern entlang und versuchten, irgendwo einen Blick auf das Grundstück dahinter werfen zu können. Aber die glatte Steinmauer war einfach zu hoch.

»Lass uns zur Hinterseite des Grundstücks gehen«, schlug Mats leise vor. Also liefen wir in die entgegengesetzte Richtung weiter, doch egal, wo wir hinliefen, das Grundstück war wie eine Festung eingemauert.

Mats hielt mich am Arm fest. »Ich hab eine Idee«, sagte er. »Ich hebe dich hoch und du versuchst, drüberzugucken. Dann wissen wir vielleicht, von wo wir uns am besten auf das Grundstück schleichen können und was dahinter auf uns wartet.«

Kurz sah ich unschlüssig zu Benno. Wir sollten uns auf das Grundstück schleichen? Mit meinem kleinen Bruder im Schlepptau? Ein ungutes Gefühl machte sich in mir breit, weil ich Benno als große Schwester überhaupt nicht hierher hätte mitnehmen sollen. Trotzdem ließ es sich jetzt nicht mehr ändern.

»Okay«, sagte ich deshalb nur.

Mats hob mich an meiner Taille in die Höhe. Mir wurde sofort ein bisschen warm und ich spürte, wie mir das Blut in den Kopf schoss und meine Wangen anfingen zu leuchten. Auch der Griff von Mats Händen fühlte sich unsicher an und ich hatte das Gefühl, dass er selbst nicht genau wusste, wie er die Situation gerade finden sollte. Ich hielt die Luft an, um mich auf das zu konzentrieren, was ja eigentlich gerade viel wichtiger war.

Leider war es aber nicht so leicht, sich an der Mauer hochzuziehen. Sie hatte was von einem Festungswall, so schwierig machte sie es einem, etwas auf dem Grundstück zu erkennen. Hinter der Mauer wuchsen Hecken, Bäume und Büsche und dazwischen sah ich das Dach eines Hauses hervorlugen. Aber das Schwierigste war, dass vor den Hecken noch ein weiterer, genauso hoher spitzer und stacheliger Zaun lag, über den man beim besten Willen nicht klettern konnte.

Mats fing an zu schnaufen. »Was siehst du?«

Ich zog mich mit den Händen noch etwas höher, um mich ein bisschen leichter zu machen und auch um mehr zu sehen. »Das Grundstück ist riesig«, sagte ich. »Und ein gutes Stück entfernt steht eine Villa, ist bestimmt doppelt so groß wie die Villa Evie!«

»Ist jemand draußen auf dem Grundstück?« Mats ging offenbar langsam der Atem aus. »Erkennst du irgendwen, der uns entdecken könnte, wenn wir hier rüberklettern?«

»Ich glaub nicht. Lass mich erst mal runter.«

Als ich wieder auf beiden Füßen stand, atmete ich einmal tief aus. »Wir würden schon ungesehen über das Gelände kommen, dafür gibt es genug Bäume, nur an dem Stachelzaun direkt hinter der Mauer kommen wir nicht vorbei. Der sieht überhaupt nicht lustig aus.«

Doch im nächsten Moment kam mir eine Idee. Ich ließ meinen Rucksack von der Schulter gleiten und zog das Täschchen mit den Duftflakons heraus. Vorsichtig öffnete ich es. »Ohne Hilfe ist unsere Reise genau hier vorbei!«

Zusammen schauten wir auf die Flakons, von denen bereits der »Wahrhaftige Duft« fehlte.

Benno zeigte auf ein rundes türkises Fläschchen. »Wie hieß der noch mal?«

Ich lächelte. *»Aromatischer Schutz«*, las ich ihm vor.

»Den können wir doch nehmen«, gluckste Benno. »Dann

tut uns der Zaun vielleicht nicht weh, wenn wir drüberklettern!«

»Gute Wahl, Kumpel«, stimmte Mats mit einem schiefen Grinsen zu.

Vorsichtig nahm ich den dicklichen Flakon in meine Hände. »Also gut, versuchen wir es. Rückt ein bisschen näher«, sagte ich und zog den Korken aus dem Flakon.

Türkise Duftwolken umnebelten uns und ein zarter Geruch, der mich an Geborgenheit und zu Hause denken ließ, stieg uns in die Nasen. Immer tiefer sog ich den Geruch ein, der sich in mir wie eine wohlige warme Welle ausbreitete. Dann verschloss ich den Flakon wieder.

Benno strich als Erster mit den Händen über die Mauer und da sah ich etwas, das ich gar nicht glauben konnte. Aber zwischen Bennos Hand und der Steinmauer waberte eine zähe schillernde Schicht, die Ähnlichkeit mit einer weißen Qualle hatte.

»Guckt mal!«, rief mein kleiner Bruder und ich grinste breit, als ich meine Hände ebenfalls an den rauen Stein legte. Es funktionierte! Ich spürte gar nichts!

Per Räuberleiter half Mats erst mir und dann Benno auf die Mauer hinauf, bevor ich ihm einen Arm reichte, damit auch er leichter hochklettern konnte. Zusammen saßen wir auf der Mauer und sahen über das weitläufige Grundstück zu dem mächtigen Anwesen hinüber. Es erinnerte mich an einen alten Schlosspark. Gegen das Haus vor uns war die Villa Evie wirklich eine Hütte.

»Okay, niemand zu sehen.« Mats ließ sich zwischen Mauer und dem fiesen Stacheldrahtzaun hinunter, der das Gelände perfekt absicherte. Hier kam man wirklich nicht dran vorbei – zumindest nicht, wenn man keine Hilfe aus der Duftapotheke hatte.

Mats winkte Benno und mich zu sich. »Dann klettern wir hier rüber und hoffen mal, dass der ›Aromatische Schutz‹ wirklich funktioniert und sich hinter dem Zaun keine Wachhunde verstecken!«

Meine Knie wurden kurz weich bei der Vorstellung, aber ich verscheuchte den Gedanken, so gut ich konnte.

»Bleib immer bei mir! Egal was passiert, wir passen auf dich auf!« Ich sah Benno fest in die Augen, bis er kleinlaut nickte. Dann half ich ihm zusammen mit Mats, von der Mauer runterzukommen, ließ mich selbst fallen und öffnete wieder den Flakon. Skeptisch schaute ich auf den Stachelzaun vor uns, den die Duftwolken umnebelten.

Nach einer Minute griff Mats als Erster in die Widerhaken und begann, völlig mühelos daran hochzuklettern.

Ich hielt die Luft an, aber der Duft wirkte wirklich. Überall, wo Mats den Zaun berührte, bildete sich eine fast gummiartige dicke Schutzschicht. Ohne auch nur ein einziges »Autsch« von sich zu geben, war Mats darüber geklettert.

Benno hing natürlich auch längst im Zaun. Es sah genauso einfach aus wie bei Mats. Also wartete ich, bis Mats auf der anderen Seite Benno beim Runterklettern half, und machte es den beiden nach.

Die wabbelige Schutzschicht zwischen mir und den spitzen Zaunhaken fühlte sich seltsam an, aber es war wirklich ganz einfach, damit in die Widerhaken zu greifen. Zum Glück!

Ich sprang als Letzte hinunter und dann versteckten wir uns hinter einer alten Eiche. Von hier konnten wir unbemerkt alles überblicken. Weit entfernt sah ich einen langen Schotterweg, der vom Tor zur Villa führte. Daan war natürlich nirgends mehr zu sehen, sicher war er längst im Haus verschwunden. Mats stieß mich in die Seite und zeigte zum Seiteneingang des Gebäudes. Bestimmt war das, genau wie in der Villa Evie, ein früherer Dienstboteneingang, den die Köche und Hausmädchen benutzt hatten.

Über die Wiese führte der einzige Weg, der uns vom Zaun zum Haus brachte. Es war eine große freie Fläche. Uns blieb also nichts anderes übrig, als fest die Daumen zu drücken, dass uns niemand entdecken würde. Ich blickte mich noch einmal in alle Richtungen um und sah zu Mats. »Versuchen wir es.«

Mats nickte, dann nahmen wir Benno in unsere Mitte und rannten los. Falls jemand gerade zufällig aus einem der Fenster guckte, waren wir geliefert.

Ich blieb erst in der Tür des Seiteneingangs wieder stehen. Sofort zog ich Benno näher in den Türrahmen und drückte die Klinke hinunter. Dicht an uns gedrängt schnaufte Mats.

Kaum zu glauben, aber die Tür war tatsächlich nicht verschlossen! Vorsichtig schob ich sie einen Spalt auf und lugte ins Innere. In diesem Moment hätte ich mit allem gerechnet: von einer bellenden Horde Hunde angefallen zu werden, bis hin zu einem Butler, der uns dem Hausherren vor die Füße werfen würde.

Aber nichts dergleichen passierte, also schob ich die Tür ganz vorsichtig auf und wir schlüpften ins Innere.

22

Es war still im Haus. Vor uns lag ein Flur, rechts eine geschlossene Tür und links eine Treppe, die nach oben führte. Mats stand so dicht hinter mir, dass ich seinen Atem in meinem Nacken spürte. Doch da schlich er bereits an mir vorbei zur Tür und drückte sein Ohr dagegen. Ich wartete, weil er sich seinen Zeigefinger auf die Lippen drückte und uns Richtung Treppe winkte. Der Boden war zum Glück mit dicken Teppichen ausgelegt, so konnte wenigstens niemand unsere Schritte hören.

Das Haus war anders als unsere Villa Evie eingerichtet, doch auch hier erinnerten die Möbel an eine ähnlich lang vergangene Zeit. Goldene schnörkelige Bilderrahmen und dunkle Holzmöbel waren über den gesamten Eingangsbereich verstreut, nur im Gegensatz zur Villa Evie wirkte alles übertrieben groß und protzig.

Ich musste an die Baronin von Schönblom denken, die hier gut hineingepasst hätte. Mit ihren albernen Prinzessinnen-Samtkleidern und dem winzigen Hütchen über den Kringellöckchen. Als ich die Baronin das erste Mal gesehen hatte, trug sie sogar einen Sonnenschirm! Sie sah nicht nur aus wie aus einem anderen Jahrhundert übrig geblieben, sie war es ja auch – wie alles in diesem Haus.

Und mit einem Mal wurde mir schlagartig klar, wo uns Daan hingeführt hatte. Das hier musste … das hier konnte nur das Zuhause der Baronin sein! Auf dem Bestellzettel hatten wir doch das Städtewappen mit den zwei Löwen von Amsterdam gefunden!

Wir waren gerade im ersten Stock angekommen, da ertönte von unten ein Türbimmeln. Ich hielt Benno ganz fest und blieb wie zur Salzsäule erstarrt stehen. Am Ende des Flures führte eine geschwungene Wendeltreppe nach unten ins Erdgeschoss. Wahrscheinlich war dort die Eingangshalle.

Ganz schwach roch ich etwas, von dem ich eine Gänsehaut bekam. Es war dieser Geruch nach Erde, den ich von Willem so gut kannte: der Geruch der Ewigen.

Wir hörten, wie eine Tür im Erdgeschoss aufgestoßen wurde und eine Frau und ein Mann miteinander redeten.

Oder besser: Sie *schrien.* Und zwar so aufgeregt, dass ich die ersten Sätze gar nicht verstand. Erst nach einer kleinen Pause konnte ich hören, was sie sagten.

»Ich warne Sie!«, dröhnte eine tiefe Männerstimme durch die Eingangshalle, die ich sofort erkannte. Daan!

»Sie können ja fordern, was Ihnen beliebt, hochgeschätzter Herr de Bruijn«, antwortete die Frauenstimme, die eindeutig zur Baronin gehörte. »Allerdings sehe ich mich nicht in der Pflicht, Ihre Wünsche in irgendeiner Form zu berücksichtigen.«

»Wir reden hier von *meinem* Meteorpulver!«, donnerte Daan zurück.

»Und es wird uns seine Dienste leisten, bis der letzte Krümel davon aufgebraucht ist«, entgegnete die Baronin mit eisiger Stimme. »Seigneur Syrell wird gar nichts anderes zulassen!«

Syrell? Meinte sie etwa *Syrell de Richemont?* Mir lief bei dem Namen eine Gänsehaut über die Arme. Ich sah zu Mats, der aussah, als schauderte es ihn genauso. Die Baronin und dieser zwielichtige Duftthersteller, von dem wir im Internet gelesen hatten, gehörten also wirklich irgendwie zusammen. Und Daan wusste das offensichtlich sehr genau.

»Das glaub ich gern«, unterbrach Daan sie. Seine Stimme hörte sich plötzlich leiser und weniger kräftig an. Doch als ich mich bis zum Geländer vorschob und einen Blick auf ihn erhaschte, musste ich lächeln.

Daan funkelte die Baronin mit herrischem Blick an, als könnte ihn nichts aus der Ruhe bringen. »Nur ist es gleichgültig, was Monsieur de Richemont möchte – Sie alle werden bald ohne das Meteorpulver auskommen müssen. Der ›Duft der Ewigkeit‹ benötigt unglaubliche Mengen und jeder Vorrat geht irgendwann zur Neige. Je früher Sie sich an den Gedanken gewöhnen, desto besser.«

Die Baronin lachte schrill und ich spürte, wie mich ihre Stimme immer mehr abstieß. Der Rest von ihr war dagegen kaum wiederzuerkennen. Ihre Haare waren nun fast schlohweiß und ihr Gesicht von Falten nur so überzogen. »Das werden wir erst noch sehen«, hörte ich sie sagen. »Fest steht aber, dass Sie schon lange nicht mehr in der Position sind, *irgendetwas* hier zu bestimmen. Diese Chance haben Sie bereits vor langer Zeit vertan!«

Kurz erklangen Schritte. Dann öffnete sich die Eingangstür erneut.

»Und wenn schon!«, schnauzte Daan zurück. »Ich werde Sie sowieso alle überleben! So viele Duftreserven können Sie sich gar nicht mehr zulegen, um an dieser Tatsache noch etwas zu ändern! Sie werden das hier bereuen, Schönblom, und mich noch um Hilfe anflehen. *Auf Knien!*«

Krachend fiel die Eingangstür ins Schloss.

Ich schluckte und sah zu den Jungs, während sich ein ungutes Gefühl in meinem Magen breitmachte. Daan wusste so viel mehr, als wir gedacht hatten, und trotzdem half er uns nicht. Was hatte er hier überhaupt gewollt? Er hatte doch überhaupt nichts erreicht!

Mats stieß mich sanft in die Seite. Von unten drangen jetzt mehrere Stimmen zu uns nach oben. In der Eingangshalle waren einige Leute zu sehen und ich bewegte mich zurück, damit sie mich nicht sahen.

»Beginnen wir!«, hörte ich die Baronin sagen, bevor die Stimmen wieder leiser wurden.

Mats zeigte zur Treppe und ich nickte wortlos zurück. Wir mussten da runter, ob wir wollten oder nicht. Nur wie wir das machen sollten, ohne dabei sofort entdeckt zu werden, das war mir nicht klar. Mein Herz pochte, als wir auf die protzige Treppe zugingen und vorsichtig in die Eingangshalle hinunterlugten. Alles hier glänzte – die Kronleuchter, Kerzenständer und sogar das Parkett.

Als ich einen Fuß auf die oberste Stufe setzte, ertönten plötzlich hastige Schritte in der Eingangshalle. Sofort bückten wir uns hinter das Treppengeländer. Eine Frau in einem schwarzen Kleid mit weißer Schürze eilte durch die Halle. Wahnsinn, sie sah wirklich aus wie ein altmodisch angezogenes Dienstmädchen. Sie bog in einen der vielen Korridore ab und verschwand genauso schnell, wie sie aufgetaucht war.

Wir warteten und bewegten uns nicht, falls die Frau wieder zurückkam. Aber alles blieb still. Also holten wir tief Luft und beeilten uns, nach unten zu kommen.

Die Eingangshalle endete vor einer Flügeltür, also war es nicht schwer zu erraten, wo die Leute verschwunden waren. Wir schlichen uns heran und ich lächelte, als ich sah, dass die Tür nur angelehnt war. Der erdige Geruch zog mir jetzt scharf in die Nase. Im gleichen Moment warf Benno mir einen angeekelten Blick zu.

Jetzt hörten wir noch mehr Stimmen. Sie stritten hinter der Tür miteinander. Manche wurden richtig laut, andere murmelten nur ärgerlich dazwischen. Und da erkannte ich nicht nur die Baronin, die mir vertraut war. Nein, aus dem Wirrwarr der Geräusche stach auch Willems Stimme heraus.

Mir wurde kalt. Also war es wirklich genau so gekommen, wie wir es uns gedacht hatten: Willem und die Ewigen machten gemeinsame Sache.

Und doch … irgendetwas stimmte nicht. Willem klang fast so, als verteidigte er sich, die Worte der Baronin dagegen schallten barsch zwischen den Wänden hin und her.

»Ich hasse es!«, polterte sie. »Alt werden ist keine Option, die ich akzeptiere!« Kurz war es still, dann redete sie weiter. »Wie die meisten von uns bin ich momentan gezwungen, meine Duftanwendungen stark einzuschränken. Und wir können alle sehen, was in den letzten Wochen aus uns geworden ist! Alte Greise sind wir bald, wenn sich nichts ändert!« Die Baronin machte eine weitere bedeutungsschwere Pause. »Syrell de Richemont«, führte sie fort, »wird das ebenfalls nicht glücklich stimmen!«

Auf einmal war es so leise, als wäre plötzlich niemand mehr in dem Raum. Einen Moment lang machte ich mir Sorgen, ob man unseren aufgeregten Atem wohl hinter der Tür hören konnte, so leise war es. Ich warf Benno meinen strengsten Blick zu, um ihm zu sagen, dass er jetzt bloß keinen Mucks von sich geben durfte.

Vorsichtig bückte ich mich zum Spalt in der Tür und versuchte, etwas dahinter zu erkennen. Ein Feuer knisterte in einem Kamin und ich erkannte plüschige Teppiche, dunkle Tapeten und einen langen Tisch, an dem sich die Ewigen versammelt hatten.

Die Baronin sah ich nicht, sie musste irgendwo am Ende des Tisches sitzen. Mir fiel aber auf, dass die Leute in dem Raum genauso altmodisch angezogen waren wie die Baronin bei unserer ersten Begegnung. Die Männer trugen komisch gezwirbelte Schnurrbärte, steife Jacketts mit Unterwesten, manche hatten sich sogar ein Monokel vor das Auge geklemmt. Die uralten Brillengläser kannte ich natürlich nur, weil Ma sie mir letzten Winter in einem Museum gezeigt hatte.

Plötzlich hörten wir wieder Schritte, die lauter wurden.

Sofort zog ich Benno und Mats von der Tür weg und hinter einen üppigen Oleanderbaum, der in der Eingangshalle neben der Tür in einem Blumenkübel wuchs. Kein besonders gutes Versteck, aber besser als nichts.

Im nächsten Moment entdeckte ich durch die Blätter einen Dienstboten mit einem Tablett in der Hand, der auf die Tür zuging. Mats drückte sich eng neben mich, damit er uns nicht hinter dem Oleander entdeckte. Die Tür zum Raum, in dem die Ewigen saßen, stand jetzt weit offen und ein Durcheinander an Stimmen mischte sich. Mir lief eine Schweißperle ins Auge und in meinem Kopf wirbelten die Gedanken herum, was alles passieren würde, wenn die uns hier erwischten. Reflexartig griff ich nach Bennos Hand und drückte sie fest. Neben mir zog Mats geräuschlos die Luft ein. Ich spürte, dass in ihm die gleichen Gedanken Saltos schlugen wie in mir.

Der Dienstbote mit dem Tablett in der Hand trat durch die Flügeltür. Auch er trug eine altmodische Uniform, hatte dunkelblonde Locken und war noch extrem jung, bestimmt nicht älter als Mats oder ich. Wieso arbeitete der schon? So was war doch gar nicht erlaubt, oder?

Hinter ihm wehte der modrige Geruch der Ewigen so intensiv aus dem Zimmer, dass mir fast schwindelig wurde. Ich hielt mir die Hand vor die Nase, um bei dem Gestank noch einen klaren Gedanken zu behalten. Erst als der junge Dienstbote die Tür wieder schloss, atmete Mats neben mir in einem langen Atemzug aus und flüsterte: »Oh Mann, von dem Geruch wird einem echt kotzübel.«

Ich nickte, doch im nächsten Moment war mir der beißende Geruch völlig egal. Denn erst jetzt merkte ich, wie sich eine Totenstille über die Empfangshalle legte. Ich lugte zur Tür, die nun fest verschlossen war.

Und selbst als ich mich vorsichtig aus unserem Versteck herauswagte und mein Ohr gegen das Holz drückte, war keine Silbe mehr zu hören.

23

So leise ich konnte, zog ich den Reißverschluss meines Rucksacks auf. Mit den Fingern tastete ich nach dem Täschchen mit unseren Flakons, in dem nun schon zwei Düfte fehlten. Ich hielt es den Jungs hin und zeigte auf einen Flakon, bei dem mir erst jetzt wirklich klar wurde, warum ich ihn eingepackt hatte. Er hieß »Der unscheinbarste Geruch«.

»Genau den brauchen wir«, flüsterte ich und grinste die zwei neben mir an.

Mats verzog die Lippen und sah wenig überzeugt aus. »Weißt du denn, wie der funktioniert?«

»Nicht wirklich. Aber wir können es

ganz leicht herausfinden.« Ich zwinkerte ihn an und nahm den schmalen Flakon mit der durchsichtigen Flüssigkeit aus dem Täschchen, um ihn ins Licht zu halten. Es war der erste Duft, in dem es weder blubberte noch sprudelte. Die Flüssigkeit war so ruhig wie ein Glas Leitungswasser. Kurz schüttelte ich den Flakon, aber das änderte auch nichts.

»Was kann der denn?«, fragte Benno mit großen Augen.

Mats verzog immer noch den Mund und wirkte unschlüssig. »Luzie glaubt wahrscheinlich, dass uns der Duft unsichtbar oder zumindest so unscheinbar und unauffällig macht, dass wir die Ewigen belauschen können, ohne entdeckt zu werden.«

»Super!« Benno strahlte erleichtert. »Ich bin dafür!«

Ich gab Benno einen Stups in die Seite und lächelte Mats herausfordernd an. »Komm schon. So hören wir überhaupt nichts mehr und finden nie heraus, wo das Meteorpulver ist. Das hier ist unsere Chance, in den Raum zu kommen, ohne dass uns jemand bemerkt, da bin ich mir sicher.«

»Es ist doch aber viel einfacher, die Villa zu durchsuchen«, warf Mats ein. »Irgendwo wird das Meteor sein und im Moment sind die Ewigen immerhin abgelenkt.«

Ich hob beide Augenbrauen. »Hast du gesehen, wie groß dieses Haus ist?«

Mats seufzte tief und sagte nichts.

»Komm schon«, forderte ich ihn auf. »Die werden das Meteor nicht ausgerechnet da aufbewahren, wo wir es leicht finden können, und wenn wir nichts tun, ist die Duftapotheke bald Geschichte.« Ich hielt ihm den Flakon hin.

»Also gut …« Mats nahm ihn mir ab. »Ich versuche, mir

einfach mal nicht vorzustellen, was passiert, wenn der Duft anders wirkt, als wir hoffen. Wird schon schiefgehen.« Damit öffnete er das Duftfläschchen und wir drei sogen tief die Dunstschwaden ein, die daraus aufstiegen. Es roch nach … nichts. Wenn überhaupt erinnerte mich »Der unscheinbarste Geruch« ein bisschen an Krankenhausseife. Man wusste zwar, es war sinnvoll, aber gleichzeitig fand man es unangenehm.

Lange brauchten wir nicht zu warten, bis die Wirkung des Duftes einsetzte. Der Oleanderbaum vor uns schien nicht nur grauer und farbloser zu werden, ich sah ihn gar nicht mehr. Er war zwar noch da, aber er war auf einmal so unscheinbar, dass er einfach aus meinem Blickwinkel verschwand. Mit Mats und Benno geschah dasselbe. Ich streckte meine Hand nach ihnen aus, die ebenfalls nicht mehr zu sehen war, und berührte Benno. Erleichtert seufzte ich. Da waren sie also noch, ich konnte sie nur nicht mehr richtig wahrnehmen.

»Okay! Vertrödeln wir keine Zeit!«

Mats' Stimme klang wieder zuversichtlicher. Ich sah nicht mehr, wo er stand, hörte aber, dass er bereits an die Flügeltür klopfte.

Tock, Tock, machte es und ich hielt sofort den Atem an, so aufgeregt war ich.

Kurz darauf öffnete sich die Tür und der junge Dienstbote von eben sah sich um. Mir blieb das Herz stehen, während ich darauf wartete, was gleich passieren würde.

Und tatsächlich ... passierte gar nichts. Der Junge mit den dunkelblonden Locken legte seine Stirn in Falten und blickte an mir vorbei. Er sah uns wirklich nicht. Ich hielt meinen Atem noch eine letzte Sekunde an und schlüpfte dann an ihm vorbei, hinein in den Raum mit den vielen Menschen, die aussahen, als wären sie aus einem Geschichtsbuch gepurzelt. Wie Museumspuppen saßen sie an einem runden Tisch und blickten neugierig zur Flügeltür. Ich schluckte bei ihrem Anblick. Sie hatten alle diese farblosen Augen. Und es waren so viele!

Im Raum stank es entsetzlich nach Keller und feuchter Erde. Der Geruch der Ewigen war so intensiv, dass ich mich mit aller Kraft zwingen musste, meinen Würgereiz zu unterdrücken.

Endlich entdeckte ich Willem. Er saß in einer Ecke und es war das erste Mal, dass ich ihn nicht in seinen mit Erde verschmierten Gärtnerklamotten sah, sondern in ganz normaler Kleidung.

Willem saß leicht nach vorn gebeugt und schaute auf seine Hände. Plötzlich hob er den Kopf und sah mit einem Blick auf, der mich erschreckte. Unter seinen Augen lagen

Schatten, die mir in der Dunkelheit am Kanal gar nicht aufgefallen waren. Sein Gesicht war blass und seine Augen waren so glasig und gerötet, als hätte er geweint.

Was war bloß mit ihm passiert? Das war nicht der mürrische Willem, den ich kannte.

Der Riese, der uns verfolgt hatte, war auch im Raum. Er hatte seinen Mantel nicht abgelegt, sondern nur geöffnet. Allerdings saß er nicht wie alle anderen mit am Tisch. Stattdessen stand er hinter Willem mit dem Rücken zur Wand, als wäre er sein Leibwächter. Seine Hände hielt er verschränkt vor sich und sein Blick lag konzentriert auf der Tischrunde.

Die Baronin saß wie erwartet am Tischende. Von Nahem wirkte ihre plötzliche Alterung noch heftiger. Ihr Haar war so weiß wie das einer Großmutter und ihr Gesicht wirkte eingefallen.

»Und?«, rief sie dem jungen Dienstboten zu und ihre Worte rüttelten mich wieder aus meinen Gedanken.

»Da … war niemand«, sagte dieser mit merkbar unsicherer Stimme.

Die Baronin schnaubte. »Nun, wer auch immer sich einen Scherz erlaubt hat, bekommt später seinen verdienten Ärger dafür. Raus mit dir!«

Der Junge nickte sofort und stolperte mit einer kleinen Verbeugung aus dem Raum.

»Machen wir weiter!« Die Baronin wandte sich zu Willem. »Und nun zu dir: Hast du endlich das, worum wir dich gebeten haben?«

Sofort drehten sich alle Köpfe im Raum zu Willem, der die ganze Zeit sein speckiges Basecap zwischen den Händen knetete. Doch jetzt strich er es wieder glatt und schob es sich zurück auf seine grauen Locken. Dann stand er auf. »Natürlich habe ich es.«

»Hervorragend«, lobte die Baronin. »Nur wieso sehe ich es hier nirgends?«

»Ich habe es selbstverständlich nicht bei mir. Aber ich habe alles, was vom Meteorpulver noch übrig ist. Alles, bis auf den letzten Krümel.« Willem nickte zum Riesen hinter sich. »Bonsky und ich sind die Einzigen, die wissen, wo es ist. Aber, wie Sie alle sicher bereits bemerkt haben, spricht Bonsky nicht sonderlich viel. Sie sollten sich also besser auf meine Forderungen einlassen und mit mir verhandeln, wenn Sie nicht möchten, dass das letzte Meteorpulver verloren geht. Ich betone auch nur ungern, wie gewissenhaft ein professioneller Dieb wie Bonsky, von dessen Fähigkeiten Sie vielleicht in der Vergangenheit bereits gehört haben, seine Verstecke wählt.«

Die Ewigen begannen, unruhig auf ihren Stühlen herumzurutschen. Die Anspannung im Raum war fast körperlich zu spüren.

»Mach es nischt so komplissiert!« Ein Mann mit französischem Akzent und Glatzkopf schlug mit der ausgestreckten Hand auf den Tisch. »Gib es uns endlisch!«

Ich überlegte, ob das wohl Monsieur Bernard sein konnte. Schließlich hatten wir von ihm in letzter Zeit immer häufiger Post bekommen und er hatte auf alle möglichen Arten versucht, den »Duft der Ewigkeit« zu bestellen.

»Geduld!« Willem hob die Hand. »Ich werde Ihnen, genau wie Sie es verlangt haben, alles Meteor in Form des fertigen ›Dufts der Ewigkeit‹ überreichen. Es existiert wie gesagt noch ein halbes Pulverglas. Daraus könnte ich Ihnen so viele Duftflakons herstellen, dass es für eine ganze Weile reichen sollte.« Willem machte eine Pause und ich sah, wie Benno und Mats neben mir den Atem anhielten. »Allerdings … nur unter einer Bedingung.«

Stille legte sich wieder über den Raum.

»Und die wäre?« Die Baronin hatte ihre Arme vor der Brust verschränkt.

»Können Sie es sich nicht denken?« Willem stemmte sich mit seinen Händen auf dem Tisch ab und beugte sich drohend vor. »Ich möchte aussteigen, nicht mehr dazugehören und möglichst ein anderer werden! Dafür stelle ich Ihnen aus dem restlichen Meteor diesen unsäglichen Duft her. Sobald ich Ihnen die Flakons überreicht habe, lassen Sie im Gegenzug Edgar und seine Mutter – und mich ebenso – gehen. Danach werde ich nie wieder Aufträge für Sie ausführen.« Willem holte Luft und ich konnte ihm die Erschöpfung richtig ansehen. »Und Sie werden sich von uns fernhalten! Für immer!«

Wer war denn Edgar? Ich stockte und überlegte, was das alles zu bedeuten hatte. Wenn Willem aussteigen wollte, wieso tat er es dann nicht einfach? So wie Friedrich Blüm es auch getan hatte?

Die Männer und Frauen am Tisch gaben entweder empörte oder zustimmende Bemerkungen ab. Aber die Baronin selbst lehnte sich nur auf ihrem Stuhl zurück. Für kurze Zeit sagte sie gar nichts. Stattdessen bohrten sich ihre farblosen Augen fast durch Willem hindurch und ich spürte, wie mir der alte Gärtner plötzlich sogar ein bisschen leidtat.

»Edgar und Helene also im Tausch gegen den ›Duft der Ewigkeit‹?«, wiederholte sie langsam und sah sich in der Runde der Ewigen um.

Ein ungeduldiges Nicken und zustimmendes Gemurmel machte sich breit. Die Leute hier schienen offensichtlich sehr dringend neue Flakons von ihrem Duft haben zu wollen.

Die Gesichtszüge der Baronin verzerrten sich gehässig. »Nun gut. Ich bin bereit, offiziell unser Arbeitsverhältnis zu lösen, lieber Willem. Alle Vereinbarungen werden aufgehoben.« Sie stoppte, als wieder Stimmen aufbrandeten, und hob die Hand, bevor sie weitersprach. »Doch auch ich habe eine Bedingung: Das Meteor muss in zwei Stunden hier sein. Hier auf diesem Tisch! Und sollte auch nur ein Krümelchen fehlen, sind alle Vereinbarungen sofort hinfällig!«

»Für die Duftherstellung brauche ich aber mein Labor«, protestierte Willem. »Ohne meine Apparaturen kann ich nichts herstellen.«

Ein fieses Lächeln zog sich über die runzligen Lippen der Baronin. »Oh, keine Sorge. Wir werden dir alles, was du für die Herstellung benötigst, bereitstellen. Wir haben selbstverständlich alles hier, ausgenommen natürlich einen guten Duftapotheker und das Meteor. Und sicherlich wirst du verstehen, dass ich mit eigenen Augen sehen möchte, dass auch wirklich *alles* für den ›Duft der Ewigkeit‹ verbraucht wird. So, wie wir es gerade vereinbart haben, nicht wahr?«

Auf einmal wurde Willems Stimme lauter. »Ich habe jahrelang alles getan, was Sie von mir verlangt haben! Immer! Nie habe ich auch nur eine einzige unserer Vereinbarungen nicht erfüllt.« Er schluckte. »Er ist doch noch so jung! Bitte!«

»Das hast du dir selbst zuzuschreiben.« Die Baronin stand auf und sah auf Willem herab. »Bring uns das Meteorpulver und stelle vor unseren Augen den Duft her. Dann braucht niemand etwas Unschönes zu befürchten. Mein Chauffeur wird dich fahren und überprüfen, dass kein Krümelchen von dir unterschlagen wird. Nur wenn er das bestätigen kann, gilt unsere Abmachung.«

Willem richtete sich auf und wirkte dabei viel kleiner als sonst. Er zog sein Basecap tiefer und nickte dem Riesen hinter sich zu, der sofort einen Schritt vortrat.

»Wenn Sie mich betrügen, werde ich den Duft unbrauchbar machen!«, schnaubte Willem nur und ging zur Tür. »Bonsky bleibt hier und wird alles im Auge behalten.«

Der Riese blieb tatsächlich, wo er war, und beobachtete die Runde mit seinem einen beweglichen Auge weiter.

»Von mir aus, soll er nur. In zwei Stunden, Boer!«, rief die Baronin Willem noch hinterher.

Als dieser verschwunden war, wurden mir plötzlich zwei Dinge bewusst. Erstens war Willem anscheinend nicht der, für den wir ihn gehalten hatten, und zweitens …

… zweitens erinnerte ich mich plötzlich daran, dass ›Der unscheinbarste Geruch‹ nicht zur Kategorie der »Ewigen Düfte« gehörte. Noch bemerkte uns keiner, aber die Wirkung würde irgendwann verfliegen.

Besser, wir verschwanden langsam aus dem Raum, wenn wir nicht entdeckt werden wollten. Nur wie konnte ich das Benno und Mats verständlich machen, wenn sie mich nicht sahen und ich sie auch nicht?

24

Die Baronin stand auf und schob ihren Stuhl zurück an den Tisch. »Meine Freunde. In zwei Stunden werden wir hoffentlich die letzten Reserven des Meteorpulvers unter uns verteilen. Ich werde Seigneur Syrell telegrafieren, dass wir unserem großen Ziel endlich näher kommen. Auf die Ewigkeit!«, sagte sie und klopfte mehrmals auf den Tisch. Woraufhin alle im Raum es ihr gleichtaten und in ein »Auf die Ewigkeit!« mit einstimmten.

Es klang wie ein Singsang, eine Hymne, und erinnerte mich ein bisschen an die Motivationssprüche meines alten Sportlehrers.

Die Baronin beendete das Tischklopfen. »Die Versammlung ist hiermit aufgelöst!«, rief sie.

Ich wunderte mich über das komische Ritual, das die Ewigen miteinander eingeübt hatten, und hörte dem Gemurmel zu, das ausbrach, während sich die Herrschaften erhoben. Alle schlenderten zwar sehr langsam hinaus, doch irgendwann war auch der Letzte von ihnen verschwunden. Draußen in der Eingangshalle blieben sie in kleinen Grüppchen stehen und fingen an, miteinander zu diskutieren.

Mir wurde plötzlich heiß, als ich meinen kleinen Bruder halbdurchsichtig neben dem Kamin entdeckte. Verdammt, der Duft verlor schon jetzt seine Wirkung!

Ich hechtete rüber zu Benno und zog ihn unter den Tisch. Das war kein gutes Verseck, aber das beste, das wir auf die Schnelle finden konnten. Mats tauchte eine Sekunde später neben uns auf. Mit großen Augen sah er sich um. Niemand von uns traute sich, etwas zu sagen. Die Ewigen standen schließlich alle noch vor der Tür. Ich sah auf meine Hände, die auch schon wieder schwach zu erkennen waren. Wie kamen wir jetzt nur unbemerkt an den Ewigen vorbei? Und vor allem: Wie kamen wir hier *überhaupt* wieder raus? Schließlich hatten wir auch keinen Schutz mehr, um über den Stacheldrahtzaun zu klettern.

Ich betete nur noch, dass uns niemand entdeckte, und hielt die Luft an. Mittlerweile waren wir wieder fast vollständig zu erkennen. Mats schielte zu den zwei Fenstern. Ohne ein einziges Wort zeigte er Benno und mir, was er vorhatte, und robbte unter dem Tisch vorwärts.

Aus dem Fenster zu klettern, war schlau und wahrscheinlich unser einziger Fluchtweg. Immerhin war das hier das Erdgeschoss.

Mehrere Male drehte ich mich zu den Ewigen um, die in der Eingangshalle standen. Hoffentlich kam keiner von ihnen zurück. Ich kroch unter dem Tisch hervor und öffnete eins der Fenster. Sie knarrten etwas und ich versteinerte im selben Moment, doch die Diskussionen in der Halle waren wohl lauter als wir. Mats behielt die Tür im Blick, während ich das Fenster ganz aufschob. Dann griff ich mir Benno, sprang auf und kletterte, ohne mich noch einmal umzudrehen, aus dem Fenster. Hinter mir landete Benno im Kies und wir drückten uns schnell an die Hauswand, bevor uns jemand entdecken konnte. Endlich sprang auch Mats herunter.

Unsere Landung war nicht gerade lautlos gewesen, also flitzten wir hinter den nächsten Strauch. Ein paar Minuten lang verharrten wir gebückt und lauschten, was sich über uns in dem Raum tat. Erst mal passierte nichts, doch dann kam wirklich jemand an das Fenster, das wir geöffnet hatten. Wir konnten nicht sehen, wer dort stand, und hielten einfach nur die Luft an. Schließlich brummte dieser Jemand etwas und schloss das Fenster.

»Wer ist Edgar?«, fragte Benno in unsere Anspannung hinein.

Mats sah frustriert zum Fenster hoch. »Nie gehört. Klang aber so, als ob er keiner dieser Ewigen ist. Vielleicht ein Kind? Willem hat ja auch von einer Mutter gesprochen.«

»Nie hätte ich gedacht, dass es echt jemanden gibt, der Willem wichtig ist«, flüsterte ich. »Vielleicht hat er ja doch noch irgendwo ein Herz vergraben?«

»Wenn, dann ist es aber nur so groß wie eine Rosine«, sagte Benno und Mats entfuhr ein kurzes Lachen.

»Eine ganz kleine und verschrumpelte!«, merkte Benno noch an.

Ich sah an der Hausmauer hinauf. »Wenn wir diesen Edgar und seine Mutter finden, dann können wir vielleicht verhindern, dass Willem den Ewigkeitsduft braut«, überlegte ich laut. »Dann kann ihn die Baronin, so wie es aussieht, nicht mehr erpressen.«

Mats schüttelte sich. »Das macht mich so wütend. Das ganze Meteorpulver verschwendet für diesen Mist! Nur damit diese alten Säcke dadrin bis in alle Ewigkeit anderen das Leben schwer machen können.«

Ich bemerkte, dass Benno gar nicht mehr neben mir saß. Stattdessen schlich er an der Hauswand entlang und sah sich um.

»Was hast du vor?«, flüsterte ich und schlich hinterher.

Benno lugte um die Ecke. »Edgar suchen!«

Ich drehte mich zu Mats. »Was meinst du?«, fragte ich ihn.

»Also gut«, stimmte er zu. »Durchsuchen wir das Haus. Spätestens in zwei Stunden muss Willem wieder zurück sein. Bis dahin müssen wir sie unbedingt gefunden haben!«

Mir schwirrte der Kopf bei dem Gedanken, jetzt wieder in dieses Haus zu gehen. »Ob die hier alle so lange rumhängen und warten, bis Willem mit dem Meteorpulver kommt?«, fragte ich.

»Na ja, die wären doch bescheuert, wenn nicht.« Mats zuckte mit den Schultern. »Wenn Willem mit dem Meteor kommt und daraus die letzten Fläschchen mit dem Ewigkeitsduft abfüllt, bekommen sicher nur die was ab, die auch da sind.«

»Wahrscheinlich geht nachher das große Gedrängel los«, stimmte ich zu und öffnete meinen Rucksack. Ich zog die letzten Duftfläschchen heraus und hielt sie den Jungs unter die Nase. »Also gut. Das ist alles, was wir noch haben.«

Mats überflog die Etiketten und runzelte ratlos die Stirn. Wir besaßen noch drei Flakons, von denen mir auch nicht wirklich klar war, wie sie uns genau helfen konnten. Wir hatten noch den »Hauch Veränderung«, einen »Duft nach tiefschwarzer Nacht« und »Eine Brise Glück«.

»Es ist bestimmt das Beste, wenn jeder von uns einen Flakon dabeihat, nur zur Sicherheit«, schlug ich vor und sah die zwei Jungs an. »Welchen wollt ihr?«

»Ich will ›Die Brise Glück‹!«, quietschte Benno sofort.

»Okay, na dann gib mir den ›Duft nach tiefschwarzer Nacht‹«, sagte Mats und hob seinen rechten Mundwinkel. »Für einen besseren Schlaf oder für was auch immer der gut ist.«

Ich verteilte die Flakons, während Mats sich weiter umsah.

»Wir sollten zurück zum Dienstboteneingang und uns möglichst von der Empfangshalle fernhalten«, überlegte er. »Ich wette, es gibt noch andere Treppen in die unteren Geschosse. Wenn die Baronin Willem erpresst, ist der Junge vielleicht irgendwo bei den anderen Angestellten untergebracht.«

Ich nickte. »Oder im Untergeschoss. Hauptsache, wir

finden ihn, bevor die Baronin von Willem das Pulver bekommt!«

»Genau«, sagte Benno. »Wir müssen schneller sein!«

Ich wollte mich gerade umdrehen, da hielt Mats mich zurück. »Pass auf dich auf, ja? Und auf Benno natürlich. Lasst euch nicht erwischen, bitte.« Aus seinen braunen Augen sah er mich einen Moment länger an, als er es sonst tat. Und so eindringlich, als wollte er mir eigentlich noch etwas sagen, was er aber nicht tat.

In meinem Bauch fing es plötzlich an zu kribbeln. Ich versuchte, schnell woanders hinzuschauen, egal wohin, nur nicht in Mats' dunkle Augen.

»Wir bleiben zusammen, okay?«, sagte ich nur und hörte, wie kratzig meine Stimme plötzlich klang.

Mats sah auch weg, lächelte aber in sich hinein. »Klar bleiben wir zusammen«, sagte er. »Ganz egal, was passiert!«

25

Wir schlichen uns zurück zum Seiteneingang des Hauses, durch den wir vorhin reingekommen waren. Er war immer noch offen und ich atmete erleichtert aus, als ich durch die Tür schlüpfte und wieder im Flur stand. In meiner Hand hielt ich noch den Duft »Ein Hauch Veränderung« umklammert. Meine Hände schwitzten so, dass ich kurz Angst hatte, der Flakon würde mir aus der Hand rutschen, also schob ich ihn in eine Hosentasche und wischte mir die nassen

Handflächen an der Jeans ab. Dann atmete ich einmal tief durch und wir schlichen vorwärts. Wenn wir den Flur weiter geradeaus liefen, würden wir direkt in die Eingangshalle kommen. Mats winkte uns jedoch in die entgegengesetzte Richtung, die uns ins Untergeschoss des riesigen Hauses führte. Wir hatten uns vorgenommen, alle Räume, die die Baronin nicht selbst bewohnte, nach Edgar zu durchsuchen.

Wir fingen erst mal im Keller an, der auf mich nur halb so groß wirkte, wie ich erwartet hatte. Hier unten war es kalt, feucht und die Gänge waren unübersichtlich. Ständig machte der Gang eine Biegung. Unsere Schritte hallten unheimlich zwischen den dicken Mauern und von den Wänden tropfte die Feuchtigkeit. Keine der Holztüren hier unten war abgeschlossen und immer, wenn wir eine öffneten, fanden wir dahinter entweder gelagerte Lebensmittel oder es stapelte sich Gerümpel. In den letzten Räumen lagen nur noch Kohlen zum Heizen. Im Keller gab es also keinen Edgar und so trostlos, wie es hier unten aussah, war ich darüber ein bisschen erleichtert.

Wir beschlossen, uns weiter ins Haus vorzuarbeiten und dort jeden Winkel zu durchsuchen. So leise es ging, schlichen wir die knarrenden Stufen zurück ins Erdgeschoss. Von Weitem hörten wir die Ewigen miteinander reden, also liefen wir in der entgegengesetzten Richtung hinauf in den ersten Stock.

Immer wieder lauschten wir auf die Geräusche um uns herum. Unsere Sohlen sanken bei jedem Schritt in den weichen Teppichen ein. Zum Glück lagen die Holzdielen hier nicht blank, so wie bei uns in der Villa Evie, und knarzten bei jeder Bewegung um die Wette. So konnten wir wenigstens halbwegs lautlos durch die Flure schleichen.

Immer wieder hörten wir Schritte, die näher kamen. Es waren meistens Putzfrauen, Dienstmädchen oder Köche, die es besonders eilig hatten und vor denen wir uns verstecken mussten. Die Ewigen lebten wirklich noch wie vor hundert Jahren und wahrscheinlich kamen sie mit der Zeit von heute kein bisschen mit. Na ja, bestimmt *wollten* sie auch gar nicht mitkommen. Die Baronin brauchte sicher nicht zu wissen, wie man ein Spiegelei in die Pfanne schlug oder Wäsche in eine Waschmaschine füllte. Das war bestimmt alles unter ihrer Würde.

Ich zwang mich, bei unserer Suche mit meinen Gedanken bei Edgar zu bleiben. Mats lauschte gerade an einer der vielen Türen und winkte mich näher heran. Ich drückte mich neben ihn, aber hörte nichts. Da legte Mats einen Finger auf seine Lippen und schob in Zeitlupe die Tür auf.

Durch den Spalt lugten wir ins Innere. Niemand war hier, also trauten wir uns hinein, zumindest einige Schritte. Dann blieben wir mit offenen Mündern stehen.

Vor uns lag das mit Abstand größte und protzigste Schlafzimmer, das ich jemals gesehen hatte. Durch eine Flügeltür aus buntem Glas war es sogar noch mit einem zweiten Zimmer verbunden. Zwischen den Fenstern knisterte ein kleines Feuer in einem goldenen Kamin und mitten im Raum stand ein mächtiges Himmelbett. Auf dem Schminktischchen daneben entdeckte ich einen Flakon, der denen aus der Duftapotheke ähnelte. Ich drehte mich und sah eine Vitrine, in der noch weitere zahllose bunte Fläschchen funkelten. Mats ging auf die Vitrine zu und zeigte auf ein Eisengitter hinter den Glasscheiben, das die Düfte wie in einem Käfig eingesperrt hielt.

Doch nicht nur deshalb wussten wir, dass dieser Raum eindeutig das Schlafzimmer der Baronin von Schönblom sein musste. Noch etwas anderes war nicht zu übersehen. Es sprang uns direkt ins Auge.

Überall hingen Fotografien in goldenen Rahmen. Es waren so viele, dass man kaum noch die violette Seidentapete darunter entdeckte. Und aus allen Fotografien blickte uns nur die Baronin entgegen.

Ich hatte sie nicht gleich erkannt, weil sie auf keinem der Bilder so aussah wie heute. Stattdessen wirkte ihr porzellanartiges hübsches Gesicht, als wäre sie gerade mal Mitte zwanzig.

Ich schluckte, weil mir die vielen Fotos nur noch deutlicher machten, was für einen absoluten Vollknall die Baronin haben musste und wie besessen sie von ihrem jungen Aussehen zu sein schien. Wer hängte sich denn bitte Hunderte Fotos von sich selbst in seinem Schlafzimmer auf?

Ich blickte zu Mats und Benno und sah den zwei Jungs an, dass auch sie anfingen, sich ernsthaft vor der Baronin zu gruseln.

Mats schloss den Mund und schüttelte ungläubig den Kopf. »Die hat sie doch nicht mehr alle.«

»Das sieht sie offensichtlich anders«, sagte ich und lachte ungläubig auf.

Benno war inzwischen zur angrenzenden Flügeltür geschlichen, die halb offen stand, und lugte in den Raum nebenan. Vorsichtig ging er weiter und wir folgten ihm. Dort stand ein Schreibtisch aus dunklem Holz. Davor ein paar Sessel auf verschnörkelten Holzbeinen.

»Ihr Arbeitszimmer!« Ich grinste und ging zielstrebig auf den Schreibtisch zu, um in die Schubladen zu schauen. Natürlich mussten wir Edgar finden, aber eine solche Chance konnten wir uns auf keinen Fall entgehen lassen.

In der obersten Schublade lagen einige gezeichnete Pläne. Ich nahm den obersten in die Hand und legte ihn auf die glänzende Holzoberfläche des Schreibtisches. Es war das gestempelte Logo am unteren Rand des Plans, das mich dazu brachte, genauer hinzusehen.

»*Eternité*?«, las ich den Firmennamen laut vor und sah zu Mats, der sich am Buchregal umsah.

»Das hab ich schon mal irgendwo gehört«, sagte er und kam zusammen mit Benno näher. »Ist das nicht die Firma von diesem Syrell de Richemont? Der Typ, den die Baronin ständig erwähnt hat?«

»Ist der böse?«, fragte Benno.

Ich strich ihm über den Kopf und schmunzelte. »Das wissen wir nicht genau. Vielleicht? Aber auf jeden Fall hat er irgendwas mit den Ewigen zu tun, so viel ist klar.«

Zusammen mit Mats beugte ich mich wieder über den Plan. Am oberen Rand war eine Inventarliste zu sehen, gefolgt von einer kompliziert aussehenden Apparatur, die mich sofort an unsere Destille zu Hause erinnerte.

»Könnte das ein Plan für die Einrichtung einer Duftapotheke sein?«, überlegte Mats.

Ich drehte mich besorgt zu ihm. »Meinst du, die Baronin versucht etwa, eine eigene Duftapotheke zu bauen?«

Mats drehte den Plan um und verzog die Lippen. »Oder gleich mehrere.« Er zeigte auf ein paar Adressen, die handschriftlich hinten aufgelistet waren. Sie waren aus Deutschland, Frankreich, England, Russland und Spanien. »Sieht aus, als würde dieser Syrell de Richemont eine ganze Kette von Duftapotheken eröffnen wollen.«

»Und die Baronin mischt mit«, sagte ich und spürte, wie mir flau im Magen wurde. »Denkst du, sie planen das noch, oder haben sie schon damit angefangen?«

Mats hob ratlos die Schultern und ich grübelte darüber nach, wie die Ewigen so viele Duftapotheken führen wollten ohne genügend Meteor. Selbst wenn sie unser halbes Glas wirklich bekamen, für so viele Standorte würde es niemals reichen. Schon gar nicht, wenn sie sich weiterhin Ewigkeitsduft brauen wollten. Für diesen Duft brauchte man im Vergleich zu allen anderen Düften schließlich nicht nur eine Messerspitze Meteorpulver, sondern 23 Esslöffel! Da würde bald nicht mehr viel übrig bleiben.

Ob es wohl noch eine Meteorquelle irgendwo auf der Welt gab?

Plötzlich schreckte ich auf. Da war doch ein Geräusch im Flur zu hören. Und es kam immer näher!

Gleichzeitig huschten wir hinter die Sessel, aber die Schritte verhallten schnell wieder. Wir stießen unsere angehaltenen Atemzüge aus. Langsam mussten wir mal wieder aus dem Zimmer raus, wenn wir diesen Edgar finden wollten. Bestimmt blieb uns gar nicht mehr viel Zeit. Ich drückte mein Ohr an die Tür und lauschte auf die Geräusche. Alles war wieder still, also öffnete ich die Zimmertür einen Spalt und lugte in den Gang. Niemand war weit und breit zu sehen, also winkte ich die Jungs hinter mir her.

26

Wir hatten inzwischen den Keller und den gesamten ersten Stock durchsucht, ohne eine Spur von Edgar oder seiner Mutter zu finden. *Helene* hatte die Baronin sie genannt. Langsam lief uns wirklich die Zeit davon. Irgendwann würde Willem kommen und der Baronin alles Meteor im Tausch gegen die beiden anbieten. Wir mussten unbedingt schneller sein! Willem würde sicher nicht erst auf den letzten Drücker auftauchen, wenn es sich irgendwie vermeiden ließ.

Wir schlichen uns also weiter in den zweiten Stock, in dem – so wie es aussah – die Hausmädchen, Dienstboten und Köche der Baronin wohnten. Zumindest waren die Zimmer das absolute Gegenteil von protzig. Sie waren eng und nur mit dem Nötigsten eingerichtet.

Wie konnte eine einzige Frau nur in so einem Palast allein wohnen und dabei so viele Leute beschäftigen? Was machten die ganzen Angestellten hier täglich? Waren sie alle wirklich nur dafür da, der Baronin das Leben so angenehm wie möglich zu machen?

Mats drückte sein Ohr an jede Tür, an der wir vorbeikamen, aber in allen Zimmern war es still. Außer uns schien niemand hier oben zu sein.

»So finden wir Edgar und Helene nie«, stöhnte er.

Ich seufzte. »Jedenfalls nicht schnell genug! Wir brauchen einen besseren Plan.«

Mats brummte unzufrieden vor sich hin, während sich in Bennos Gesicht ein Strahlen ausbreitete.

»Wir brauchen ein bisschen Glück!«, gluckste mein kleiner Bruder und zog den Flakon aus seiner Hosentasche, den ich ihm gegeben hatte.

»Du hast recht!«, hauchte ich. »Das brauchen wir sogar ziemlich dringend!«

Benno hielt den Flakon jetzt Mats vors Gesicht. »Willst du auch ›Eine Brise Glück‹?«

Mats hob die Augenbrauen und grinste Benno an. »Das wäre jetzt gar nicht schlecht. Versuchen wir's!«

Das ließ sich Benno nicht zweimal sagen und zog den Korken. Bunt schillernde Dunstschwaden stiegen auf und umnebelten uns. Tief sog ich den süßlichen Duft ein und merkte, wie sich mein Körper plötzlich mit Hoffnung füllte. Wie ein leeres Glas, das jemand bis zum Rand vollgoss und erst damit aufhörte, als es kurz davor war überzulaufen. Ich fühlte mich auf einmal so stark und gut, dass ich mir alles zutraute.

Gründlich verschloss Benno den Flakon wieder und stapfte los, den Flur weiter geradeaus. »Einen Edgar zu finden, kann ja nicht so schwierig sein!«

Mit neuem Mut liefen wir Benno hinterher und hofften, dass »Die Brise Glück« uns irgendwie leiten würde.

Doch anstatt dass uns der Duft Glück brachte, stieß plötzlich jemand am anderen Ende des Ganges eine Tür auf und stand uns im Flur gegenüber. Weit entfernt zwar, trotzdem sahen wir uns gegenseitig entsetzt an. Es war eine junge blonde Frau in einer dieser Dienstmädchenuniformen. Unter ihrem Arm trug sie einen Korb Wäsche. Für ein paar Sekunden waren wir in unserem Schreck gefangen.

»Hallo!« Benno war der Erste, der etwas sagte. Langsam ging er auf das Dienstmädchen zu, das daraufhin ebenfalls seinen Weg den Flur entlang fortsetzte.

»Was macht ihr hier?« Sie sprach so leise, dass ich sie kaum verstand. Sicher überlegte sie noch, was sie am besten tun sollte – erst mal mit uns sprechen oder gleich um Hilfe rufen.

»Ich bin Benno und suche Edgar!«, sagte mein Bruder so selbstverständlich, als stünde er gerade auf einem Spielplatz und würde nur mal kurz die Mutter eines Kindergartenfreundes etwas fragen.

»*Edgar?*«, wiederholte das Dienstmädchen und kam jetzt eilig auf uns zu. »Wieso? Was ist denn mit ihm?«

»Nichts«, Benno hob die Schultern. »Aber wir suchen ihn. Und zwar gaaaanz dringend.«

Die Frau stand jetzt direkt vor uns und ich konnte die vielen Sorgenfalten in ihrem Gesicht erkennen. So jung war sie gar nicht mehr, wie ich zuerst gedacht hatte. Sie war jedenfalls kein Mädchen mehr, sondern mindestens so alt wie Ma.

»Was wollt ihr denn von Edgar? Wer seid ihr überhaupt?« Sie sprach nicht mehr ganz so leise wie gerade noch.

»Willem sucht ihn«, sagte Benno. »Und seine Mutter sucht er auch.«

Im gleichen Moment zischte mir ein Gedanke durch den Kopf. Wenn es stimmte, was ich gerade hoffte, dann wirkte die »Glückliche Brise« vielleicht ja doch!

»Sind … Sie Helene?«, fragte ich vorsichtig.

Die Augen der Frau huschten nervös hin und her, als wollte sie unseren Blicken einerseits ausweichen und andererseits auch nicht. »Kennen wir uns?«

Okay, das war Antwort genug. »Willem Boer sucht Sie. Wir sind hier, weil wir –«

Im gleichen Moment leuchtete das Gesicht der Frau vor Freude auf. »Hat er euch etwa geschickt, um uns zu befreien?«

Mats hob seine Augenbrauen. »Nicht direkt, aber … wir bringen euch trotzdem hier raus und zu ihm, wenn ihr das wollt.«

Die Frau stellte ihren Wäschekorb auf den Boden, wischte sich die Hände an ihrer Schürze ab und winkte uns hinterher. »Kommt!« Dabei legte sie warnend einen Finger auf ihre Lippen.

»Woher kennen Sie Willem?«, flüsterte Mats der Frau trotzdem im Gehen zu.

Helene blieb kurz stehen und sah sich nervös um. »Willem ist Edgars Opa.« Sie lächelte verkniffen. »Und ich bin Helene Boer, Willems Tochter.«

»Was?! Aber …?« Ich stockte. »Was machen Sie dann *hier*?«

Helene hob die Schulter. »Wir sind gefangen in diesem Haus. Wenn wir gehen könnten, wären wir längst woanders. Aber das Anwesen ist zu gut gesichert. Über die Zäune kommt man ohne Hilfe nicht. Niemand von uns.«

Ich überlegte. Die beiden mussten doch eigentlich längst steinalt sein oder gar nicht mehr am Leben. Willem war schließlich ein Ewiger und er arbeitete schon seit über hundert Jahren in der Duftapotheke.

Und … das tat er wohl nur, weil die Baronin ihn erpresste, indem sie Edgar und Helene festhielt. So richtig wurde mir das jetzt erst klar. Die Ewigen hatten Willem in ihrer Hand! Alles, was er getan hatte, hatte er nur wegen Edgar und Helene getan.

Ich rückte etwas näher an Helene heran und nahm das wahr, mit dem ich längst gerechnet hatte: Ganz leicht roch sie nach dunkler Erde.

»Hat euch die Baronin auch mit dem stinkigen Duft besprüht?«, kam Benno mir mit meiner Frage zuvor.

Diesmal nickte Helene nur und jetzt fielen mir auch ihre traurigen farblosen Augen auf.

»Ja, immer mal wieder. Jeden Tag rechne ich damit, älter zu werden … aber es passiert erst seit Kurzem.« Bei ihren Worten sah sie an ihrem Körper herunter. »Sie zwingt

Willem, diese Düfte herzustellen, die das hier bewirken, oder?«

Diesmal nickte auch ich nur als Antwort und lächelte hilflos zurück.

»Bring uns zu Edgar«, beendete Mats mein Schweigen, »dann bringen wir euch zu Willem.«

Helene nahm einen zittrigen Atemzug. Dann beeilte sie sich und führte uns den Flur entlang.

27

Helene stieg als Erste die Treppe runter und sah sich um. Sie ließ uns vor der Küche warten und schlüpfte allein in den Raum.

Durch die Tür hörten wir sie mit einer Köchin reden. »Die Baronin möchte gern mit dir vor dem Salon sprechen. Sie sagt, dein Dessert von heute Mittag lässt zu wünschen übrig.«

»Oh mein Gott!« Die Köchin gab ein erschrecktes Quieken von sich. »Ist die Gnädige sehr wütend?«, fragte sie noch, dann hörten wir es klappern und eine Tür fiel zu.

Sofort kam Helene mit einem Dienstboten aus der Küche gehastet. Ich hatte ihn schon einmal gesehen. Es war der dunkelblond gelockte Junge, vor dem wir uns hinter dem Oleander versteckt hatten.

»Bist du Edgar?«, fragte Benno den Jungen, den ich ungefähr so alt schätzte wie Mats und mich.

Der Junge kniff zustimmend die Lippen aufeinander, ohne dabei einen Ton von sich zu geben. Entweder war er schüchtern oder er wollte nicht so richtig mit uns sprechen. Dieser Edgar war schwer einzuschätzen, nicht nur weil er nichts sagte, sondern auch, weil sein Gesichtsausdruck kaum eine Gefühlsregung verriet. Ich sah ihm nicht an, ob er erleichtert war, Angst hatte oder sich eigentlich wünschte, dass wir nie hier aufgetaucht wären. Aber wahrscheinlich lag das einfach daran, dass er jahrelang unter der Baronin von Schönblom gelitten und geschuftet hatte. Da gewöhnte man es sich bestimmt schnell ab, seine Gefühle zu zeigen.

Mit Edgar und Helene in unserer Mitte schlichen wir uns Schritt für Schritt durchs Erdgeschoss, unsere Ohren sperrangelweit offen, um nicht von einem Butler oder der Köchin überrascht zu werden.

Mein Atem ging schneller, als ich die Stimmen der Ewigen von Weitem hörte. Sie standen also alle noch im Haus herum und warteten auf Willem. Gut!

Irgendwie mussten wir es schaffen, Willem unbemerkt draußen abzufangen, bevor er der Baronin das Meteor übergab. Aber wie machten wir das nur, ohne von den Ewigen dabei entdeckt zu werden?

Ich hielt Mats, der Edgar und Helene gerade weiterwinken wollte, am Pullover fest.

»Am besten, wir teilen uns auf«, schlug ich vor. Kurz sah ich Edgar und seine Mama fragend an.

Doch Benno schüttelte den Kopf. »Wir haben abgemacht, dass wir zusammenbleiben. Egal was passiert!«

»Stimmt, das haben wir.« Ich lächelte Benno an. »Aber ich glaube, wir sollten das jetzt trotzdem tun, okay? Vertrau mir einfach.« Langsam zog ich den Flakon, den ich behalten hatte, aus der Hosentasche und hielt ihn in die Höhe. »Wir haben schließlich noch deinen Lieblingsduft«, sagte ich und zwinkerte Mats zu.

Auf dem Etikett stand: *»Ein Hauch Veränderung«*. Das war der Duft, den Mats mir am Gewächshaus der Villa Evie unter die Nase gehalten hatte, um mich zu ärgern.

»Wie?« Mats zog nur die Augenbrauen zusammen. »Was hast du denn mit dem albernen Spaßduft vor?«

»Überleg doch mal!« Ich schüttelte das Fläschchen, woraufhin es im Glas noch stärker blubberte. »Wenn ich mich damit wieder in Willem verwandele, dann ... dann könnte ich die Baronin und die Ewigen ablenken, solange ihr den echten Willem sucht.«

Mats verzog das Gesicht. »Und was genau willst du als Willem dann machen?«

»Zum Beispiel könnte ich der Baronin irgendeinen Behälter mit Sand unterjubeln und so tun, als ob es das Meteorpulver wäre.«

»Ich finde, das ist ein guter Plan«, sagte Edgar plötzlich, allerdings sprach er noch leiser als seine Mutter, sodass wir ihn fast nicht hörten.

»Aber auch ganz doll gefährlich für Luzie!« Benno sah

erst Edgar empört an und dann mich. »Und was ist, wenn der Duft aufhört und du aber noch hier drin bist? Dann sehen alle, dass du nicht Willem bist!«

»Ich schaff das schon, Benno. Mach dir keine Sorgen. Bevor das passiert, verschwinde ich.« Ich versuchte, vor meinem kleinen Bruder so viel Selbstvertrauen auszustrahlen, wie ich konnte. »Wenn Edgar und Helene erst mal in Sicherheit sind, kann die Baronin Willem nicht mehr erpressen und es gibt keinen Grund, warum Willem aus dem Meteor für sie den Ewigkeitsduft brauen sollte!«

Benno schüttelte stur den Kopf. »Finde ich trotzdem doof!«

Jetzt legte auch Helene ihren Kopf schief und sah mich ernst an. »Die Baronin könnte dich statt uns hierbehalten, dann hätte sie Willem wieder in der Hand.«

»Als ob Willem sich für Luzie interessieren würde«, sagte Mats verächtlich.

Helene seufzte tief. »Glaubt mir, es *würde* ihn interessieren. Und ihr dürft die Ewigen keinesfalls unterschätzen. So leicht sind die nicht auszutricksen. Und um das zu bekommen, was sie wollen, machen die alles. Vor allem die Baronin hat gar keine Hemmungen. Ich weiß nicht mal mehr, wie lange sie Edgar und mich hier schon festhält.«

Ich hob ratlos die Schultern. »Habt ihr denn eine bessere Idee, wie wir hier wieder rauskommen? Ich schätze, zwei Stunden dürften langsam zu Ende gehen.«

Keiner der anderen sagte etwas.

»Seht ihr!« Ich verschränkte meine Arme. »Einen besseren Plan gibt es nicht. Also machen wir es so. Und falls alles schiefgeht: Ich kann ziemlich schnell rennen!« Ich stupste

Benno in die Seite, aber auch wenn er nichts sagte, so ganz überzeugte ich ihn nicht.

Jetzt strich sich Mats unwirsch durchs Haar. »Vergiss es. Ich mach das und spiele Willem. Und du gehst mit Benno, Edgar und Helene!«

Ich schüttelte mehrmals den Kopf. »Du bist der Einzige, der den dreien dabei helfen kann, über die Mauer zu klettern. Ich schaff das nicht. Und wenn es schnell gehen muss, kannst du Benno auch tragen. Bestimmt schaffst du es eher, das Tor aufzubrechen, als ich.« Ich warf Mats einen flehenden Blick zu. »Bitte hilf Benno hier wieder raus!«

Für einen Moment sagte Mats gar nichts, sondern presste nur die Lippen aufeinander. Das machte er immer, wenn er nicht weiterwusste.

»Mats … *bitte!* So schaffen wir es, da bin ich mir sicher. Nur so können wir die Duftapotheke retten.«

»Wenn du wirklich meinst«, sagte er und klang gleichzeitig unzufrieden mit der Entscheidung. »Aber wenn wir Willem gefunden haben und Benno, Edgar und Helene in Sicherheit sind, dann komme ich sofort und helfe dir raus!«

Erleichtert atmete ich aus. »So machen wir es!«

»Ich komm mit dir mit!«, sagte Benno und mein Herz machte einen Hüpfer, weil ich so einen mutigen kleinen Bruder hatte.

Trotzdem schüttelte ich wieder den Kopf. »Helene und Edgar brauchen deine Hilfe gerade mehr als ich. Und der Duft funktioniert sicher nicht für uns zwei.«

Benno biss sich mit feuchten Augen auf die Unterlippe, aber schließlich nickte er.

»Es ist bestimmt am klügsten, wenn ihr euch aus dem Seiteneingang wieder rausschleicht, durch den wir auch reingekommen sind«, sagte ich und drehte mich schnell um. Wenn ich noch eine Minute länger mit ihnen diskutierte, verließ mich mein Mut vielleicht wieder.

Doch bevor wir noch näher zur Eingangshalle kamen, hielt mich Mats am Rucksack fest, sodass ich nicht weiterlaufen konnte. »Luzie … Du musst das nicht machen! Wir können auch zusammenbleiben.«

Im meinem Bauch fing es wieder an zu kribbeln. Es gab nichts, was ich gerade mehr wollte. Trotzdem schüttelte ich schnell den Kopf, bevor ich es mir noch anders überlegte. Es war ja nicht so, dass ich keine Angst hatte. Ganz im Gegenteil, meine Knie wurden mit jedem Schritt weicher.

»Beeilen wir uns lieber«, sagte ich deshalb schnell. »Los, jetzt macht schon, bevor *euch* noch jemand erwischt, das wäre viel schlimmer!«

Mats holte ein letztes Mal tief Luft. Dann nickte er endlich. »Okay. Wir warten in der Nähe des Eingangstors auf dich! Wenn du nicht von allein rauskommst, kommen wir wieder rein, klar?«

»Glasklar! Bis später«, sagte ich.

»Pass auf dich auf«, flüsterte er mir noch hinterher.

Ich drehte mich ein letztes Mal zu den vieren um. »Ihr auch!« Dann lief ich los, ohne mir auch nur eine Sekunde länger Zeit zum Angsthaben zu lassen.

28

Ich folgte den Stimmen, die immer lauter wurden. Die Tür am Ende des Flurs im Erdgeschoss kannte ich schon. Dahinter musste die Eingangshalle sein, in der die Ewigen warteten.

Aber erst mal schlich ich mich in den Gang, der in die entgegengesetzte Richtung führte. Dort waren wir vorhin noch die Stufen in den Keller hinuntergestiegen, als wir Edgar und Helene gesucht hatten. Ich erinnerte mich daran, dass dort unten Kohlen gelagert waren. Denn wenn ich der Baronin glaubhaft machen wollte, dass ich

Willem war, brauchte ich schließlich Meteorpulver. Die Kohle könnte ich zerkleinern, dann hatte ich etwas, das dem Meteorpulver zumindest von Weitem ähnlich sah. Ich brauchte nur noch einen Behälter, in den ich das Kohlepulver umfüllen konnte.

Ich schlich an der Treppe zum Keller vorbei und suchte die Küche. Ganz sicher fand ich dort einen passenden Glasbehälter. Vorsichtig schlich ich durch den Korridor und lauschte auf die Geräusche hinter den Türen. Als ich endlich Tellergeklapper hörte, blieb ich stehen. Dahinten musste die Küche sein, zu der uns Helene gerade geführt hatte. Nur wie kam ich unbeobachtet dort hinein, ohne entdeckt zu werden?

Ich räusperte mich und versuchte, meine Stimme so tief klingen zu lassen, wie es nur ging. »Alle Bediensteten sofort in den Salon! Die Baronin erwartet euch dort!«

Ich versuchte es mit dem gleichen Trick, den Helene gerade verwendet hatte, auch wenn ich keine Ahnung hatte, ob das irgendwas bewirken würde. Dann schlüpfte ich hinter die nächste Tür und versteckte mich. Und tatsächlich: Im nächsten Moment eilten zwei Kochhilfen mit panischen Mienen aus der Küche und ich sah sie den Flur entlangrennen, bis sie hinter der nächsten Ecke verschwanden.

Gleichzeitig rauschte ich in die Küche und suchte hektisch die Regale ab. Ich stoppte, als ich ein riesiges Glas Zucker entdeckte. Perfekt! So schnell ich konnte, schnappte ich es mir, balancierte das schwere Glas zwischen meinen Armen und kippte den Zucker in den Mülleimer, um ihn loszuwerden. Dann rannte ich mit dem Glas aus der Küche und lief die Kellertreppe hinunter in Richtung der Kohlen. Ich wusste noch genau, wo sie lagen. Eilig griff ich mir ein paar und zertrampelte sie, bis ich sie auf dem Boden zu kleinen schwarzen Kohlestückchen zerkleinert hatte.

Das Ergebnis war weit entfernt vom echten Meteorpulver und jeder, der jemals damit gearbeitet hatte, würde den Schwindel sofort erkennen. Aber die Ewigen waren keine Duftapotheker und was Besseres hatte ich auf die Schnelle sowieso nicht. Also kippte ich die Kohlenkrümel in das Glas, wischte mir den Ruß aus dem Gesicht und schlich mich mit klopfendem Herzen wieder die Stufen nach oben. Auf halber Treppe blieb ich stocksteif stehen, weil die zwei Küchengehilfen gerade meckernd zurückkamen. Ich duckte mich und wartete. Zum Glück liefen sie einfach weiter Richtung Küche.

Als ich ihre Schritte nicht mehr hörte, schlich ich weiter. Vor der letzten Tür, die mich und die Eingangshalle voneinander trennten, blieb ich stehen und lauschte auf die Stimmen der Ewigen. Sie standen nach wie vor in der Halle und sprachen miteinander. Ich versuchte, durch das Schlüsselloch zu linsen, und erkannte ein paar Männer dahinter. Sie standen in Grüppchen zusammen.

Jetzt war es also so weit. Mit zittrigen Fingern zog ich den Duftflakon aus meiner Hosentasche und öffnete den Korken. Ein braun-oranger Dunst stieg daraus auf und verströmte seinen bittersauren Geruch nach Zitronenschale und Anis. Ich versuchte, mich nicht davon ablenken zu lassen, und atmete den Dunst ein, bis der Flakon sich vollständig geleert hatte. Dann schob ich ihn wieder zurück in meine Hosentasche und versuchte, ganz fest an Willem zu denken.

Wieder fühlte sich mein Körper wie eine Kugel Knete an, die alles an mir wabbelig in die Länge und Breite zu ziehen schien. Tief sog ich die letzten braun-orangen Dunstschwaden ein, bevor sie sich ganz auflösten.

Ich hatte keine Ahnung, wie lange der Veränderungsduft wirken würde, aber ich hoffte einfach, dass ich es rechtzeitig merkte und ich mich noch vorher aus dem Staub machen konnte. Dass Willem einfach wegrannte, damit rechnete die Baronin sicher eh nicht. Schließlich ging sie ja davon aus, dass Willem noch darauf wartete, dass sie ihm Edgar und Helene aushändigte.

Willem, sagte ich in Gedanken und versuchte, mich auf den gruseligen alten Gärtner zu konzentrieren.

Willem.

Willem.

Ich bin Willem.

Willem.

Nach einer Minute blickte ich auf meine Hände und Füße und genau wie damals, als Mats mich mit dem Duft vor dem Gewächshaus eingenebelt hatte, sah ich plötzlich ganz anders aus. Meine behaarten Arme endeten in zwei schwieligen Händen, auf meinem Kopf wellte sich graues Haar unter einem speckigen Basecap und mein Gesicht wirkte stoppelig und faltig. Sogar meine Füße steckten in den schweren Stiefeln, die Willem immer trug.

Ich schielte wieder durchs Schlüsselloch. Dann sammelte ich noch ein bisschen Mut, strich mir meine schwitzigen

Handflächen an der Hose ab und klemmte mir das Glas mit den Kohlekrümeln fest in den Arm. Mit Schwung öffnete ich die Tür und trat mit knallenden Stiefelabsätzen in die Eingangshalle ein. Bei dem unangenehmen Geruch, den die Ewigen geballt verströmten, fiel es mir schwer, meine Gedanken zu ordnen.

Ich schluckte, weil mir bewusst wurde, dass ich jetzt ganz allein vor diesen Leuten stand. Es wurde schlagartig leiser um mich herum und die Gespräche brachen ab. Alle im Raum starrten mich an.

Ich spürte, dass alle darauf warteten, dass ich etwas sagen würde, also streckte ich meine Schultern durch.

»Ich hoffe, das Meteorpulver wird für Sie alle ausreichen!« Meine Stimme hallte ungewohnt tief und kratzig durch den Raum und klang tatsächlich nach Willem.

Ein hagerer Mann in meiner Nähe trat auf mich zu. Er musste sich wundern, wieso Willem nicht durch die Vordertür kam, so wie sie es alle sicher erwartet hatten.

Ich stockte, als mir klar wurde, wie viele Augen mich und das Glas in meiner Hand gerade anstarrten. Die ungewohnte Aufmerksamkeit, die aus allen Richtungen auf mir lag, machte mich ganz verrückt. Im Mittelpunkt zu stehen, war gar nicht meine Sache.

Angestrengt schluckte ich meinen Widerwillen herunter und versuchte stattdessen, einfach nur an Willem zu denken.

Ich bin Willem, wiederholte ich in Gedanken. Nicht dass die Wirkung von »Ein Hauch Veränderung« plötzlich nachließ.

»Haben Sie das gehört, Monsieur Bernard?«, fragte der Hagere und drehte sich zu dem Mann mit der Glatze um. »Er behauptet, dies wäre alles, was noch übrig ist!«

»Unglaublisch!«, empörte sich der Mann in seinem französischen Akzent. »Das kann unmöglisch alles sein!«

Das Glas mit dem Kohlepulver fest an mich gedrückt, blieb ich mitten im Raum stehen und suchte nach der Baronin, entdeckte sie aber nirgends. Wo war sie bloß?

»Es ist alles, was noch übrig ist«, bestätigte ich mit möglichst fester Stimme.

»Isch befürchte, mich verhört zu haben«, plärrte mich Monsieur Bernard von der Seite an. Er war auf mich zugekommen und versuchte, nach dem Pulver zu greifen.

Der Hagere kam ebenfalls unangenehm nahe auf mich zu. »Es ist natürlich vorstellbar, dass Willem noch etwas davon für sich selbst zurückhält!« Er beugte sich bedrohlich vor. »Auch vorstellbar, dass Willem nur ausreichend Duft für die Baronin herstellen soll! Schließlich ist nur sie es, die ihn in der Hand hat, nicht wahr?«

Es war komisch, wenn jemand über einen sprach, man aber selbst direkt daneben stand. Und weil ich ja auch nur vorgab, Willem zu sein, verwirrte es mich doppelt.

Bernard plusterte sich richtig auf und sein Doppelkinn fing an zu wackeln. »Das würde ja bedeuten …« Er schnappte nach Luft.

»Ganz richtig, dass den Letzten die Hunde beißen!«, rief ein anderer dazwischen.

Sofort brach noch mehr Unruhe unter den alten Herrschaften aus.

»Ganz rischtig!«, rief Monsieur Bernard. »Wir müssen uns den Teil, der uns reschtmäßig zusteht, sischern!«

Die bisher so vornehmen Stimmen wurden immer lauter und hektischer. Weiter entfernt zogen sich schon zwei zankende Herren an ihren Jacketts.

»Ruhe!«, brüllte eine Frauenstimme durch den Raum. Mit weit ausladenden Schritten kam die Baronin von Schönblom auf mich zu. Die Männer traten sofort zurück und ein Gang bildete sich zwischen ihnen.

»Wieso ist mein Chauffeur nicht bei dir?« Ihre Stimme hatte einen bedrohlichen Unterton.

Oh nein, ich hatte den Chauffeur völlig vergessen! Schnell überlegte ich, wie sich das erklären ließ. »Er ... parkt noch den Wagen!«, antwortete ich hastig.

»Nun gut«, entgegnete die Baronin. »Dann können wir ja, sobald mein Fahrer ebenfalls erscheint und bestätigt, dass alles Meteor auch bei uns angekommen ist, mit der Duftherstellung beginnen. Ohne seine Bestätigung ist unsere Abmachung selbstverständlich hinfällig, aber das brauche ich ja nicht noch einmal zu erwähnen, nicht wahr?«

Ich drückte das Glas mit meinen feuchten Händen noch ein bisschen fester an mich.

Die Baronin lachte ihr gehässiges Lachen. »Hat es dir die Sprache verschlagen, Willem? Oder warum bist du so ungewöhnlich still?«

»Haben Sie denn mittlerweile alles für eine Destille besorgt?«, fragte ich und hob mein Kinn.

Die Baronin war nur noch ein paar Schritte von mir entfernt. Die letzten ging sie jetzt halb so schnell auf mich zu.

Dabei fixierte sie mich aus ihren farblosen Augen, ohne ein einziges Mal zu blinzeln. Mein Hals fühlte sich ganz trocken an.

»Aber natürlich. Die Destille zur Duftherstellung wurde im großen Salon aufgebaut. Da haben wir alle ausreichend Platz, um dich bei deiner Arbeit zu bewundern!« Sie stand jetzt direkt vor mir, zeigte in Richtung eines Raumes und wartete darauf, dass ich voranging.

Ich atmete tief ein und lief los. Hoffentlich qualmte und rußte der Kohlenstaub nicht gleich los, wenn ich ihn in der Destille erhitzte, und meine Fälschung flog zumindest nicht sofort auf. Ich wusste ja nicht, wie gut sich die Ewigen mit der Duftherstellung auskannten. Vielleicht hatten sie bei Willem ja doch schon einmal zugesehen. Zumindest hatte ich die Baronin im Sommer mit Willem ins Gewächshaus der Villa Evie gehen sehen. Vielleicht hatte er sie ja nicht nur in die Duftapotheke, sondern sogar ins Labor geführt?

Ich wusste viel zu wenig über diese Frau, aber es half jetzt auch nicht, mich darüber zu ärgern. Angespannt ging ich in den Salon und versuchte dabei, mit jedem Schritt meine ängstlichen Gedanken zu verscheuchen.

Willem. Ich musste denken und handeln wie Willem!

Mitten in dem goldglänzenden Riesenzimmer stand auf einem ovalen Esstisch eine Destille. Sie sah nicht so gut aus wie die aus unserer Duftapotheke, aber wahrscheinlich würde sie es trotzdem irgendwie tun. Hinter mir klackten die Absätze der Baronin so bedrohlich wie das Ticken einer Bombe.

»Haben Sie überhaupt genügend gleisch große Flakons für die Abfüllung?«, ertönte Monsieur Bernards Stimme hinter uns. »Sollten die Flakons nämlisch nischt der gleischen Marke entsprechen, können die Milliliter stark unterschiedlisch ausfallen. Ich als Glashersteller weiß gut, wovon isch spreche.«

Ich warf einen kurzen Blick zurück und sah, dass die Baronin nur die Augen verdrehte. »Zuerst brauchen wir überhaupt einen Duft, dann können wir immer noch über die Aufteilung verhandeln.«

»*Verhandeln?*«, rief ein anderer. »Was gibt es denn da zu verhandeln?« Die Ewigen wurden wieder unruhig. Ganz offensichtlich traute hier einer dem andern keine zehn Meter weit. Kein Wunder, dachte ich nur und konzentrierte mich auf das, was ich gleich vollbringen sollte: aus bloßem Kohlenstaub einen magischen Duft zaubern. Oder es zumindest so aussehen zu lassen.

»Was mir mehr Sorgen bereitet, ist die Abwesenheit meines Chauffeurs. Langsam sollte er doch geparkt haben, oder nicht?« Die Baronin klang spitz. »Es ist ja nicht so, dass auf meinem Anwesen Parkplatznot herrscht.«

Ich biss mir auf die Lippe. Mir wurde langsam, aber sicher schmerzlich bewusst, dass ich mir nicht gut überlegt hatte, wie ich aus der Nummer hier wieder rauskommen konnte. Alles, worum *ich* mir Sorgen gemacht hatte, war, dass Mats die anderen drei hier rausbrachte und Willem abfing, bevor er der Baronin das Meteor übergeben konnte.

Alle starrten mich an und warteten darauf, dass der Chauffeur sein Einverständnis gab. Aber es würde kein Chauffeur kommen, der war schließlich mit dem echten Willem unterwegs.

Meine Gedanken kreisten nur noch darum, wie ich hier wieder rauskam. Ich fing an zu schwitzen, während ich langsam den Deckel des Glases mit dem Kohlenstaub öffnete.

Plötzlich brüllte jemand entsetzt auf und ich zuckte vor Schreck zusammen. Dabei kippte ich das Glas mit dem Kohlenstaub vor mir fast um. Als ich aufsah, umringten mich die Ewigen und kamen näher, alle mit weit aufgerissenen Mündern und Augen.

»*Wo ist Willem?!*«, kreischte die Baronin.

Ich verstand nicht, was plötzlich los war, ich hatte doch noch gar nicht angefangen! Aber dann raste mir ein Gedanke durch den Kopf und ich drehte mich zur Fensterfront. In den Glasscheiben spiegelte sich kein Willem mehr, sondern nur noch meine eigene Gestalt. Oh nein! Der Duft war verflogen! Ich hatte mich nicht mehr auf Willem konzentriert!

»Packt sie!«, hörte ich die Baronin rufen, während um mich herum Empörung ausbrach.

»Wie kann das sein?«

»*Ein Mädchen?!*«

»Was machen wir denn jetzt?«, hörte ich die Stimmen durcheinanderplärren. Ich musste hier sofort raus! Schnell wich ich zurück, während ein paar Männer auf mich zuliefen und mich zwei der Bediensteten festhielten.

»Ausgerechnet du«, sagte die Baronin. Sie stand jetzt direkt vor mir und durchbohrte mich mit ihrem Blick. »Syrell de Richemont wird sich etwas für dich einfallen lassen müssen, du kleine Nervensäge. Aber verrate mir zuerst: Wo ist Willem und wo ist das Meteorpulver?« Sie sprach ihre Worte betont deutlich und ruhig aus, was sie nur noch bedrohlicher wirken ließ. Von der Aufregung um uns herum ließ sie sich überhaupt nicht stören – und mit einem Mal hatte ich das Gefühl, einen großen Fehler begangen zu haben …

29

Die Türglocke bimmelte.

»Ah! Das wird dann wohl der sein, auf den wir *eigentlich* gewartet haben!« Die Baronin drehte sich auf dem Absatz um und polterte zum Eingang.

Ich schloss geschlagen die Augen. Hoffentlich war das nicht der Chauffeur oder noch schlimmer: der echte Willem! Und hoffentlich war nicht alles schiefgegangen und Mats, Benno und die anderen waren genau wie ich erwischt worden.

Die zwei Dienstboten hielten mich immer noch gepackt, während unter den Ewigen wieder eine Diskussion ausbrach. Jeder wollte der Erste sein, der etwas vom Duft abbekam.

»Willem!«, hörte ich die Baronin in der Eingangshalle trällern. »Wir haben uns schon Sorgen gemacht.«

Ich zog scharf die Luft ein. Dann hatten es Mats und die anderen wirklich nicht geschafft. Willem würde doch nicht auftauchen, wenn Mats ihn aufgehalten hätte und Edgar und Helene jetzt bei ihm wären.

In meinem Kopf drehten sich die Gedanken zu schnell, als dass ich sie noch überblicken konnte. Wenn Willem gleich hier hereinkam, musste ich unbedingt verhindern, dass er der Baronin das Meteor übergab. Mir musste etwas einfallen, wie ich die Ewigen davon abhalten konnte, alles zu vernichten, was die Duftapotheke so einzigartig machte. Mehr als dieses Glas gab es schließlich nicht mehr. Und es war Mats' einzige Chance, jemals seinem Vater zu helfen. Außerdem mussten wir verhindern, dass die Ewigen noch jahrhundertelang ihre Spielchen weiterspielten.

Nur wo waren Mats, Edgar und Helene, wenn sie Willem nicht abgepasst hatten? Als die Baronin zwei Männer in den Salon führte, sah ich, dass es leider wirklich Willem gewesen war, der an der Tür geklingelt hatte. Und der Chauffeur war auch bei ihm. Ein paar Sekunden lang hatte ich versucht, mir einzureden, dass alles gut werden würde. Aber das war es nicht. Mein ganzer Mut fiel wie ein Kartenhaus in sich zusammen.

»Dann können wir ja endlich beginnen!«, triumphierte die Baronin. »Kennst du übrigens diese kleine Alvenstein-Göre?«, fragte sie und drehte sich zu Willem. »Sie hat doch tatsächlich versucht, sich für dich auszugeben!«

Willems genuschelte Antwort hörte ich kaum. Stattdessen

roch ich etwas, das vorher nicht hier gewesen war. Es übertönte sogar den muffigen Duft der Ewigen, was wirklich bemerkenswert war. Doch dann sah ich, woher der neue Geruch kam.

Unglaublich! Der Chauffeur hielt einen geöffneten Duftflakon in die Höhe. Tiefschwarze Dunstschwaden zogen daraus auf. Ein warmer Geruch verbreitete sich, der mich an mein kuscheliges Bett und an die Müdigkeit erinnerte, die mir in den Knochen saß.

Mein Körper fühlte sich plötzlich matt und schläfrig an, aber das durfte ich jetzt nicht zulassen. Obwohl ich wusste, dass es eigentlich nicht viel half, hielt ich den Atem an, neigte meinen Kopf und vergrub Nase und Mund in meinem T-Shirt-Kragen.

Die Ewigen um mich herum taumelten ebenfalls, außerdem wurde es immer dunkler im Raum.

Wieso nur hatte der Chauffeur einen Duft aus der Duftapotheke geöffnet? Ich sah zu ihm hinüber und auf einmal begriff ich, was hier los war. Der Chauffeur war überhaupt nicht der Chauffeur! Da stand Mats in der Uniform des Fahrers und hielt den »Duft nach tiefschwarzer Nacht« in die Höhe!

Ich nutzte den Moment, als auch die zwei Dienstboten, die mich festhielten, von der Duftwirkung überwältigt wurden. Dem einen trat ich mit Schwung auf den Fuß, dem anderen rammte ich meinen Ellenbogen in den Bauch, dann riss ich mich los.

Der Raum war fast schwarz, trotzdem schaffte ich es, zu Mats zu rennen und ihn an der Hand nach draußen zu ziehen. Wir rannten, ohne ein weiteres Wort zu verlieren, los, durch die Dunkelheit des Salons, in dem jetzt nicht nur Durcheinander, sondern auch Gebrüll ausbrach. Die Baronin schrie vor Wut, sah aber nicht genug, um uns festhalten zu können. Wir alle bewegten uns blind durch rabenschwarze Luft – und Mats und ich rannten einfach nur in die Richtung, in der wir die Haustür vermuteten.

Irgendjemand neben mir stieß einen

Kerzenständer um. Er brannte wahrscheinlich noch, nur sah man das Feuer nicht, weil ihm der »Duft nach tiefschwarzer Nacht« sein Licht genommen hatte. Trotzdem roch ich, dass auf einmal ein Vorhang qualmte, in den das heiße Wachs gekippt sein musste. Der Rauch begann, unangenehm in meinen Lungen zu brennen.

Mats zog mich weiter und wir donnerten geradewegs gegen eine Wand. Mist, das würde eine fette Beule ergeben! Trotzdem hielt ich Mats' Hand, so fest ich konnte. Ich tastete mich weiter an der Wand entlang, bis wir endlich zur Tür kamen. Schon im nächsten Moment stürmte ich Mats in die dunkle Eingangshalle hinterher. Wieder stießen wir gegen irgendwas und fielen hin. Mein Knie brannte und pochte. Ich war mit vollem Tempo gegen irgendeine spitze Kante gerannt. Aber zum Jammern war jetzt keine Zeit, wir mussten hier raus, und zwar so schnell wie möglich!

Ich hörte die Ewigen fluchen, aber ich versuchte, den Lärm, so gut es ging, auszublenden. Ich spürte nur noch, wie mich Mats ein paar Stufen nach unten lenkte und mich dabei antrieb, schneller zu machen. Unter meinen Sohlen hörte ich Kies knirschen und wusste, dass wir es nach draußen geschafft hatten.

Hinter uns waren immer mehr Schritte zu hören. Die Ewigen stolperten wahrscheinlich genau wie wir blind aus dem Haus der Baronin. Sie waren dicht hinter uns.

Plötzlich heulte ein Motor auf und Reifen quietschten in der Finsternis. Wer auch immer da im Auto saß, steuerte, ohne irgendetwas zu sehen, drauflos. Ich betete, dass der Wagen uns nicht erwischte.

»Wo ist Benno?«, fragte ich und verzog das Gesicht, weil mein Knie so schmerzhaft brannte.

»In Sicherheit!«, keuchte Mats nur und endlich tauchten wir aus der schwarzen Luft ins Licht zurück. Für einen Augenblick blendete es mich so stark, dass ich gar nichts mehr sehen konnte. Und als mein Blick schließlich aufklarte und ich mich noch mal umdrehte, entwich mir ein kurzer Schrei. Alles in mir verkrampfte sich, als ich erkannte, wer uns da mit schnellen Schritten folgte.

30

Willem tauchte aus der Finsternis auf und rannte direkt auf uns zu. Ich zuckte erschrocken zurück, aber Mats lächelte nur.

»Willem ist in Ordnung«, sagte er. »Er hat uns dabei geholfen, dass wir dich da wieder rauskriegen!«

»Willem … wirklich?«, fragte ich und sah ungläubig zu dem alten Gärtner, der keuchend neben uns zum Stehen kam.

»Lasst uns verschwinden, wenn wir hier raus sind, können wir immer noch reden«, schnaufte Willem. Dann klopfte er Mats kurz auf die Schulter und verschwand im Gebüsch neben der Auffahrt zum Anwesen.

Erst jetzt wurde mir klar, was ich bislang noch gar nicht richtig wahrgenommen hatte: Das Tor stand offen. Es stand wirklich offen!

Mats grinste und zeigte auf ein paar Holzkeile, die das Tor festklemmten und daran hinderten, sich zuzuschieben. Leise brummte es vor sich hin, aber der Mechanismus konnte einfach nicht greifen. Wir hatten es geschafft, wir waren wirklich draußen!

Da entdeckte ich hinter dem Tor Bonsky, Willems Riesenleibwächter, der vorhin noch im Salon auf dessen Rückkehr gewartet hatte. Jetzt lehnte er ziemlich lässig an einer der hohen Steinsäulen, zwischen denen das Tor surrte. Hatte er uns etwa auch geholfen? Nur wie hatte er sich bloß rausgeschlichen? Aber klar, ein professioneller Dieb wie er – für ihn war das sicherlich kein großes Problem.

Mit seinen farblosen Augen musterte er Mats und mich für einen langen Moment, dann verschwand er einfach aus unserem Sichtfeld, als wäre er nie da gewesen.

Ein zweites Mal drehte ich mich um und sah Qualm und Flammen aus dem tiefschwarzen Loch über dem Anwesen der Baronin aufsteigen. Jetzt machte ich mir doch Sorgen um die Leute darin. Auch wenn es die Ewigen waren, hoffentlich blieb niemand in den Flammen gefangen.

Doch dann sah ich, wie die Schwärze langsam aus der Luft verschwand und das Anwesen der Baronin schwach zu erkennen war. Um das Haus standen viele Menschen in einer Art Kreis, während die Bediensteten mit Gartenschläuchen die Flammen bekämpften.

Auf einmal sah ich die Baronin zum Tor eilen. Wie eine

Furie tauchte sie aus der Dunkelheit auf. Oh Gott, die kam auf uns zu! Ich stolperte rückwärts gegen Mats, der mich wieder an der Hand fasste und hinter das Gebüsch zog, in das Willem vorausgegangen war.

Die beiden öffneten die Türen eines halb verrosteten Transporters, in dem Benno, Edgar und auch Helene auf den Rückbänken warteten. Mir fiel ein riesiger Stein vom Herzen, als ich meinen kleinen Bruder sicher und zufrieden auf einem der Sitze entdeckte.

»Mach schon!«, schrie Mats und jetzt rannte ich los und quetschte mich halb zwischen Benno und Mats' Schoß auf die hinterste der zwei Rückbänke. Willem schlug von außen die Tür zu und sprang auf den Beifahrersitz. Erst jetzt sah ich, dass noch jemand im Auto war. Jemand, mit dem ich niemals gerechnet hätte.

Hinter dem Steuer saß Daan de Bruijn und trat aufs Gaspedal. Und noch bevor ich ein Wort herausbekam, sausten wir über einen holperigen Sandweg davon.

Daan bremste erst wieder, als wir die Stadtlichter von Amsterdam sahen. An einem der besonders trubeligen Kanäle, in dem rechts mehrere Cafés waren und links die Hausboote vor Anker lagen, hielt der alte Duftapotheker an.

Langsam stiegen wir aus. Mit dem Licht der gelben Laternen und den Gitarrenklängen eines Straßenmusikers hatte ich zum ersten Mal seit Tagen das Gefühl, ich könnte wieder durchatmen. Niemand von uns hatte während der Fahrt auch nur einen Ton gesagt. Die Angst, doch noch von einem der Ewigen geschnappt zu werden, war einfach zu groß und hatte alle Gedanken für sich beansprucht.

Auf wackeligen Beinen und mit einem immer noch brennenden Knie drückte ich Benno fest an mich und war einfach nur froh, dass es meinem kleinen Bruder gut ging und wir es vom Anwesen der Baronin runtergeschafft hatten.

Erst jetzt, da wir in Sicherheit waren, fiel mir das Meteorpulver wieder ein. Ich musste Willem danach fragen.

Doch bevor ich etwas sagen konnte, öffnete Willem bereits den Kofferraum und holte eine Tasche heraus.

»Das gehört euch, denke ich.« Willem drückte mir die Tasche in die Hand und lächelte mich zum ersten Mal, seit ich ihn kannte, an. Kurz überlegte ich, ob das wirklich Willem war, der da vor mir stand, oder ob vielleicht doch ein magischer Veränderungsduft im Spiel war. Willem sah mit diesem Lächeln im Gesicht so ganz anders aus.

Ich öffnete die Tasche und erkannte ein in Luftfolie gewickeltes Glas, in dem schwarzes Meteorpulver glitzerte. Daneben lag der zusammengefaltete Duftplan.

»Danke!«, hauchte ich und spürte, wie mir eine riesige Last vom Herzen fiel. Ich lächelte Willem ebenfalls an. »Ob Sie's glauben oder nicht, aber wir haben schon überall danach gesucht!«

Mats lachte über meinen schlechten Witz und ich hörte dabei auch seine ganze Anspannung von ihm abfallen.

Selbst Willem fing an zu lachen und legte dabei seinen Arm um Edgar. Dann streckte er mir seine freie Hand entgegen. »Ich weiß gar nicht, wie ich mich jemals bei euch revanchieren kann. Luzie, Mats, Benno. Ich …« Seine Stimme brach ab und er drehte sich zu Mats. Seine Miene verdunkelte sich wieder und er sah ihn mit einem Blick an, der mir ein tonnenschweres Gefühl im Magen bereitete. »Es tut mir so unendlich leid, was ich getan habe«, sagte er. »Ich weiß, ich werde das nie wiedergutmachen können. Um meine Familie zu beschützen, habe ich deine zerstört. Was ich deinem Vater mit dem ›Lieblosen Duft‹ angetan habe, ist unaussprechlich. Ich … ich weiß nicht, wie …« In den farblosen Augen des alten Gärtners hatte sich Wasser gesammelt. »Ich kann zu meiner Entschuldigung nur sagen, dass die Baronin noch Schlimmeres mit euch gemacht hätte, wenn herausgekommen wäre, was euer Vater bemerkt hat. Trotzdem: Es ist das Schrecklichste, was ich jemals mit einem Duft angerichtet habe. Und es tut mir so leid.« Willem atmete schwer.

Ich sah zu Daan, der nun auch näher kam, nachdem er die ganze Zeit betreten am Auto gestanden hatte.

Mein Bruder hatte seine Arme in die Seiten gestemmt und funkelte den alten Duftapotheker an, den wir so lange um seine Hilfe angefleht hatten.

Doch Daan wich Bennos Blick aus. Er konnte uns alle kaum ansehen. »Auch ich muss mich entschuldigen. Es ist furchtbar, was alles geschehen ist, und es gibt auch nicht viel, womit ich mein Verhalten verteidigen könnte.« Zerknirscht sah er erst zu Benno und Mats, dann zu mir. »Ich habe mich all die Jahre für das, was aus mir, den Ewigen und der Duftapotheke geworden ist, unendlich geschämt.

So sehr, dass ich versucht habe, alle Erinnerung daran einfach aus meinem Gedächtnis zu vertreiben.«

Willem legte Daan seine Hand auf die Schulter. »Manchmal lernt eben auch ein alter, selbst ein uralter Mann noch etwas dazu.«

»Ja, ganz selten soll so etwas schon mal passieren.« Daan lächelte schief und strich sich durchs Haar. »Leider kann ich nichts mehr von dem rückgängig machen, was passiert ist. Aber vielleicht kann ich euch mit einem anderen Problem helfen.«

Der alte Duftapotheker machte eine bedeutsame Pause, dann richtete sich sein Blick auf Mats. »Es gibt einen Weg, die Wirkung des ›Lieblosen Dufts‹ aufzuheben«, sagte er und ich sah, wie sich Mats' Augen weiteten. »Ein *neuer* Duft. Die Sache ist nur … *ich* habe es nicht geschafft, das passende Duftrezept herzustellen. Aber ich weiß ganz sicher, dass es möglich ist. Mir hat nur die Zeit gefehlt, bevor mich mein Talent im Duftmischen verlassen hat.«

Mats sagte keinen Ton, sondern starrte Daan weiterhin unschlüssig an.

»Aber: *Luzie* könnte es herausfinden.« In Daans Gesicht schob sich ein breiteres Lächeln. »Da bin ich mir sicher. Mit ein bisschen Geduld kann sie es schaffen, etwas gegen den ›Lieblosen Duft‹ zu entwickeln.«

»Ich?« Meine Stimme klang kratzig. »Aber wieso ich? Wie soll ich das machen? Es ist doch unmöglich, neue Rezepte zu entwickeln, das haben Sie selbst gesagt.«

Der alte Mann drehte sich zu mir und sah mich schweigend an. Ich fühlte mich unwohl unter seinem Blick. Er musterte mich so prüfend, als suchte er etwas an mir, das unmöglich da sein konnte.

»Luzie«, sagte er. »Es gibt Menschen, die mischen nach Rezepten ein paar Zutaten zusammen und dadurch entstehen Düfte. Manchen gelingt dies besser, anderen weniger. Aber um ein *richtiger Duftapotheker* zu werden, braucht es mehr. Es braucht ein besonderes und ungemein selten vertretenes Talent. Das Talent, Wirkungsweisen *und* Zutaten zu erspüren. Diese Menschen riechen nicht nur, sie *fühlen* die Gerüche. Sie können die Kraft eines neuen Duftes schon vorherbestimmen, bevor sie ihn jemals gerochen haben. Nur wenn man das kann, kann man die Düfte auch beherrschen. Dann ist man ein Duftapotheker, der nicht nur Düfte zusammenmischt, sondern sie weiterentwickeln und verändern kann.«

Für einen Moment hatte ich das Gefühl, Daan würde in seinen eigenen Gedanken versinken und uns darüber völlig vergessen. Aber das tat er nicht.

»Die Verwendung und Abstimmung von Zutaten ist keine einfache Formel, musst du wissen.« Er nickte mir aufmunternd zu. »Das Duftmischen hat nicht nur etwas mit Gramm und Milliliter zu tun. Jedes Gewächs duftet unterschiedlich kräftig und diese Schwankungen muss man spüren können. Nur so erhalten die Düfte ihre besonderen Kräfte. Und das, Luzie, ist unser Talent.«

Ich stockte. »*Unser* Talent?« Es kam mir so vor, als würden mich alle mit offenem Mund anstarren, und ich spürte, wie sich eine Gänsehaut über meine Arme legte.

Daan hob seinen rechten Mundwinkel und sah mich jetzt

direkt an. Dabei wirkte er fast ein bisschen stolz. »Ich habe dich beobachtet, Luzie Alvenstein. Auch du riechst in den Düften mehr, als es selbst die besten Parfümeure dieser Welt können. Ich habe seit einer Ewigkeit niemanden mehr getroffen, der Gefühle in den Düften erkennen kann. So, wie ich es zumindest einmal konnte. Aber als ich dich gesehen habe – gesehen habe, wie du auf die Düfte reagierst, da wusste ich es. Es ist ein überaus seltenes Talent, einen Duft in seine Zutaten zerlegen zu können. Weißt du, was ich meine?«

Ich wusste es. Wahrscheinlich hätte ich es nie in Worte fassen können, aber ich wusste *genau*, was er meinte.

»Manchmal …«, setzte ich vorsichtig an zu beschreiben, was sich bislang viel zu verrückt angefühlt hatte, um es laut auszusprechen. »Manchmal … wenn ich meine Augen schließe, fühlt sich ein Duft wie ein Lichtstrahl an.«

»Genau!«, rief Daan. »Es fühlt sich an wie ein Lichtstrahl, der auf ein Prisma fällt und weißes Licht in all seine Farben auffächert, nicht wahr? Der Duft ist der Lichtstrahl, wir sind das Prisma. Es gibt sogar einen Namen dafür. Man nennt uns *Sentifleurs.*«

Irritiert öffnete ich den Mund, schloss ihn aber gleich wieder, weil ich nichts herausbrachte. Absolut gar nichts. Was sagte Daan da bloß? *Ich* hatte ein Talent, das außer ihm und mir niemand hatte? Ich merkte selbst, wie schwer ich atmete, während ich versuchte, das alles zu verstehen.

Ich war doch nie etwas Besonderes gewesen. Immer nur die kleine, schüchterne Luzie Alvenstein. Und nun sollte ich dieses … Talent besitzen?

»Und was ist mit Willem? Ist er auch ein Sentifleur?«, fragte Mats, der sich offensichtlich schneller gefangen hatte als ich.

»Nein«, schaltete sich Willem ein. »Ich habe in all den Jahren nur viel von Daan gelernt und wage zu behaupten, dass ich in der Lage bin, anhand von seinen Rezepten ganz passable Düfte zu mischen.«

»Willem ist sogar ein ganz ausgezeichneter Duftheresteller«, sagte Daan. »Er kennt fast alle meine Geheimnisse aus der Duftapotheke. Aber ein Sentifleur …«

»… bin ich nicht«, beendete Willem Daans Satz und warf ihm einen Blick zu, der wie eine Entschuldigung aussah.

Ich schluckte und sah weg. Dann war ich also wirklich die Einzige, von der nun alle erwarteten, sie könnte einen neuen Duft entwickeln.

Nur war ich mir da weniger sicher und wollte mir gar nicht erst vorstellen, was passieren würde, wenn es mir nicht gelang, einen passenden Gegenduft zu entwickeln. Schnell verscheuchte ich deshalb meine Zweifel und gab mir Mühe, die nächsten Minuten nicht zu Mats zu sehen.

Ich hatte viel zu große Angst, ihn zu enttäuschen.

Willem rieb sich mit der Hand über die Stirn und räusperte sich. »Am besten, ihr ruft jetzt eure Eltern an, damit sie euch abholen kommen.«

»Aber was ist mit den Ewigen?, fragte Benno. »Die kommen doch und suchen uns, oder?«

Willem holte tief Luft. »Die haben erst mal andere Sorgen, glaubt mir. Und euch werden sie auch nicht suchen, sondern mich … oder vielleicht Daan. Alles, was die jetzt interessiert, ist das Meteor. Außerdem brauchen sie einen anständigen Duftapotheker, der ihnen ihren Duft herstellen kann. Bisher sind alle ihre Versuche, einen Ewigkeitsduft selbst zu produzieren, gescheitert. So einfach ist der Umgang mit den magischen Düften nämlich nicht, wie ihr ja wisst. Sie werden fürs Erste nur mich suchen.« Willem sah zu Helene und Edgar und lächelte schwach. »Aber sie werden uns nicht finden, das verspreche ich euch. Nie wieder.«

»Und ich werde mir etwas einfallen lassen, wie ich sie euch vom Hals halten kann«, sagte Daan und ging langsam wieder zum Transporter zurück.

Ein paar Schritte von uns entfernt stand Edgar und betrachtete die Leute in den Cafés und Restaurants am Kanal. Mir wurde wieder bewusst, dass er jahrelang nichts anderes als das Anwesen der Baronin gekannt hatte. Und das auch nur als Dienstbote. Ihm mussten hier draußen die Augen doch überlaufen vor lauter neuen Eindrücken. Aber er behielt, wie die ganze Zeit über schon, seine Gefühle für sich und sagte kaum ein Wort.

Edgar tat mir richtig leid. Er hatte genug hinter sich und verdiente eine bessere Zukunft. Jetzt bemerkte er meinen Blick und ich lächelte ihn an, aber er senkte nur seinen Kopf und sah weg.

Armer Kerl, dachte ich noch, als Helene Edgar zum Auto schob und Willem mit einem Arm unterhakte. »Nutzen wir unseren Vorsprung und verschwinden wir. Nicht dass uns die Ewigen doch noch einholen!« Sie lächelte ihren Vater liebevoll an.

Mir wurde fast ein bisschen schwer ums Herz. Jetzt, nachdem wir den alten Gärtner gerade erst kennengelernt hatten, so wie er *wirklich* war, wollte ich nicht, dass er gleich wieder verschwand.

»Macht euch bitte keine Sorgen«, sagte Willem und sah mich an, als hätte er meine Gedanken gelesen. »Ich werde dafür sorgen, dass die Ewigen weiterhin glauben, das Meteor sei bei mir.« Kurz tippte er sich zum Abschied an sein Basecap.

Daan hatte mittlerweile wieder hinter dem Steuer Platz genommen und winkte Willem und Helene zu sich ins Auto. Er wirkte nervös und wartete wahrscheinlich darauf, die drei schnell von hier wegzubringen.

Helene umarmte erst mich, dann Mats und zum Schluss Benno. Ihre Augen waren gerötet, als sie uns ein »Danke auf ewig!« zuhauchte, sich umdrehte und auf der Rückbank neben ihrem Sohn verschwand.

Mir hing ein Kloß von der Größe eines Gebirges im Hals, als ich dem klapprigen Transporter hinterherwinkte, bis seine Rücklichter endgültig hinter den Häusern von Amsterdam verschwanden.

31

Das Donnerwetter, das ich zu hören bekam, als ich ihn mit Mats' Handy anrief, hörte gar nicht mehr auf. Ein Vortrag löste den nächsten ab, bis mir die Ohren glühten. Es ging darum, wie enttäuscht er von mir war, dass er sich nicht auf mich verlassen konnte, wieso ich Benno nur da mit reingezogen hätte, bloß um mich in Amsterdam zu amüsieren, und was überhaupt in meinem Kopf vor sich gegangen war?

Als Pa endlich Luft holte und auf eine Antwort von mir wartete, wusste ich ehrlich nicht, was ich sagen sollte. Die Wahrheit kam ja nicht infrage. Wenn ich ihm jetzt noch was von einer Duftapotheke und einer ewig lebenden Baronin erzählte, die dafür verantwortlich war, dass es einen gruseligen Geheimbund gab, der sich mithilfe von magischen Düften seit Mitte achtzehnhundertsowieso am Leben hielt, und dass wir nur verhindert hatten, dass sie in den Besitz einer mächtigen Duftzutat kamen ... Ich glaube, Pa wäre wie ein Feuerwerkskörper in die Luft gegangen und explodiert.

Nein, es war definitiv besser, wenn ich einfach nichts sagte und die Schimpferei über mich ergehen ließ. Also starrte ich so lange auf meine Füße, bis Pa die Luft ausging, auflegte und sich von Utrecht aus nach Amsterdam auf den Weg machte. Er hatte die ganze Zeit über bei Hanne im Krankenhaus gewartet und uns natürlich schon als vermisst gemeldet. Mein Handy musste überlaufen vor Nachrichten, wenn ich den Akku wieder aufladen würde.

In einem Café am Kanal, an dem uns Willem abgesetzt hatte, bestellten wir erst mal für jeden von uns einen riesigen Teller Pommes und eine Limo. Ich glaube, es war noch nie etwas schneller in meinem Magen verschwunden.

Als Pa uns eine Stunde später an dem Café abholte, schwieg er verbissen. Ohne weitere Worte verfrachtete er uns ins Auto, stellte das Radio an und fuhr schweigend los.

Erst im Auto merkte ich, wie erledigt ich wirklich war und wie plötzlich alle Anspannung der letzten Zeit schlagartig von mir abfiel. Das Letzte, was ich an dem Abend noch mitbekam, war, wie Mats' Kopf an die Fensterscheibe rutschte, Bennos auf meinen Schoß und von beiden nur noch ein leises Schnarchen zu hören war.

Ich selbst bekam erst wieder etwas mit, als Pa die Autotür neben mir aufriss und uns unsanft aufweckte. Wir waren zu Hause, direkt vor unserer Villa Evie. Ich atmete erleichtert auf, versuchte, die Müdigkeit aus meinem Körper zu vertreiben, und pellte mich von der Rückbank.

Neben mir riss Susan, Mats' Mutter, die andere Autotür auf und noch mal ging das gleiche Donnerwetter los, das Pa schon in Utrecht über mir ausgeschüttet hatte. Diesmal allerdings allein für Mats. Susans Gesicht war nicht weniger rot als das von Pa, als er uns in Amsterdam ins Auto geschoben hatte. Allerdings hatte sich Pas Gesichtsfarbe glücklicherweise wieder normalisiert. Die lange Autofahrt hatte anscheinend geholfen.

Ich warf Mats noch einen mitleidigen Blick zu, bevor er hinter seiner Mutter und ihrem dröhnenden Vortrag nach Hause trottete. Auf mich wartete natürlich auch noch eine zweite Moralpredigt in Form von Ma. Ihre Enttäuschung über mich und mein »unverantwortliches Verhalten« war kaum auszuhalten.

In Gedanken wiederholte ich Mas Worte: *unverantwortlich?* Dabei hatte ich in den letzten Tagen bestimmt mehr Verantwortung übernommen als andere Menschen in einem ganzen Leben. Aber natürlich sagte ich das nicht. Wenn man eine Duftapothekerin sein wollte, musste man wohl in Kauf nehmen, dass andere einen manchmal völlig falsch einschätzten. Das war ein scheußliches Gefühl, aber der Preis dafür, wenn man ein wichtiges Geheimnis für sich behalten musste.

Völlig erledigt schlurfte ich wenig später ins Bett und

dachte nur noch an Ma und ihr enttäuschtes Gesicht. Irgendwann würde ich ihnen alles erzählen: von Edgar und Helene, von Willem und Daan – und dann würden sie mich verstehen.

Irgendwann, dachte ich noch und schlief ein.

Am nächsten Morgen lief ich als Erstes in die Duftapotheke. Ich war noch so erledigt von den letzten Tagen, dass ich hoffte, dort unten, zwischen all den Düften, wieder einen klaren Kopf zu bekommen. Außerdem hatte ich einiges vor. Schließlich war der Grund für all das, was gerade hinter uns lag, die Suche nach einem Duft.

Einem *neuen Duft*.

Alles in mir kribbelte allein schon bei der Vorstellung.

Als ich die Tür zum Gewächshaus öffnete, sog ich den Dampf aus Blumen- und Kräuterdüften ein und fühlte mich endlich wieder richtig zu Hause. Ein Leben ohne all das hier konnte ich mir gar nicht mehr vorstellen. Ich streifte an den Pflanzenbeeten und -kübeln vorbei und strich auf meinem Weg zum Geräteschuppen mit meiner Hand über ein paar der Blätter. Als ich wieder den Bodenhebel drückte und sich der Schuppen mit mir drehte, merkte ich, wie die Vorfreude auf die Duftapotheke immer weiter in mir anstieg.

Als der Schuppen anhielt und ich das Licht anschaltete, konnte ich gar nicht anders, als zwei Stufen auf einmal nach unten zu hopsen, und so schnell ich konnte, unsere Duftapotheke aufzuschließen.

Als ich endlich am Tresen stand, vor mir der Duftplan und neben mir die vielen Zutaten, lächelte ich einmal in mich hinein.

Der Duft ist der Lichtstrahl, wir sind das Prisma.

Daans Worte schenkten mir Mut, auch wenn mir dieses »Talent«, von dem er gesprochen hatte, ein bisschen unheimlich war. Wo kam es nur her? Wieso hatte ausgerechnet ich es? Da waren noch so viele Fragen.

Ob ich wohl jemals eine Antwort auf sie bekommen würde?

Doch jetzt war erst einmal Mats wichtiger.

Da fiel mir wieder unser Besuch bei Friedrich Blüm und seinen exotischen Gewächsen ein. Der Pflanzenexperte hatte uns diese schwarze Blume gezeigt, als wir über den »Lieblosen Duft« gesprochen hatten, und gesagt, wie wertvoll und selten sie war. Und er hatte noch etwas anderes gesagt, als ich ihn gefragt hatte, ob er eine Art »Liebevollen Duft« kennen würde. Friedrich war felsenfest davon überzeugt gewesen, dass solche Düfte nicht funktionieren würden, weil man Liebe nun mal nicht erzwingen konnte. Man konnte nur darauf hoffen, hatte Friedrich gesagt.

Das hieß doch: Man konnte sie sich nur *wünschen.*

Ich kramte den Zettel hervor, auf dem jetzt die Notizen standen, die ich mir in Daan de Bruijns Hausboot auf den Unterarm gekritzelt hatte. Zum Glück hatte ich sie heute Morgen abgeschrieben, nach dem Duschen wäre nämlich nicht mehr viel davon lesbar gewesen. Ich breitete den Zettel mit dem halb fertigen Duftrezept vor mir aus und las:

Duft der Wünsche

Kategorie: Ewiger Duft

- Drei zartduftende Blüten (unbekannt)
- Eine Prise geriebene Süßholzwurzel (Glycyrrhiza glabra)
- Zwei Blütenstempel einer weißen Orchidee (Orchidaceae)
- Eine zerdrückte Kardamomkapsel (Amomum subulatum)
- Eine Zutat, die nach Sehnsucht riecht (unbekannt)
- Drei Teelöffel Steinpulver (Sorte unbekannt)
- Eine Messerspitze Meteorpulver

Verarbeitung wie üblich.
Mögliche Nebenwirkungen: Man sollte sich seines Wunsches ganz sicher sein! Auch die Auswirkungen unbedachter Wünsche bleiben einem für immer erhalten. Bei der Anwendung ist unbedingt noch zu beachten, dass der Duft nur seine Wirkung entfalten kann, wenn …

Ausgerechnet an dieser Stelle, mitten in der Beschreibung, hatte ich die Aufzeichnungen von Daan nicht mehr lesen können, weil ein Tintenfleck sie verdeckt hatte. Was sollte man denn nur so unbedingt bei der Anwendung beachten? Eigentlich funktionierten die Düfte doch immer ganz simpel. Flakon öffnen, Duft einatmen und etwas veränderte sich. Was sollte bei dem »Duft der Wünsche« groß anders sein?

Ich schloss die Augen, versuchte, auf das zu vertrauen, was Daan gesagt hatte, und erinnerte mich an einen Moment, an dem der größte Wunsch, den ich jemals gehabt hatte, in Erfüllung gegangen war. Natürlich musste ich nicht lang überlegen, welcher Moment das war. Er lag auch gar nicht lang zurück und hatte sich sogar hier in der Duftapotheke abgespielt. Ich dachte an den Moment, in dem es mir gelungen war, meinen ersten Duft herzustellen: den »Vergissmeinnicht-Duft«. Es war ein Gegenmittel gewesen, mit dem ich meine Eltern vom »Duft des ewigen Vergessens« erlöst hatte. Ich konnte mich an keinen größeren Wunsch als diesen erinnern. Und es war ein unglaubliches Gefühl gewesen, als er in Erfüllung gegangen war.

Ganz fest schloss ich die Erinnerung daran in mir ein. Mit der Hand strich ich über die vielen Kistchen, die gefüllt waren mit Blüten, Kräutern, Gewürzen und Pülverchen. Wonach hatte mein Wunsch damals noch gleich gerochen? Ich öffnete ein paar der Kisten und merkte, wie sich die Erinnerung von damals auffächerte. Es fühlte sich wirklich an wie ein Lichtstrahl, der auf ein Prisma fiel und die Erinnerung an meinen Wunsch in all ihre einzelnen Gerüche aufteilte und zerlegte. Ich lächelte, als ich Myrrhe roch und einen Hauch Zimt. Der Zimt war nur ganz schwach, dafür griff ich noch nach dem Bergkristallpulver und ganz klar brauchte der »Duft der Wünsche« noch drei zartduftende weiße Rosenblätter. Ich griff auch zu den Zutaten, die Daan de Bruijn aufgeschrieben hatte, veränderte aber die Mengenangaben und tauschte eine zerdrückte schwarze Kardamonkapsel gegen einen Fingerhut gemörserte Nelkenstiele.

Doch irgendetwas fehlte noch, bei dem ich mir unsicher war. Eine Zutat, die ich einfach nicht einschätzen konnte, weil ich sie nicht kannte. Ich betrachtete das Rezept, das ich zusammengestellt hatte, und merkte, wie die Unzufriedenheit in mir hochkroch. Was war es nur, das fehlte?

Ich ging im Labor herum und öffnete jedes Kistchen und jeden Glasbehälter, aber nichts davon passte. Ich wurde immer unruhiger, bis mir plötzlich klar wurde, was es war. Es war eine Zutat, die ich hier nicht finden würde! Es gab sie hier nicht, weil es eine so seltene Blume war, dass sie sogar zu den ausgestorbenen Pflanzen zählte.

Die Schwarze Wandelblume! So wie Friedrich Blüm über die Blüte gesprochen hatte, konnte es nur der kostbare Blütenstaub sein, von dem Daan vielleicht gar nichts wusste und der deshalb noch für den »Duft der Wünsche« fehlte. Daan besaß zwar eine Schwarze Wandelblume, aber ich hatte bei ihm keinen Blütenstaub entdeckt. Der rieselte laut Friedrich ja ausschließlich in seinem Gewächshaus.

Mittlerweile war ich mir ganz sicher, dass das hier der Gegenduft für Mats' Vater sein musste. Ich wusste zwar immer noch nicht, was man bei der Anwendung unbedingt beachten sollte, aber das würde sich hoffentlich schon noch zeigen, wenn der Duft erst vor mir stand. Zumindest war mein Rezept fertig. *Mein* Rezept!

Duft der Wünsche

Kategorie: Ewiger Duft

- Drei zartduftende ~~Blüten (unbekannt)~~ Rosenblüten (Rosa bracteata)
- Eine Prise geriebene Süßholzwurzel (Glycyrrhiza glabra)
- Einen ~~Zwei~~ Blütenstempel einer weißen Orchidee (Orchidaceae)
- Ein Fingerhut gemörserter Nelkenstiele (Dianthus) ~~Eine zerdrückte Kardamomkapsel (Amomum subulatum)~~
- Ein Hauch Myrrhe für die Sehnsucht (Commiphora myrrha) ~~Eine Zutat, die nach Sehnsucht riecht (unbekannt)~~
- Drei Teelöffel ~~Steinpulver (Sorte unbekannt)~~ Bergkristallpulver
- Eine Messerspitze Meteorpulver
- Einen gestrichenen Teelöffel Blütenstaub der schwarzen Wandelblume (Valerianella florinis)

Verarbeitung wie üblich.
Mögliche Nebenwirkungen: Man sollte sich seines Wunsches ganz sicher sein! Auch die Auswirkungen unbedachter Wünsche bleiben einem für immer erhalten.
Bei der Anwendung ist unbedingt noch zu beachten, dass der Duft nur seine Wirkung entfalten kann, wenn …

Kurz jubelte ich, doch dann biss ich mir auf die Unterlippe. Wie sollte ich nur an diesen Blütenstaub kommen, der mir noch fehlte? Friedrich war zwar nett und an die Ewigen hatte er uns auch nicht verraten, aber sicher würde er mir trotzdem nicht einfach so einen ganzen Teelöffel seines kostbarsten Blütenstaubs schenken. Schließlich hatte er gesagt, dass er ein Vermögen kostete.

Vielleicht könnte ich ihm ja etwas schicken – als eine Art Bezahlung? Etwas ähnlich Wertvolles? Ich lief an den Regalen mit den funkelnden Duftfläschchen entlang und dachte nach.

Da! Das war es. Ich nahm einen dunkelgrünen Flakon aus dem Regal und grinste. Dass ich da nicht gleich drauf gekommen war!

Ich nahm mir sofort ein Blatt Papier und schrieb Friedrich Blüm einen Brief, in dem ich ihn um etwas Blütenstaub der Schwarzen Wandelblume bat. Den würde ich in ein Päckchen mit dem Duftfläschchen packen und es noch heute zur Post bringen. Je schneller wir den Blütenstaub hatten, desto schneller konnten wir Mats' Vater helfen.

Es waren zwei Tage vergangen, in denen ich Mats nicht sah, weil er noch seinen Hausarrest absaß und ich somit meine Zeit damit verbrachte, so viel im Duftplan zu schmökern, wie es nur irgendwie ging.

Als endlich ein Paket vom Pflanzenexperten ankam, konnte ich es kaum erwarten, es zu öffnen. Und tatsächlich:

Neben einem ausschweifenden Brief, in dem sich Friedrich Blüm für die hervorragende »Duftranke« bedankte, die selbst seine empfindliche Schwarze Wandelblume zum Wuchern brachte, fand ich auch ein besonders sorgfältig eingepacktes Päckchen, in dem ich bereits den Blütenstaub schimmern sah.

Aber Friedrich hatte mir nicht nur den Blütenstaub geschickt, sondern auch die Blume selbst. Wieso hatte er das gemacht? In Daan de Bruijns Rezept hatte doch gar nichts davon gestanden. Oder war da noch mehr gewesen? Klar, ein Teil des Rezeptes war wegen des dicken Tintenkleckses nicht mehr zu lesen gewesen, aber wozu sollte eine ganze Blume gut sein?

Sicher hatte Friedrich sie nicht einfach so abgeschnitten. Nur zur Erinnerung für mich war sie doch viel zu wertvoll.

Weil ich nicht wusste, was ich mit der Blüte sollte, legte ich sie erst mal beiseite und konzentrierte mich auf die Duftherstellung. Einen ganzen Nachmittag zerkleinerte, mahlte und hexelte ich die Zutaten für den neuen Duft.

Als ich endlich alle Zutaten zusammenhatte, stopfte ich sie in die Glasröhrchen der Destille. Mit zittrigen Fingern griff ich jetzt nach der wirklich allerletzten und absolut wertvollsten Zutat. Mit einer Messerspitze tauchte ich vorsichtig in das Meteorpulverglas und maß die winzige Menge schwarzen Glitzers ab. Schließlich ließ ich es über die anderen Zutaten in das Röhrchen rieseln.

Ich atmete einmal tief ein, dann stellte ich den Bunsenbrenner an und ließ die blaue Flamme unter dem Röhrchen aufflackern. Es dauerte nicht lange und ein weißer Dampf zog aus dem brodelnden Pflanzenmatsch empor.

Bald tropfte eine milchige Flüssigkeit in den noch leeren Flakon und füllte ihn mit meinem »Duft der Wünsche« auf. Es war ein großartiges Gefühl, einen so mächtigen Duft herstellen zu können. Ich war so stolz, dass ich kurz vorm Platzen war.

Trotzdem lag da immer noch die Blume neben mir auf der Arbeitsfläche. Ihre schwarzen Blütenblätter funkelten geheimnisvoll.

Ich rieb mir über die Stirn. Hatte ich in Daans Pflanzenlexikon nicht eine weiße Wandelblume entdeckt? Plötzlich schoss mir ein neuer Gedanke durch den Kopf. Bestimmt hieß sie *deshalb* »Wandelblume«! Was, wenn man die Blüte erst mal dazu bringen musste, sich zu verändern? Vielleicht war diesmal gar nicht der Duft das Entscheidende, sondern die *Blume*? Vielleicht wirkte der »Duft der Wünsche« nur mit ihr zusammen!

Vorsichtig berührte ich die Blütenblätter, die nach ihrer Reise in der Pappschachtel langsam an Kraft verloren.

In meinem Kopf überschlugen sich die Fragen. Sollte ich die Blume etwa besprühen und sie Mats anstatt eines Duftflakons geben? Vielleicht tauschte man ja die Blume gegen den Wunsch aus, damit er in Erfüllung gehen konnte?

Eine Sekunde verharrte ich stocksteif. Falls ich mich irrte, würde ich wieder ohne Duft dastehen, weil ich ihn an die Blüte verschwendet hatte. Anderseits ergaben die ganzen Hinweise sonst doch keinen Sinn. Also gab ich mir einen Ruck. Ich war eine Sentifleur, sagte ich mir. Wenn meine

Nase mich nicht in die richtige Richtung führte – was dann? Ich holte tief Luft und besprühte die Schwarze Wandelblume mit dem »Duft der Wünsche«.

Im nächsten Moment, als der Duft die Blütenblätter der Schwarzen Wandelblume berührte, stieg ein dichter milchiger Rauch auf und nebelte mich ein. Er wechselte von Milchig in Schwarz und wehte plötzlich dunkel um mich herum. Kurz sah ich gar nichts und mir wurde ganz heiß. Hatte ich doch die falsche Entscheidung getroffen?

Ich roch den Duft, den ich in Friedrich Blüms Gewächshaus schon einmal gerochen hatte, als ich mich zu der Schwarzen Wandelblume gebeugt hatte. Es war ein leichter Duft, süßlich und gut. Genauso wie jetzt. Ich sog den Duft tief ein und schloss kurz die Augen.

Als ich sie wieder öffnete, konnte ich kaum glauben, was ich vor mir sah. Die dunklen Dunstschwaden waren verflogen und in meiner Hand lag … eine weiße Blume. Die schwarze Blume hatte sich wirklich gewandelt!

Mit der Pappschachtel und einem klopfenden Herzen lief ich zu Mats hinüber. Es waren die letzten Tage unserer Herbstferien und ich fragte mich, was er wohl nach dem ganzen Stress und der Aufregung machte. Noch während ich auf den Klingelknopf drückte, hoffte ich, dass nicht Leon öffnen würde. Mats' großer Bruder schaffte es jedes Mal, dass ich mich unwohl fühlte. Keine Ahnung, wie er das immer hinbekam.

Doch zum Glück öffnete Mats die Tür. Er lächelte nur und winkte mich ins Wohnzimmer. Neben Leon fläzte er sich wieder aufs Sofa vor den flimmernden Fernseher. Ich grinste in mich hinein, weil Mats kein bisschen mit der Überraschung rechnete, die ich ihm gleich überreichen würde.

Ich setzte mich in einen der Sessel und sah zu Leon, der mir zur Begrüßung heute ausnahmsweise nur zuzwinkerte, ohne einen seiner dämlichen Sprüche loszulassen. Am Fernseher konnte es nicht liegen, die beiden guckten nämlich nur irgendeine langweilige Gerichtssendung.

Ich stieß Mats in die Seite und überreichte ihm feierlich die Schachtel. »Für dich!«, sagte ich und wartete auf seine Reaktion.

Mats sah mich verdattert an, aber als er den Deckel der Schachtel öffnen wollte, hielt ich ihn zurück.

»Es ist ein Duft«, sagte ich nur. »Mach ihn aber jetzt noch nicht auf!«

»Warum schenkt dir deine Freundin ein Parfüm?«, witzelte Leon jetzt doch. »Stimmt was mit deinem Duschgel nicht?«

Wie immer verzog Mats nur genervt das Gesicht und sagte: »Halt die Klappe, Leon.«

Ich beugte mich ganz nah zu Mats. »Wenn du die Schachtel öffnest …«, flüsterte ich, »… musst du deinem Vater gegenüberstehen und ganz fest an das denken, was du dir von ihm wünschst. Dann übergibst du ihm das, was in der Schachtel liegt. Verstanden?«

Mats sah mich immer verwirrter an. »Was ist da drin?«

»Na, die Lösung für das Rätsel der schwarzen Blume!«, sagte ich. »Vertrau mir einfach und halte dich ganz genau an das, was ich dir gesagt habe. Dann müsste der ›Duft der Wünsche‹ auch funktionieren.«

Mats sah mich wortlos an und für einen Moment hatte ich fast Angst, er würde gleich weinen. Doch er fing sich wieder und legte mir eine Hand auf die Schulter. »Du hast es geschafft?«, fragte er mit brüchiger Stimme. »Wirklich?«

Ich nickte bloß und lächelte, als Mats mir ein leises »Danke!« zuhauchte. Dann drehte er sich zu Leon um, der sich genervt von unserem Getuschel wieder dem Fernseher zugewandt hatte.

»Ich muss dir was zeigen«, sagte Mats, stand auf und blieb kerzengerade vor Leon stehen. »Fahr noch mal mit mir zu unserem Vater!«

»Boah, nee«, stöhnte Leon. »Mach ich ganz bestimmt nicht! Vergiss es, der Typ ist das Letzte, echt!«

»Weiß ich schon«, antwortete Mats nur. »Aber ich will dir trotzdem was zeigen. Es ist wichtig. Na los, komm!« Er ging auf Leon zu und zog ihn kurzerhand hoch. »Zeig mir wenigstens, wo unser Vater wohnt, dann zeig ich dir was, womit *du* nicht rechnest!«

Leon sah Mats überrascht an. Normalerweise sagte Mats nämlich nach seinem üblichen »Halt doch die Klappe, Leon« gar nichts mehr zu seinem Bruder.

»Und was soll das bitte sein?« Verwirrt rappelte sich Leon wirklich auf.

Mats wurde immer ungeduldiger. »Lass dich einfach mal überraschen!«

Ich stand auch auf und ging zur Tür. »Ich will nachher alles ganz genau erzählt bekommen, ja?« Ich zwinkerte Mats zu und verabschiedete mich wieder.

Das mussten die Jungs jetzt allein hinkriegen, und je weniger Leute Mats ablenkten, wenn er seinem Vater mit dem »Duft der Wünsche« gegenüberstand, desto besser würde es bestimmt funktionieren.

Das *Pling* meines Handys weckte mich. Ich lag in meinem Zimmer auf dem Bett und war eingenickt, nachdem die ganze Aufregung von mir abgefallen war. Müde griff ich nach dem Telefon.

Ich hatte eine Nachricht von Mats. Besser gesagt, ein *Foto.* Ich setzte mich auf und hielt sofort die Luft an, als ich erkannte, was er mir da geschickt hatte. Auf dem Foto lagen sich ein völlig verheulter Leon und ein Mann, der Mats verdammt ähnlich sah, in den Armen.

Mats hatte nichts dazugeschrieben, sondern nur einen zwinkernden Smiley daruntergesetzt.

Ich jauchzte einmal laut, so unendlich erleichtert war ich. Es hatte also funktioniert! Ich hatte nicht nur einen Duft für Mats' Vater hergestellt, ich hatte sogar das Rezept dafür entwickelt! Zusammengefasst: Ich hatte den Duftplan um den »Duft der Wünsche« erweitert.

Ab jetzt war ich eine echte Duftapothekerin.

Bei dem Gedanken überfielen mich zwei Gefühle gleichzeitig. In meinem Bauch kribbelte es vor lauter Glück, weil ich etwas geschafft hatte, das eigentlich unmöglich war, und gleichzeitig wurden mir meine Knie ganz weich, weil das der Beweis dafür war, dass Daan recht hatte. Ich war *wirklich* eine Sentifleur.

Aber ich hatte nicht nur einen Duft entwickelt, der funktionierte, ich hatte auch eine Lösung gefunden, mit der sich endlich Mats' allergrößter Wunsch erfüllt hatte.

Und das war das schönste Gefühl überhaupt.

32

Am nächsten Tag trafen wir uns mit Hanne in der Duftapotheke. Sie hatte sich zum Glück von ihrem Duftunfall erholt und war wieder ganz die Alte. Wir erzählten ihr von unserem Erfolg mit dem »Duft der Wünsche« und Hanne konnte kaum glauben, dass ich wirklich ganz allein herausgefunden hatte, wie man diesen Duft herstellte.

Und als ich ihr vom Sentifleur-Talent erzählte, musste sie sich erst mal für eine ganze Weile auf ihren geliebten Sessel setzen, um die neue Information zu verdauen. Kopfschüttelnd griff sie wenig später in ihre Handtasche und zog einen Briefumschlag heraus. Darauf standen in altmodischer Handschrift unsere Namen: Luzie, Mats und Benno und die Adresse der Villa Evie. Hanne legte den Brief auf den Tresen und winkte uns näher. »Der war heute im Briefkasten. Für euch.«

Ich drehte ihn um und las den Absender: *Daan de Bruijn, Auf dem Kanal der Lichtgroengracht 56, Utrecht.*

Während ich den Briefumschlag öffnete, pfiff Mats gespannt durch die Lippen. Es waren zwei Seiten darin, ein Brief und ein Rezept. Beide Papiere strich ich glatt und las sie laut vor.

Liebe Duftapotheker der Villa Evie,

ich habe beschlossen, mich in Zukunft nicht mehr vor meiner Verantwortung zu drücken. Solange ich noch auf dieser Welt bin – und das wird vermutlich noch eine kleine Ewigkeit dauern –, werde ich versuchen, die Duftapotheke und diejenigen, die sich nun um sie kümmern, zu beschützen. In den letzten Tagen habe ich meine alten Aufzeichnungen durchforscht und bin dabei auf etwas gestoßen, auf das ich schon längst hätte kommen müssen. Es ist ein Duft, der viel von dem Schmerz, den meine Apotheke verursacht hat, verhindert hätte. Zumindest, wenn es mir jemals gelungen wäre, ihn ohne seine fürchterlichen Nebenwirkungen herzustellen. Ich habe lange daran gearbeitet, aber meine Gabe hat mich verlassen, wie Ihr wisst. Deshalb schicke ich Euch nun meine Notizen, in der Hoffnung, dass Luzie die Lösung finden wird. Wenn Euch dies gelingt, habt Ihr eine sehr mächtige Verteidigung an der Hand. Und Ihr hättet einen Duft, der den Ewigen ihre Ewigkeit nehmen könnte. Der „Duft der Endlichkeit" wäre endlich der, der er immer sein sollte. Ein schützender Duft, der sogar die Wirkung der gefährlichsten Düfte bremsen, wenn nicht sogar aufheben kann! Ich schreibe

Euch heute in der Hoffnung, dass Ihr die Duftapotheke mit mehr Klugheit weiterführen werdet, als es mir je gelungen ist. Und ich verspreche, dass ich Euch zukünftig nicht mehr mit den Problemen, die meine Düfte hervorrufen können, alleinlasse. Wenn Ihr mich braucht, bin ich stets an Eurer Seite. Für die Zukunft wünsche ich euch viel Erfolg und bin sicher, dass die Duftapotheke in keinen besseren Händen liegen könnte. Endlich können die Düfte ihre Arbeit so vollbringen, wie sie es von Anfang an sollten: Sie können den Menschen helfen, die Hilfe benötigen.

Mit unendlichem Dank und
hochachtungsvollen Grüßen,
Euer Daan de Bruijn

Hanne, Mats, Benno und ich standen über Daans Brief gebeugt und ich faltete fast ehrfürchtig das beigelegte Rezept auf. Ich war unendlich erleichtert über Daans Worte, auch wenn seine Hilfe erst spät gekommen war. Trotzdem war ich mir sicher, dass wir den alten Meister der Düfte noch brauchen würden.

Ich fuhr mit einem Finger über das Rezept für den »Duft der Endlichkeit«. Daan hatte einige Anmerkungen hinterlassen, die auf dem Rezept, das ich kannte, noch nicht gestanden hatten. Aber dort waren auch viele Fragezeichen zu sehen.

Fragezeichen, für die ich eine Antwort finden sollte.

Und das würde ich! Mit Mats, Hanne und Benno an meiner Seite.

Hanne unterdrückte neben mir ein Schluchzen und ich sah, wie sie sich eine Träne von der Backe wischte und dabei versuchte, ganz unbeteiligt wegzugucken.

Ich lächelte sie an und reichte ihr meine Hand. »Passen wir in Zukunft lieber besser auf unsere Duftapotheke auf!«

Hanne versuchte zu lächeln und drückte meine Hand. »Ja, das werden wir!« Sie wischte sich noch mal über ihre geröteten Augen. »In Zukunft wird niemand mehr an die Düfte herankommen, der damit nicht umgehen kann, das verspreche ich euch! Vor allem nicht diese schreckliche Person.« Sie lächelte schief und imitierte mit einer Grimasse die Baronin von Schönblom, wie sie sich ihr winziges Hütchen zurechtschob.

Ich kicherte und auch Benno und Mats mussten lachen.

Dann konnten wir nicht anders und umarmten uns erleichtert.

Glücklich holte ich einmal tief Luft und atmete die vertrauten Gerüche der Duftapotheke ein, die so sehr nach Zuhause rochen und einfach hierhergehörten.

Genauso, wie auch ich einfach hierhergehörte.

In der Duftapotheke gibt es tausend magische Düfte!

In ihren Regalen sprudeln sie nur so vor sich hin und leuchten dabei in den verschiedensten Farben. Möchtest du jetzt mehr über die besonderen Duftkreationen von Luzie und Daan de Bruijn erfahren? Willst du wissen, welcher Duft in welche Kategorie gehört und aus welchen Bestandteilen er zusammengesetzt ist?

Blättere jetzt ans Ende des Buches. Dort findest du eine super geheime Duftkarte, auf der du sehen kannst, welcher Duft welche Farbe besitzt, in welchem Flakon er aufbewahrt wird und zu welcher Kategorie er gehört. Zu den wichtigsten Düften haben dir Luzie und Mats sogar ein kleines Rezept mit den jeweiligen Duftnoten zusammengeschrieben.
Viel Spaß beim Entdecken!

Deine persönliche Duftkarte als Poster!

PS: Vorsicht! Bewahre das Poster gut auf, denn mit Band 3 der »Duftapotheke« kannst du es um ein weiteres Poster ergänzen. Wenn du die beiden übereinanderklebst, erhältst du so ein richtig großes Poster mit noch vielen weiteren neuen und spannenden Düften!

Exklusiv erhältlich mit Band 3!

Klebe das zweite Poster ca. 1 cm über das erste Poster

Natürlich kannst du auch beide Poster einzeln verwenden.

Luzie ist eine Sentifleur.
Doch was genau bedeutet das für sie?

Finde es heraus! Die Fortsetzung der »Duftapotheke« erscheint im Herbst 2019!

ISBN 978-3-401-60403-9

Anna Ruhe

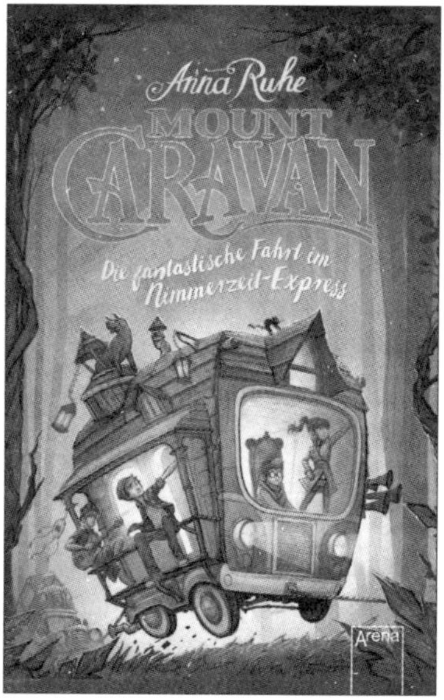

Mount Caravan

Die fantastische Fahrt im Nimmerzeit-Express

Jake war sein Leben lang Außenseiter. Dass er jetzt noch in ein Internat für Schwererziehbare gesteckt wird, ist echt das Letzte. Doch das seltsame Mount Caravan ist nicht das, was es vorgibt zu sein. Insgeheim beschützt die Schule ein uraltes Buch, und in diesem steht nichts Geringeres als die Zukunft der Menschheit! Plötzlich ist es an Jake und seinen Freunden Ava und Finley es vor den machthungrigen Feinden der Schule zu beschützen ...

Arena

Auch als E-Book erhältlich
und als Hörbuch bei Rubikon

272 Seiten • Arena-Taschenbuch
ISBN 978-3-401-51110-8
www.arena-verlag.de